KB156588

러브 어페어

Love Affair

3

러브 어페어 3

1판 1쇄 인쇄 2024년 7월 1일
1판 1쇄 발행 2024년 7월 16일

지은이 이유진

펴낸이 박대일
교정 김효선
편집 이문영 · 임유리 · 이지영 · 김하랑 · 임지원
마케팅 임유미 · 윤수양

디자인 디자인그룹 헌드레드
조판 송새연

펴낸곳 파란미디어
출판등록 2004년 9월 14일 제313-2004-00214호

주소 03992 서울시 마포구 동교로23길 14 국제빌딩 6층
전화 02.3141.5589 영업부 070.4616.2012 편집부
팩스 02.6499.5589
전자우편 paranbook@gmail.com
카페 http://cafe.naver.com/paranmedia
인스타그램 @paranmedia

ISBN 979-11-7259-003-1(04810)
979-11-7259-000-0(전4권)

러브 어페어

이유진 장편소설

Love Affair

3

파란

Love Affair

목차

29. 능소화

잠결에 몸을 돌리던 선우는 알 수 없는 허전함에 눈을 떴다. 느리게 눈을 깜빡이는데 옆자리가 비어 있는 것이 보였다.

'더 자요.'

꿈인가 싶은 순간들이 기억났다. 몇 번인가 깨어 눈을 떴을 때, 그녀를 당겨 안으며 남자가 속삭였던 말. 그 말을 듣고 다시 눈을 감으면 잘했다는 듯 등을 토닥이던 손길. 체온이 주는 온기에 몸을 기대고 다시 잠으로 끌려 들어갔던 순간들.

갔구나.

선우는 비어 있는 옆자리를 보며 생각했다. 알 수 없는 허전함이 밀려들어 눈을 다시 감으려 할 때였다.

"깼어요?"

거실 쪽에서 목소리가 들려왔다. 퍼뜩 고개를 돌리니 서문도가 셔츠의 단추를 채우고 있었다. 반쯤 걷은 커튼 사이로 동이 터 오는 새벽하늘이 보인다. 어슴푸레한 여명의 빛 속에서 서문도는 소매의 단추를 잠갔다. 그 모습을 멍하니 보고 있자 문도가 미소 지으며 침대로 다가왔다. 왜 목이 막히는 기분이 드는 건지 알 수 없다는 생각을 하며 선우는 침대에 걸터앉는 남자를 바라보았다.

"피곤했을 텐데 더 자요. 일어나면 라운지에서 아침도 먹고, 좀 더 쉬었다가 천천히 와요."

남자가 하는 말은 다 알아들었다. 네, 그럴게요. 그런 대답만 하면 되는데 입이 떨어지지 않았다. 왜 이러지. 선우는 자신이 이상하다고 생각했다. 아직도 잠에서 깨지 않은 걸까. 여긴 여전히 꿈속인가.

"왜, 가지 말까?"

대답이 없는 선우를 보며 서문도가 웃으면서 말했다. 그냥 하는 말인 걸 안다. 나란히 돌아갈 수는 없으니 먼저 들어가려는 남자를 붙잡을 이유가 없다는 것도.

"가지 말라고 하면, 안 가실 거예요?"

잠긴 목소리가 자신의 것 같지 않았다. 선우는 말을 뱉고서 알았다. 남겨지기 싫었다는 것을. 낯선 방에 혼자 남겨져 우두커니 앉아 있다가 현실을 마주 봐야 하는 게 싫었다. 호텔에 홀로 남겨지는 건 너무 쓸쓸할 것 같아서.

"응. 안 가."

문도는 선우의 머리카락을 넘겨 주면서 말했다. 웃으며 가볍게 말하고 있지만 목 언저리가 뜨끈했다. 원래는 카드 한 장만 남겨 놓고 나올 생각이었다. 잠에서 깨어난 여자가 비참할 수 있도록.

여자가 눈을 떴으니 바로 카드를 내밀어 어제의 시간을 단숨에 엉망으로 만들어 버리면 될 텐데, 엉뚱한 말이 흘러나왔다.

그를 물끄러미 바라만 보던 여자는 이내 고개를 저었다.

"아니에요. 먼저 들어가세요. 그냥 해 본 말이었어요."

농담이었다는 듯 미소를 지으며 문도의 눈을 피했다. 여기서 해야 할 말은 하나였다. 그래요, 그럼. 먼저 들어갈 테니 천천히 와요. 하지만 이번에도 입은 엉뚱한 소리를 뱉었다. 제멋대로 혀가 움직여 그가 아닌 누군가가 말을 뱉고 있었다.

"거짓말하지 말고."

문도는 이선우의 턱을 잡았다. 제게로 시선을 맞추어 놓고 물었다.

"갈까, 가지 말까."

어슴푸레한 밝아 오는 여명 속에서 서로의 눈을 보았다. 여자의 눈동자가 가늘게 흔들렸다. 문도는 그 눈을 바라보면서 자신이 무엇을 기다리는지 모르겠다는 생각을 했다.

"가지 말아요."

선우는 말했다. 조금만 더 머물러 줘. 나를 혼자 남겨 두지 말아요. 아직은 이 꿈에서 깨어나게 하지 마.

문도의 눈빛이 짙어졌다. 선우의 얼굴을 두 손으로 감싸고 입술을 포갰다. 가볍게 물었다가 고개를 비틀어 조금 더 깊게 물면서 말했다.

"응. 안 갈게."

선우가 문도의 목에 팔을 감았다. 키스가 깊어지며 두 사람의 몸이 침대로 기울었다. 선우는 눈을 감았다. 아직은 조금 더 꿈을 꿀 시간이었다.

체크아웃은 정오를 넘겨서 했다. 6시도 안 된 시간에 룸을 나오려고 옷을 차려입었던 것을 생각하면 어이없는 시간이었다.

"조금 더 먹어요."

체크아웃을 하고 라운지로 선우를 이끈 사람도 문도였다. 가벼운 브런치용으로 차려진 음식들을 접시에 담아서 테이블에 놓았다.

"자느라고 아침도 못 먹었는데."

그 말에 선우가 민망한 미소를 보였다. 말 그대로 새벽에 몸을 섞고 나서 이선우는 다시 잠이 들었다. 깨워서 아침을 먹일까 하다가 너무 혼곤히 잠을 자서 그대로 두었다.

"전무님도 드세요."

"먹고 있어요."

문도는 밤에 베이컨을 말아 구운 것을 먹으며 선우를 보았다. 이선우는 잠이 들었다가도 얼마 지나지 않아 깨곤 했다. 깨어나 눈을 흐리게 깜빡이는 걸 안아서 다독이면 언제 그랬냐는 듯이 다시 잠이 들었다. 뒤척이며 몸을 붙여 오지도, 품을 찾아서 파고들지도 않았다. 그저 그를 확인하고는 안심이 된다는 듯이 눈을 천천히 감고서 죽은 듯이 잠을 잤다.

"이선우 씨, 잘 때 엄청 안기던데. 알고 있어요?"

따뜻하게 데워 온 초코 크루아상을 선우의 앞으로 밀어 주며 말했더니, 선우가 눈을 크게 떴다.

"제가요?"

문도는 고개를 끄덕였다. 거짓말인 줄도 모르고 선우가 당황하며 말했다.

"아……. 몰랐어요. 불편하셨겠어요."

"조금."

하나도 불편하지 않았다는 말 대신, 조금 불편했다고 하니 이선우의 얼굴이 붉어졌다. 문도를 제대로 보지도 못하고서 앞에 놓인 청포도만 입에 넣는다.

"원래 잠을 그렇게 끊어서 자요?"

문도도 잠이 옅은 편이었지만 이선우는 더해 보였다. 깜빡 잠이 들었다가 어김없이 다시 눈을 떴다. 여러 번 다독여 다시 재워야 했을 정도였다.

"불면증이 조금 있어서요."

문도는 처음 이선우에게 시선을 뺏겼던 순간을 생각했다. 모두가 잠이 든 깊은 밤, 이선우는 홀로 테라스에 서서 허공을 보고 있었다. 금방이라도 흩어질 것 같았던 이선우를 머리에서 지우고 가볍게 말했다.

"그래서 카모마일을 그렇게 들고 왔었나."

선우의 얼굴이 조금 더 붉어졌다.

"잠이 잘 온다고 하더라고요."

"어제는 카모마일 없이도 잘 자던데요."

민망하다는 듯 선우가 입술을 맞다물었다. 앞에 있는 커피 잔을 만지작거리다가 다시 내려놓으며 말했다.

"전무님이 옆에 있어 주셔서 그랬나 봐요."

노림수가 있는 말인 것을 안다. 아는데도 뜨끈한 덩어리가 목을 훑으며 내려갔다. 문도는 웃으며 말했다.

"잠 안 오면 건너와요. 재워 줄 테니까."

선우가 그를 잠시 바라보다가 고개를 끄덕이며 대답했다.

"네. 그럴게요."

이번에도 다르지 않았다. 자신이 좋아서 하는 말이 아닌 것을 아는데도 뜨끈하고 묵직한 덩어리가 단전 아래로 고였다.

"대답은 잘해."

웃으며 말한 문도는 청포도를 입에 넣었다. 톡 터지는 달콤한 즙이 이선우 같았다.

문도는 회사에 들러 간단한 업무 몇 가지를 처리했다. 점심에 택시를 태워 들여보낸 선우와 시간차를 두기 위해서였다. 오후 2시를 넘겨 막 집에 돌아왔을 때 어머니에게서 전화가 왔다. 문도는 주차한 차 안에서 전화를 받았다.

"네."

— 집에 들어왔니?

들켰네. 문도는 고개를 젖히며 한숨 쉬듯 웃었다.

"네. 주차장이에요."

— 올라와서 얘기 좀 하자.

"네."

어디서 들켰나. 생각하다가 그만두었다. 어느 순간부터 정신 못 차리고 곳곳에 흘리고 다녔으니 누구라도 알 수 있었다.

본관으로 올라간 문도는 2층의 우현희의 서재로 직행했다. 노크를 하고 들어가자 장 여사가 커피 두 잔을 테이블에 내려놓고 있었다. 자신을 쓱 보는 장 여사의 눈빛에 전과 다른 무엇이 섞여 있었다.

"여사님이시네."

문도는 문에 비스듬히 기대며 말했다. 장 여사가 움찔하며 우현희를 보았다.

"들킨 놈이 잘못이죠. 탓하는 거 아니니까 내려가세요."

매끄러운 문도의 목소리에 우현희는 한숨을 쉬었다. 오랜 시간 돌봐 왔던 장 여사에게도 싸늘해지는 걸 보니 가벼운 마음은 아니겠구나 싶었다. 장 여사가 내려가고 커피 한 잔씩을 앞에 두고 마주 앉았다. 커피 한 모금을 마시고 우현희는 문도에게 물었다.

"언제부터였니?"

"몇 달 됐어요."

문도는 솔직하게 말했다. 썩은 고름 주머니를 언제까지 차고앉을 수는 없으니, 언젠가는 서유라의 일을 어머니에게도 알려야 했다. 다만 아직 때가 아닐 뿐이다.

"그래서 막내 아가씨 붙잡고 있는 거야?"

"네."

"아가씨 내보내고 이선우 씨는 밖에서 만나. 직원들이 알게 되는 건 시간문제니까."

문도는 그 말에 커피 잔을 쥐었다. 갈색의 크레마를 바라보다가 우현희에게 담담히 말했다.

"길게 갈 사이는 아니에요. 곧 정리할 겁니다."

그 말에 우현희가 미간을 찡그렸다. 길게 만날 사이도 아닌 여자를 굳이 한 집에 두고 건드렸다는 게 이해가 가지 않는다는 표정이었다.

"문제가 조금 복잡해요. 나중에 말씀드릴게요."

우현희는 그게 언제냐는 질문을 삼켰다. 그녀가 아는 아들이라면 아무런 생각 없이 일을 저지르진 않을 테니.

"어머니하고 여사님이 아는 거, 이선우는 모르게 하세요."

마지막 말을 남기고 문도는 자리에서 일어났다. 우현희가 뭐라 말을 더 하려다 입을 다물고 알았다고 말을 했다. 가벼운 묵례로 인사를 한 뒤 본관을 나오자 오후의 농도 짙은 햇살이 눈을 파고들었다.

'햇볕이 달라진 것 같아요.'

이선우의 목소리가 들려와 문도는 피식 웃으며 안주머니에서 담배를 빼내 물었다. 정원을 걸어 나와 능소화가 늘어지게 피어 있는 담벼락 아래에서 불을 붙였다.

정리를 해야지.

누구보다 잘 알고 있었다. 이선우를 놓아야 했다. 그것 역시 누구보다 잘 알고 있었다. 놓아야 하는 걸 알면서 놓지 못하고 있을 뿐.

담배를 손가락 사이에 끼워 한 번 더 깊이 빨았다. 연기를 뱉으며 문도는 늘어진 능소화를 움켜쥐었다. 타오르는 노을빛의 꽃을 움켜쥐고 피식 웃었다.

미련덩어리.

뜨거웠던 여름 내내 피었으면 이제 그만 저물 때도 되었는데, 볕이 달라진 가을의 초입까지 징그럽도록 피어서.

문도는 손아귀에 힘을 주었다. 우드득 줄기가 뜯기며 꽃이 뭉개어졌다. 손안의 꽃을 물끄러미 보다가 손가락을 비벼 짓이겼다. 연한 꽃잎이 으깨지며 손가락을 더럽혔다. 언젠가 이렇게 제 손으로 비틀어 목을 따야 하는 것을 알면서.

미련하기도 하지.

문도는 으깨진 능소화를 바닥에 툭 버렸다. 잔디 사이로 떨어진 초라한 꽃의 시체를 내려다보며 담배를 깊게 빨았다. 눈을 들었더니 수십, 수백의 능소화가 하늘을 향해 뻗어 있었다. 징그러워서 웃음이 나왔다.

주차장의 문이 열렸다. 차를 몰아 안으로 들어가는 문도의 눈에 익숙한 차들이 보였다. 서미경 부부가 걸음을 멈추고 차에서 내린 문도에게 가볍게 인사를 건넨다.

"오랜만이네, 잘 지냈니?"

"고모도 잘 지내셨어요?"

문도는 뒤에 선 구장현 교수에게까지 묵례로 인사를 했다.

"갑자기 무슨 저녁을 먹자고. 우리가 한가한 사람들도 아니고 당일 통보하면 어쩌자는 거야. 아버지 왜 또 저러시는지 아니?"

오전에 갑작스런 공지가 있었다. 서 회장의 비서실장인 강 실장이 보낸 메시지였다. 서 회장의 청으로 본가에서 금일 저녁 가족 모임이 있으니 참석해 달라는 내용의 메시지였다.

"아니요. 저도 모르죠."

문도는 서미경 부부에게 답하며 엘리베이터의 버튼을 눌렀다. 갑작스런 가족 모임의 이유로 짐작되는 바가 있지만 그걸 고모인 서미경에게 알리면 눈이 뒤집힐 터였다.

"건강 좀 나아졌다고 그 버릇 또 시작이신 건지."

서미경이 한숨을 쉬었다. 건강이 악화되기 전에도 서 회장은 가끔씩 이렇게 갑작스럽게 가족들을 호출하곤 했다. 이유는 별거 없었다. 얼굴을 보고 싶어서. 다 같이 밥 먹은 지가 오래되어서. 기분이 좋아서.

재깍재깍 도착하는 놈이 어떤 놈인지 느긋하게 살폈다가 살가운 웃음을 한 번 더 주고, 뭐 하나 던져 줄 것처럼 은근한 뉘앙스를 풍기곤 했었다.

"큰오빠는 벌써 왔나 보네. 아직도 미련이 남았나 봐."

서미경이 비아냥거렸다. 서 회장의 게릴라성 가족 모임에 가장 열성적으로 임하는 사람은 당연히 둘째 서중호였다. 늘 똥 씹은 얼굴을 하고도 빠짐없이 참여하는 건 서용호였고, 서미경은 다소 시니컬한 태도로 참석을 했다.

그래 봤자 결론은 삼 남매 모두가 제시간에 반듯하게 앉아 있다는 것.

"아버지, 저희 왔어요."

다이닝 룸으로 들어가며 서미경이 서 회장에게 인사를 건넸다. 그 옆에 앉아 있는 박소영에게는 눈길도 주지 않고 인사를 한 뒤 자신의 자리에 앉았다.

우현희를 제외한 가족들 모두 제자리에 착석을 하자 서 회장이 흐뭇한 얼굴로 좌중을 훑어보았다. 박소영이 따라 준 따뜻한 보리차를 한 모금 마신 뒤 서명구 회장이 입을 열었다.

"에……. 오랜만에 모두, 모오힌 것을 보니 내가, 참 기분이, 쏘 굿. 베리 굿. 아주 좋아. 이렇게 다 같이 모오여서 바, 밥을 한 끼 같이 먹는 거시……."

숨이 차는지 서 회장이 잠시 말을 멈추고는 혀로 얇은 입술을 축인 뒤 다시 말을 이었다.

"행, 행복이지. 인생은 도, 돈. 머니가 아니라 햅삐. 햅삐니스. 안 그러냐, 무, 문도야."

회장의 시선이 손자들 중에 유일하게 참석한 문도에게 닿았다. 문도는 빙그레 웃으며 대답을 했다.

"그럼요. 행복이 제일이죠."

문도의 대답에 흡족하다는 듯이 서명구가 고개를 끄덕였다. 맞은편에 앉은 서용호에 얼굴에 비웃음이 스쳤다.

"아버지께서 기뻐하시니 저도 참으로 해피합니다."

서중호가 맞장구를 칠 때였다. 바깥 응접실에서 대기 중이었던 강 실장이 잠시 안으로 들어와 서 회장의 귀에 몇 마디를 속삭이고 다시 나갔다.

"그, 그런 의미에서……. 오늘. 써프, 써프라이즈 이벤트가 있어."

서 회장이 박소영의 손을 꼭 잡았다. 모두의 시선이 박소영에게 쏠렸다. 영문 모르겠다는 표정의 박소영이 주위를 두리번거렸다.

"가, 강 실장."

회장의 부름에 강 실장이 자그마한 상자 하나를 들고 왔다.

"오픈, 잇."

서 회장이 박소영에게 말했다. 서미경과 서용호의 표정이 굳었다. 박소영이 긴장한 표정으로 빨간색 박스를 열었다.

"이게 뭐예요, 회장님?"

열린 박스 안에는 샛노란 페라리 모형이 들어 있었다. 아이들 장난감으로 나오는 모형 자동차를 보며 박소영이 서 회장에게 물었다.

"소영이 차. 드, 들어 봐."

여전히 어리둥절한 표정으로 박소영이 노란색 페라리를 들어 올렸다. 바닥에 특유의 문장이 들어간 자동차 키가 들어 있었다.

"회장님, 나 이게 무슨 뜻인지 잘 모르겠어. 이게 뭐예요? 나 이 차 사 줄 거라고?"

박소영이 떨리는 목소리로 말했다. 눈에는 눈물이 그렁그렁했다.

"으응. 주, 주차장에 모두, 내려가서. 우리 소, 소영이 차 구경해."

"어머, 나 어떡해."

박소영이 두 손에 얼굴을 푹 파묻었다. 어깨가 들썩일 정도로 눈물을 펑펑 쏟았다.

"우, 울지 말고. 소영이, 차 보러 가야지."

서용호와 서미경이 일그러진 표정으로 보는 줄도 모르고 서 회장이 다정하게 박소영의 어깨를 다독였다.

"아이구 우리 회장님, 이럴 때 보면 참 사랑꾼이셔. 작은어머니, 고만 우시고 내려가시죠. 회장님께서 기다리시네. 유라야, 어머니 모셔라."

중호의 말에 흑흑 우는 박소영을 서유라가 일으켜 세웠다. 줄줄이 다이닝 룸을 나서서 지하의 주차장으로 향했다. 서 회장의 걸음이 느려 모두 굼벵이처럼 느릿느릿 걸었다.

주차장에 커버를 씌워 놓은 차 앞에는 본가에서 일하는 직원들이 일렬로 서 있었다. 문도의 시선이 그중의 한 명에게 꽂혔다. 직원들은 느리게 움직이는 회장과 박소영에게 꽃잎을 뿌리며 축하를 했고, 박소영은 흐느껴 우느라 정신이 없었다.

"거, 걷어."

회장의 말에 명 실장이 커버를 걷었다. 샛노란 페라리가 반짝이며 모습을 드러냈다. 서 회장이 활짝 웃으며 박수를 치는 것을 시작으로 서중호와 직원들도 축하의 박수를 쳤다.

"예, 옐로 스타. 어때, 우리 소영이 차 이름, 마, 마음에 들어?"

"어흐흐흐흑. 나 어떡해. 어흐흑."

첩 생활 30여 년 만에 페라리 한 대를 가지게 된 박소영이 통곡을 했다. 회장이 반들반들 빛나는 이를 드러내면서 웃었다. 일그러진 표정의 서용호, 통 큰 회장님 칭찬에 여념이 없는 서중호, 기막힌 표정의 서미경과 나머지 들러리들. 그 들러리 중의 하나로 서서 문도는 선우를 바라보았다. 한 편의 통속극이 벌어지고 있는 와중에도 이선우는 눈이 아리게 예뻤다.

꽃잎이 가득한 바구니를 들고 있던 선우가 눈을 들 때마다 한 번씩 시선이 스쳤다. 희미하게 붉어지는 선우의 뺨을 보면서, 문도는 들러리 노릇도 나쁘지 않다는 생각을 했다.

한 편의 희극 같았던 저녁 식사가 끝났다.

별채로 돌아온 문도는 서재로 향했다. 산업통상부 주관의 배터리팩 리스 업무 협약식을 앞두고 처리해야 하는 일들이 산더미였다. 늦게까지 서류 더미에 파묻혀 있다가 고개를 들자 밖은 이미 깜깜한 밤이다. 뻐근한 목을 뒤로 젖혔다가 바로 하고 손목을 들어 시계를 보았다.

11시 38분.

퇴근을 한 이선우는 그의 연락을 기다리고 있을 거였다. 이만큼 시간이 흐를 때까지 책상 앞에 앉아 있는 동안 머릿속 한구석에서는 이선우가 내내 깜빡였지만 전화는 하지 않았다.

자료를 정리하니 12시. 담배 한 대를 태운 뒤 샤워를 하니 12시 반. 그제야 문도는 거실의 소파에 앉으며 핸드폰을 들었다. 신호음이 두 번 울리자 선우가 전화를 받는다.

— 네, 전무님.

"일하느라 시간이 이렇게 된 줄 몰랐어요. 자고 있었어요?"

문도의 말에 선우가 답했다.

— 아니에요. 아직 안 자고 있었어요.

"왜, 잠이 안 와서?"

— 전무님 전화 기다리느라고요.

문도는 소리 내서 웃었다. 아직도 하루 한 번 보고하는 것이 제일이라 믿고 있는 이선우는 그가 왜 웃는지 모를 터였다.

이선우는 모르겠지만 문도는 그녀가 피곤이 어린 목소리로 한숨 쉬듯 말을 할 때가 좋았다. 꾹 참는 눈으로 자신을 올려다볼 때가 좋았고, 반달이 되도록 눈을 접으면서 웃을 때가 좋았다.

"먼저 전화를 하지 그랬어요."

— 일하시는 것 같아서요.

"전화 늦어지면 먼저 자겠다고 메시지 남겨요."

— 그럼 서유라 씨 일과 보고는…….

"관심 없어진 지 오래인 거 알잖아."

문도는 소파에 등을 기대며 나른한 목소리로 말했다. 이선우는 그 말에 긍정도 부정도 하지 않았다.

"건너와요. 얼굴이나 보게."

선우가 네, 하고 대답을 하더니 뭔가 할 말이 있는 듯 머뭇거렸다. 문도는 핸드폰을 귀에 댄 채로 있었다.

— 같이……. 자고 싶어요.

이선우가 말했다.

— 오늘은 전무님이랑 같이 자고 싶어요.

이선우는 말 한마디로 아랫도리에 피가 몰리게 하는 재주가 있었다. 다른 목적이 있어서 하는 말에도 물색없이 단단해진다. 실소를 머금은 문도는 지그시 눈을 감았다가 천천히 뜨면서 대답했다.

"그래요. 재워 줄게요. 건너와요."

건너온 이선우와 욕조에서 몸을 섞었다.

거품을 풀어 놓은 욕조에 선우를 앉히고 문도가 그 뒤에 앉았다. 선우의 손에 단단해진 자신의 몸을 쥐여 주고 봉긋한 가슴에 거품을 묻혔다. 거품을 묻히는 장난은 문도가 선우의 몸을 들어 자신의 위에 앉히면서 끝이 났다.

선우의 가슴을 가득 쥔 문도가 한 번씩 느리게 움직였고, 그때마다 선우는 입술을 깨물었다. 물처럼 밀려오던 남자는 선우의 어깨 곳곳을 물었고, 마지막에는 숨도 못 쉴 정도로 선우를 세게 안았다.

잠이 오지 않는다던 이선우는 문도의 품에서 금세 잠이 들었다. 깜빡, 깜빡, 느리게 눈꺼풀을 열고 닫더니 어느 순간 고요히 눈을 감았다.

한 시간쯤 지났을까.

이선우가 천천히 눈을 떴다. 눈을 감은 문도를 오래 올려다보더니 소리 없이 몸을 일으켰다. 문도는 마스터 룸을 나가는 선우의 가벼운 발걸음 소리를 들었다. 살짝 열어 놓은 문틈 사이로 작은 소리들이 들려왔다.

서랍이 열리고 닫히는 소리. 옷자락이 스치는 소리. 조용히 무언가를 내려놓는 소리. 다시 제자리로 돌려놓는 소리.

문도는 어둠 속에서 비어 있는 옆자리를 보며 박소영과 샛노란 페라리를 생각했다. 차라리 이선우도 페라리 한 대에 펑펑 우는 여자였으면 좋겠다고.

있을지 없을지 모를 동생의 핸드폰을 찾으려 제 모든 것을 던지는 바보 같은 여자가 아니었더라면. 가려진 진실 한 조각, 그걸 구하려고 끈질기게 파고드는 미련한 여자가 아니었더라면.

그랬더라면 너를 놓는 게 조금은 쉬웠을까.

한참 그렇게 자리를 비웠던 여자는 다시 소리 없이 침대로 돌아왔다. 나비처럼 가벼운 몸으로 옆자리에 가만히 눕는다. 먼바다의 불빛처럼 깜빡이고 있을 여자의 눈꺼풀이 보이는 듯했다. 문도는 잠결인 양 팔을 뻗어 선우를 당겨 안았다. 품 안의 여자가 작게 숨을 쉬더니 가만히 이마를 기대 왔다. 문도는 선우를 조금 더 당겨 안았다. 알람이 울릴 때까지는 아직 시간이 많이 남아 있었다.

30. 세종

호텔 입구에 도착한 선우는 비상 깜빡이를 켜고 차를 세웠다.

"다녀올게."

서유라가 뒷좌석 문을 열며 말했다.

"나오실 때 전화 주세요."

선우는 문을 열고 나가는 유라에게 말한 뒤 비상 깜빡이를 껐다. 핸들을 돌려서 아래로 내려와 호텔 주차동에 차를 댔다.

서유라는 매일 오후 두 시간씩 호텔 피트니스에서 개인 트레이닝을 받았다. 그녀가 외출도, 약물도 없이 보디 프로필을 찍는 것에 열중하게 된 건, 아이러니하게도 인기가 하늘로 치솟고 있는 최지상 때문이었다.

바람소리는 크게 히트를 치지 못했지만, 정원 선배역의 최지상은 나날이 주가를 올려 각종 예능과 광고에서 활약을 하는 중이었다. 전화를 받지 않으면 난리가 나는 서유라와 하루 몇 번씩 통화는 이어 가고 있지만, 빽빽해진 스케줄 때문에 호텔에서 따로 시간을 내어 만날 수는 없는 듯했다.

질투와 불안에 휩싸인 서유라는 자신의 몸을 가꾸는 데 온 열정을 쏟았다. 선우가 부추긴 것도 없지 않았다. 담배를 줄이니 피부가 좋아졌다고, 운동을 열심히 하니 라인이 탄탄하게 잡혀 간다고 칭찬을 해 주며 서유라를 독려하는 중이었다.

선우는 라디오를 작게 틀어 놓고 시트를 살짝 뒤로 젖혔다. 출발할 때 가지고 나온 텀블러를 열어 따뜻한 커피를 마셨다.

평화롭다면 평화로운 날들이었다.

운동과 식단 조절로 서유라는 새 나라의 어린이처럼 일찍 자고 일찍 일어나게 되었고, 선우는 밤마다 2층으로 올라가 서문도와 한 침대에서 잠이 들었다.

그 생각에 선우는 작게 한숨을 쉬었다. 서문도 전무와 한 침대에서 잠이 드는 일은, 달콤한 독약을 마시는 것과 같았다.

망망대해에서 발견한 작은 방. 문을 닫고 들어가 누우면 바깥의 비바람도, 끝이 없을 것만 같은 긴긴 시간도 잠시 잊게 되는 곳.

'더 자.'

잠에서 깨어 현실로 돌아올 때. 아득한 망망대해를 다시 헤매야 한다는 사실을 마주해야 할 때. 서문도는 낮고 부드러운 목소리로 말하며 선우를 당겨 안았다.

그 품은…….

선우는 깊게 숨을 쉬었다. 깊이 숨을 마셔도 가슴이 뻐근했다. 단단한 팔이 선우를 안을 때면, 다정히 등을 쓰다듬으며 더 자라고 말을 할 때면, 얼어붙은 마음에 따뜻한 불이 지펴지는 기분이었다. 비로소 쉴 곳을 찾은 기분이었다.

익숙해지면 안 돼. 그 온기에, 다정함에 익숙해져선 안 돼.

별채를 나간 뒤에는 다시 긴 어둠이 자신을 기다리고 있을 터였다. 아무도 없는 텅 빈 집과 불이 꺼진 방이 선우를 기다릴 거였다.

그러니 익숙해지면 안 된다고 되뇌며 선우는 매일 눈을 감았다. 중간에 깨어났을 때는 일어나기 싫은 마음을 누르고 메인 드레스룸을 뒤졌다.

아무것도 모르고 있는 남자의 옆으로 돌아가 다시 몸을 눕힐 때면 기운 빠진 웃음이 나오기도 했다. 어쩌다가 이렇게 되었나 싶어서.

사치스런 생각이지.

선우는 맞은편에 주차된 차들을 바라보며 생각했다. 서유라와 잘 지내고 있다. 쫓겨날 염려도 덜었고, 서문도와는 다시없을 화양연화를 누리고 있었다. 염원하던 2층에서 매일 밤을 보내잖아. 원하던 대로 다 되었는데 더 바랄 게 뭐가 있다고.

한숨을 쉬면서 몸을 일으켜 커피를 한 모금 마시는데 조수석에 둔 핸드폰이 울렸다. 액정에는 오랜만에 보는 이름이 떠 있었다.

"오빠."

— 어, 그래. 선우야. 잘 지냈어?

이종사촌인 도현이었다.

"응. 잘 지내. 오빠도 잘 지내지?"

— 어. 나야 뭐, 잘 지내지.

"이모랑 이모부도 잘 지내시고?"

— 음. 하하. 그렇다고 말을 못 하겠다. 실은 선우야, 엄마가 얼마 전에 수술을 하셨어.

심장이 툭 떨어지는 말이었다. 이모는 선우에게 하나밖에 남지 않은 가족이었다.

"많이 안 좋으셔? 무슨, 무슨 수술 하셨는데?"

— 아니야. 괜찮으셔. 갑상선 암이었는데, 걱정할 크기는 아니었고 수술도 무사히 잘하셨고. 회복도 무사히 잘하시는 중이신데.

"왜 말을 안 했어. 나한테도 연락을 해 주지."

다 지난 뒤에 이야기를 듣게 된 것이 미안했다. 한 번쯤 안부 전화를 드렸어야 했는데, 후회도 되었다.

— 엄마 성격 알잖아. 너 알면 걱정만 한다고 연락하지 말라고. 주위 사람들도 다 몰라. 내가 잘 챙기고 있기도 하고. 아버지가 간호도 열심히 하셔.

도현은 대학병원에서 수련 중인 의사였다. 그래도 다행이라 생각하며 선우는 가슴을 쓸어내렸다.

— 엄마가 네가 보고 싶은가 봐. 잘 지내는지 궁금해서 전화를 할까 싶다가도 괜히 걱정만 시킬 것 같아서 못 하겠다고 하는데, 자식 된 마음에 그게 맘이 쓰이더라고.

"내가 갈게. 이모 지금 어디 계셔? 오빠 있는 병원에 계셔?"

— 아니야. 그럴 것까진 없고 그냥 안부 전화 한번 드려.

"아니야. 내가 갈게. 나도 이모 보고 싶어서 그래. 평일은 힘들어도 주말에는 시간 되거든."

오늘이 금요일이니 내일 근무만 끝나면 세종으로 내려갈 수 있었다. 전화를 끊은 선우는 도현에게 이모인 미숙이 입원해 있는 병원의 주소를 메시지로 받았다. 핸드폰을 들어 이모, 두 글자가 떠 있는 액정을 보며 아, 아 목소리를 가다듬었다. 신호음 끝에 미숙의 목소리가 들렸을 때 밝은 목소리로 입을 열었다.

"이모, 선우예요. 잘 지내셨죠?"

— 이게 누구야, 우리 선우 잘 지냈어?

수화기 너머에서 이모의 목소리가 들려왔다. 선우는 시큰거리는 코끝을 괜히 문지르며 통화를 이어 갔다.

"그래서 세종에 다녀오려고요."

문도는 자신의 타이 매듭을 내리며 말하는 선우를 내려다보았다. 선우가 타이를 풀어서 진열대 위에 내려놓았다.

"단추도 풀어 줘야죠."

또 내가? 묻는 것 같은 선우의 눈빛을 보며 미소를 지었다. 재킷을 벗겨 주고 타이도 풀어 준 선우가 문도의 셔츠에 손을 댔다. 톡, 톡 단추 따는 소리를 들으며 문도는 선우의 귀를 만지작거렸다. 끝이 금방 붉어지는 하얀 귀는 귓바퀴가 밀가루 반죽처럼 말랑거렸다.

"이모님이 세종에 계세요?"

문도의 질문에 선우가 고개를 끄덕였다.

"이모부가 공무원이셨어요. 지금은 퇴직하셨고요."

단추 세 개를 따고서 선우가 머뭇거렸다. 문도는 선우의 손을 잡아 그다음 단추로 이끌면서 물었다.

"수술은 잘되셨고?"

"네. 수술은 잘되셨고 지금은 한방 병원에 요양차 입원하셨대요."

마지막 단추를 푸는 선우에게로 문도는 고개를 숙였다. 비스듬한 각도에서 입술을 물고서 제 안으로 빨아당겼다. 작게 터지는 숨소리에 등줄기가 저릿거린다. 벌어진 셔츠 사이로 선우의 손을 이끌어 제 몸에 두르게 했다. 문도의 등에 선우의 손이 가만히 닿았다.

"만져 줘요."

키스 중에 말했더니 선우의 눈꺼풀이 깜빡거렸다. 문도는 선우의 손을 등에서 배로 이끌었다. 아래로 이끌어 주니 선우의 얼굴이 확 붉어졌다.

"익숙해질 때도 되지 않았나 싶은데."

문도는 다시 선우의 입술을 물면서 말했다. 말캉거리는 입술에서 단맛이 났다. 어설프게 벨트 위에 걸쳐진 선우의 손이 웃기고 귀여워서 문도는 한숨을 쉬며 선우의 입안으로 혀를 밀어 넣었다. 더운 숨을 터트리는 선우를 안아서 들어 올리자 선우가 문도의 어깨에 팔을 감았다.

"내일 가겠다고요?"

진열장 위에 선우를 앉힌 뒤 문도가 물었다. 눈높이가 같아진 선우가 대답을 했다.

"네."

"언제 오는데?"

"하루 자고 일요일에 오려고요."

긴 머리카락을 귀 뒤로 넘겨 주며 문도는 붉게 부풀어 오른 입술에 다시 입을 맞추었다. 요즘 매일이 이런 식이었다. 퇴근하며 이선우를 부르고, 건너온 이선우를 옷도 벗지 않고 물고 빠는 일상이 이어진다.

같이 영화를 보며, 맥주를 마시며, 목욕을 하며, 신음 소리가 터져 나올 때까지 이선우를 만지작거렸다. 입술에, 가슴에, 허벅지와 발등에 수시로 입을 맞추었다.

"나는?"

문도는 입술을 떼면서 물었다. 선우의 눈동자가 문도의 눈동자와 만났다. 짓궂게 물어보는 문도의 눈을 물기 머금은 선우의 눈동자가 보고 있다. 단지 그것뿐인데 목덜미가 찡하고 울렸다.

"나는 어쩌고 세종에 가."

문도는 선우가 입은 원피스의 단추를 따면서 말했다. 셔츠형 원피스가 한 뼘씩 벌어졌다.

"가지 말까요?"

마음에도 없는 말을 하는 선우를 보며 문도는 피식 웃었다.

"응. 가지 마. 나랑 있어."

흰 목덜미에 입을 맞추며 말했다.

"그럼 일요일 아침에 갔다가 오후에 올게요."

"그것도 싫다고 하면."

이선우가 곤란한 표정을 지었다.

"잠깐만 다녀올게요."

문도는 선우의 얼굴을 빤히 바라보았다. 언젠가 그날이 왔을 때, 가지 말라고 한다면 너는 안 갈까. 전부 놓고 나를 선택해 달라고 하면.

"농담이에요. 다녀와. 토요일도 하루 휴가 줄 테니까 편히 다녀와요."

문도는 웃으면서 말했다. 그제야 선우가 불안한 표정을 지웠다. 문도는 벌어진 선우의 옷깃 사이로 얼굴을 묻었다. 가슴 언저리에서 나는 살냄새가 좋아서 코를 비비다가 브래지어 위로 솟은 정점을 이로 질근 물었다.

흣.

선우의 신음 소리가 들려왔다. 이만큼 물고 빨았으면 질릴 법도 한데, 갈증은 날마다 더해지기만 했다. 몇 번을 삼키고 몇 번을 마셔도 부족해서 어떤 날엔 이선우를 통째로 씹어 삼키고 싶다는 생각을 할 때도 있었다.

전부 묻어 버릴까.

문도는 브래지어를 젖혀 톡 튀어나온 살점을 빨며 생각했다. 아, 터져 나오는 신음 소리가 감미롭게 귀를 적신다. 서유라의, 최지상의, 이민우와 김영재의 핸드폰을 부숴 버리면 어떨까. 무엇도 찾을 수 없게 산산조각을 낸다면. 영원히 아무것도 찾을 수 없게 한다면. 그렇게 주저앉히면, 그러면 안 되는 건가.

"전무님."

선우가 문도를 불렀다.

"금방 다녀올게요."

"그래요."

문도는 다시 선우의 가슴을 머금으며 대답했다. 달콤한 살냄새를 전부 삼켜 버리고 싶었다.

두 시간을 달려온 버스가 터미널 하차장에 멈추어 섰다. 기사가 레버를 당기자 쉬익 공기 빠지는 소리가 나며 문이 열렸다.

"감사합니다."

선우는 인사를 하고 버스에서 내렸다. 하늘을 올려다보니 새파란 하늘에 깃털 같은 흰 구름이 떠 있었다. 오랜만에 휴가다운 휴가를 받은 기분이었다. 마음 졸이지 않고 여행을 오듯 멀리까지 온 적이 언제였는지 까마득했다.

근무가 끝나고 저녁에 가도 괜찮다고 말을 했지만 서문도는 그럴 필요 없다며 휴가를 주었다. 마침 서유라도 박소영과 쇼핑 스케줄이 있다며 별말 없이 선우를 보내 주었다.

덕분에 선우는 서두르지 않고 느긋하게 준비할 수 있었다. 늘 먼저 먹었던 아침 식사도 다른 직원들과 같이할 수 있었고, 버스를 타기 전에 시간을 내서 백화점도 들를 수 있었다.

이모와 이모부에게 줄 선물을 사고, 사촌 오빠 도현의 첫 아이인 서윤의 내복과 조끼도 한 벌씩 골랐다. 설레는 마음으로 버스에 타서 흘러가는 풍경을 보다 보니 어느새 세종이었다.

쇼핑백을 양손에 움켜쥔 선우는 터미널 앞에서 택시를 잡았다. 도현이 알려 준 한방 병원의 이름을 말하고 뒷좌석에 등을 기댔다.

서울보다 한적하고 여유로운 느낌의 풍경이 펼쳐졌다. 시원하게 뻗은 길을 따라 달리던 택시는 대교 하나를 건너서 아파트촌을 지나 야트막한 언덕을 오르더니 금방 멈추어 섰다.

"도착했습니다."

"네, 감사합니다."

인사를 하는데 병원 앞에 서성이고 있는 이모부의 모습이 보였다. 선우가 내리기도 전에 알아보고 다가와 문을 열어 주었다.

"이모부, 왜 나와 계세요."

"버스 시간 알려 주면 데리러 갔을 텐데, 왜 답을 안 했어."

"택시가 편해서요. 터미널에서 가까워서 엄청 금방 왔어요."

데리러 나올까 봐 버스에서 내리고 나서야 세종에 잘 도착했다는 메시지를 보냈다. 택시 타고 금방 가겠다고 했는데 기어이 병원 앞까지 내려오신 건 아마도 이모의 성화가 있었지 싶었다.

"짐은 이리 주고. 뭘 이렇게 샀어."

선우의 양손에 들린 쇼핑백을 이모부인 진철이 빼앗아 들었다. 선우는 진철을 따라 걸으며 미숙의 안부를 먼저 물었다.

"이모는 좀 어떠세요? 수술은 잘 됐고요?"

"으응. 쌩쌩해. 식단이 문제라 입원했지. 그 사람 성격에 제대로 쉬지도 못하고 자기가 음식 해서 먹겠다고 설쳐 댈 게 뻔해서 도현이가 입원시켰어. 돈 아깝게 무슨 입원이냐고 한소리 하긴 했는데, 그래도 아들 말은 듣더만."

진철이 엘리베이터 버튼을 누르며 말했다. 엘리베이터에 타니 한쪽 벽에 층별 안내판이 붙어 있었다. 암 환자들이 요양을 겸해 입원을 할 수 있는 한방 병원이라 그런지 3층부터는 전부 입원실이었다.

"오빠가 큰 병원에 있어서 다행이에요."

"그러게 말이다. 수술할 때도 알아서 해 주는 덕분에 편하게 지냈지."

"간병인은 안 두고 이모부가 계속 계시는 거예요?"

"퇴직하고 남아도는 게 시간인데, 뭐."

이야기를 나누며 걷다 보니 어느새 병실 앞이었다. 들어가기 전, 선우는 숨을 들이마셨다.

"여보, 선우 왔네."

이모부가 문을 열자 병실이라기엔 원룸 같은 느낌의 방이 눈에 먼저 보였다.

"응? 벌써 왔다고?"

"네. 이모, 저 왔어요."

서둘러 침대를 내려오는 미숙의 얼굴에서 엄마의 얼굴이 보였다. 선우는 환하게 웃으려 애를 썼다.

"참말이네. 우리 선우가 왔네. 우리 선우가 왔어. 잘 지냈어? 얼굴은 왜 이렇게 말랐어. 점심은 먹었고?"

미숙이 울 것처럼 웃으며 선우의 손을 잡았다. 따뜻한 손이 선우의 손을 감쌌다. 애틋한 눈으로 자신을 보고 있는 미숙에게 선우는 간신히 웃어 주며 대답을 했다.

“먹고 왔어요.”

“오느라 힘들었지? 이리 앉아. 여보, 내려가서 커피랑 빵이랑, 뭐라도 좀 사 와요. 아, 냉장고에 귤이랑 사과부터 꺼내 봐.”

“아이고, 이 사람아 천천히 해. 앉아서 밀린 얘기부터 나누고 있어. 내가 알아서 접대 잘할 테니까.”

진철이 웃으며 미숙을 말렸다. 선우는 미숙을 따라 침대 옆에 놓인 긴 소파에 앉았다. 마주 앉고 보니 미숙의 목 아래쪽에 붉은 선이 그어져 있는 것이 보였다. 선우의 눈에 눈물이 고여 들었다.

“많이 아프셨겠어요. 왜 말씀 안 해 주셨어요.”

“아니야. 괜찮아. 하나도 안 아팠어. 눈 감았다 뜨니까 다 끝났더라구. 이모 건강하니까 걱정하지 마. 내가 너 이럴까 봐 연락하지 말라 그랬는데.”

미숙이 일부러 쾌활한 표정을 지으며 말했다. 이럴 때의 이모는 엄마와 꼭 닮아 있었다.

“너는 잘 지냈어? 학원 일이 많이 바쁘다며. 안 그래도 마른 애가 살이 왜 이렇게 빠졌어. 반찬은 있어? 이모가 좀 보내 줄까?”

“학원 일이 바빠서 그렇지 잘 지내고 있어요. 반찬도 많구요.”

선우는 눈에 고인 눈물을 손으로 쓱쓱 밀어내면서 미소를 지었다. 민우가 죽은 뒤로 미숙은 선우마저 어떻게 될까 봐 전전긍긍

하며 걱정을 했다. 이렇게 두었다가는 하염없이 걱정하는 소리를 듣게 될지도 몰랐다. 선우는 한쪽에 놓아두었던 쇼핑백을 집어 미숙에게 내밀었다.

"아, 맞다. 이거. 이건 이모부 홍삼즙이고, 이거는 이모 스카프. 이쪽 거는 서윤이 내복이랑 조끼인데, 사이즈 넉넉하게 샀어요. 세종에 있는 매장에서 교환도 된대요."

"애 좀 봐. 왜 이런 걸 사 오고 그래."

"서윤이 많이 컸죠? 지금 몇 개월이에요?"

이야기는 자연스럽게 조카인 서윤의 이야기로 이어졌다. 핸드폰 동영상 속에서 아장아장 걷고 있는 아이를 보면서 웃고 있는데, 테이블 위에 올려 둔 선우의 핸드폰이 진동을 했다.

잘 도착했어요?

서문도였다. 선우는 답 메시지를 쓰기 위해 핸드폰을 들었다.

네. 잘 도착했어요. 휴가 주셔서 감사합니다.

마무리를 어떻게 할까 고민하다 민우가 선물해 주었던 토끼 이모티콘을 하나 붙였다. 감사하다며 꾸벅꾸벅 인사를 하는 귀여운 토끼의 모습이 화면에 떴다.

이모티콘을 본 서문도는 웃고 있을까.

피식 웃는 얼굴이 생각나 선우는 고개를 들어 병실에 난 커다란 창문을 보았다. 깃털 같은 구름이 마음을 간질이는 것만 같았다.

“이모부, 오늘은 제가 있을게요. 이모, 그래도 괜찮죠?”

밤이 늦은 시간, 선우는 사과를 깎고 있는 이모부 진철에게 말했다. 이모 옆에서 하루 자고 싶기도 했고, 간병을 하느라 힘들었을 이모부도 쉬게 해 드리고 싶었다.

“나야 좋지. 매일 보는 지겨운 얼굴 오늘은 안 봐도 되겠네.”

미숙이 웃으면서 말했다.

“아니, 지겹다니. 몇 시간만 떨어져도 보고 싶다고 해 놓고?”

“그거야 그냥 듣기 좋으라고 하는 말이지, 그걸 믿었대? 사람 순진하긴.”

선우는 웃는 입매가 엄마와 꼭 닮은 이모를 보며 같이 웃었다.

“오랜만에 조카 왔다고 이 사람 얼굴이 아주 활짝 폈네, 폈어. 정말 나 없어도 괜찮겠어?”

“괜찮지, 그럼. 추석에도 못 내려온다는데 이렇게라도 같이 시간 보내게 들어가요. 방해 좀 그만하구.”

“그럼 이것만 정리하고 갈게. 빨래랑 반찬통 챙겨 가야겠네.”

진철이 앉아 있던 소파에서 일어났다. 주섬주섬 사과를 깎은 과도와 쟁반을 드는 진철에게 선우가 말했다.

“제가 치울게요.”

쟁반과 과도를 치우는데 가방 안에 넣어 두었던 핸드폰이 울리기 시작했다.

"선우야, 전화 오네."

미숙의 말에 선우는 손을 닦고 테이블 한쪽에 두었던 가방을 들었다. 화면에는 익숙한 이름이 떠 있었다.

"이모, 잠깐 통화 좀 하고 올게요."

선우는 미숙에게 말한 뒤 병실 문을 열고 나왔다. 옥상 정원 쪽으로 발걸음을 옮기며 전화를 받았다.

"네, 전무님."

— 저녁은 먹었어요?

수화기로 들려오는 목소리에 선우는 숨을 삼켰다. 분명 오늘 새벽까지 같이 있었는데, 장소가 달라져서 그런지 서문도의 목소리를 오랜만에 듣는 것 같았다.

"네. 먹었어요."

옥상 문을 열면서 선우는 대답했다.

— 뭐 먹었는데요.

"이모가 저요오드 식단으로 드셔야 해서 도시락 시켜서 병실에서 같이 먹었어요."

— 맛있었어요?

"네. 맛있었어요."

선우는 긴 벤치에 앉으며 대답했다.

— 자고 올 거라면서요.

저녁을 먹고 나서 메시지를 보냈었다. 하루 자고서 내일 올라가겠다고. 미리 이야기를 해 두긴 했어도 한 번 더 말을 해 주는 게 맞는 것 같아서였다.

— 지금이라도 올라올 생각은 없고?

"오늘은 이모랑 같이 자려고요."

선우는 멀리 시선을 주며 말했다. 사방으로 퍼져 있는 아파트 불빛들이 보였고, 불어오는 밤바람에서는 이른 가을 냄새가 났다.

— 보고 싶은데.

서늘한 밤바람을 타고서 들려오는 목소리가 낮고 부드러웠다. 선우는 핸드폰을 꽉 쥐었다. 마음이 스륵 내려앉는 기분이 들었기 때문이었다.

— 나만 보고 싶은가 보네.

남자의 목소리가 몸을 울렸다. 선우는 가만히 숨을 내쉰 뒤에 천천히 대답을 했다.

"저도 보고 싶어요."

낮은 웃음소리가 수화기 건너편에서 들려왔다. 이럴 때면 어쩔 수 없이 마음이 무거워진다. 남자의 마음 같은 거 신경 쓰지 말자고 생각했지만 잘 되지 않았다. 다정한 목소리를 들을 때마다 죄책감은 깊어만 갔다.

이래도 되는 걸까.

가짜 이선우에게 진심이 되도록 내버려 두어도 될까. 당신의 마음이 깊어지는 걸 알면서 이쪽으로 좀 더 깊이 들어오라고 손짓을 해도 되는 걸까.

— 내가 갈까요?

문도의 말에 선우는 아프게 웃었다. 오세요, 하면 이 남자는 정말로 올 것만 같았다. 무슨 말을 하든 전부 들어줄 것만 같았다.

네. 와 주세요. 보고 싶어요.

선우는 목 끝까지 차오르는 말을 삼켰다. 이제는 자신도 정상이 아닌 것만 같았다. 지금처럼 남자에게 터무니없는 요구들을 하고 싶은 충동이 들 때가 있었다. 조금 더 꼭 안아 달라고 하고 싶었고, 옆에 있어 달라고 하고 싶었다. 나를 좋아하냐고 묻고 싶었고, 그러지 말라고 말하고도 싶었다.

"아니요. 내일 제가 갈게요."

밝은 목소리로 말하면서 선우는 이게 정말 거짓일까 생각을 했다. 나는 지금 당신을 좋아하는 척을 하고 있는 게 맞을까. 사랑에 빠진 연기를 하는 것이 맞나. 연기를 빌어 욕심을 채우고 있는 건 아닐까.

— 언제쯤 출발해요?

"이모부 아침에 오시면 점심 전에 출발할 거 같아요."

— 버스 예매하면 연락해요. 터미널로 데리러 갈 테니까.

진짜 이선우는 이럴 때 그러지 말라고 할 거였다. 번거롭게 그러지 마시라고. 가짜 이선우는, 서문도에게 뻔뻔히 요구를 해도 괜찮은 그 여자는 이런 순간에 이렇게 대답을 한다.

"네. 그럴게요."

— 그래요. 들어가요.

서문도가 전화를 끊었다.

이제는 자신이 가짜 이선우인지 진짜 이선우인지 구분이 잘 되지 않는다는 생각을 하면서, 선우도 천천히 핸드폰을 내렸다.

헤어질 시간이 다가오자 미숙은 선우의 손을 꼭 잡았다.

"추석에 올 수 있으면 오고."

"네. 이모. 전화드릴게요."

눈물이 고여 있는 미숙의 눈을 보면서 선우는 애써 밝게 웃었다.

"정말 연애할 생각은 없어?"

"네. 아직 없어요."

"진짜 괜찮은 사람이 있어서 그래. 이모부랑 같이 일했던 사무관인데 볼 때마다 내가 네 생각이 났거든. 우리 선우 소개시켜 주면 참 좋겠다, 맨날 생각했어. 그이가 삼 형제 중에 둘짼데, 형 동생 전부 잘 되었고, 부모님 되는 분들도 너무 인품이 좋으시고 그래서."

이모의 마음을 알았다. 아무도 없이 홀로 남은 조카에게 가족도 만들어 주고 싶고, 텅 비어 있을 마음도 메꿔 주고 싶었을 거였다. 그 마음을 알기에 선우는 그냥 미소만 지었다.

"조금만 더 있다가요."

"그래. 생각 바뀌면 꼭 연락하고. 세종 내려와서 이모 옆에서 사는 것도 생각해 봐. 서울에서 혼자 지내기 힘들잖아. 알았지?"

"네. 이모."

선우는 대답하면서 고개를 끄덕였다. 언젠가 민우의 핸드폰을 찾게 되면. 진범을 밝히는 날이 오면. 모든 것을 뒤로하고 서울을 떠나야 할 때가 오면.

그때는 세종에 내려와서 사는 것도 나쁘지 않을 것 같다는 생각을 했다.

"버스가 몇 시랬지?"

"11시요. 이제 나가 봐야 할 것 같아요. 이모부 금방 오신댔죠?"

"응. 터미널까지 데려다주라고 하려 했는데, 하필 오늘 아파트 소독을 할 게 뭐니. 걱정 말고 먼저 가. 꼭 택시 타고. 이건 차비 하고."

미숙이 선우의 손에 봉투를 쥐여 주었다.

"이건 어제 제가 드린 거잖아요."

선우는 고개를 저으면서 손을 뺐다. 미숙이 다시 쥐여 주면서 그건 아니라고 우겼다.

"그건 빼고 새로 넣었어. 넣어 둬. 응? 그래야 내 맘이 편하지."

선우는 미숙이 쥐여 주는 봉투를 마지못해 받았다. 버스 시간에 늦지 않으려면 나가야 하는데, 선뜻 발걸음이 떨어지지 않아 나서는 순간까지도 미숙에게 당부의 말을 했다.

"이모, 건강 잘 챙기시고요. 아프지 마세요. 다음에 또 올게요."

"그래. 얼른 가. 늦겠다."

몇 번을 뒤돌아보다 선우는 엘리베이터를 탔다. 문이 닫히는 순간까지도 손을 흔들어 주는 미숙에게 마주 손을 흔들다가 문이 닫힌 뒤에야 팔을 내렸다. 한 블록 아래의 큰 도로로 내려가 택시를 잡아야겠다고 생각하면서 출입문으로 향하는데 핸드폰이 울렸다. 서문도였다.

"네, 전무님."

— 어디에요?

"이제 막 병원 나가고 있어요."

선우는 회전 출입문을 나가며 대답했다. 밖으로 나오니 밝은 햇살이 쏟아지듯 내려왔다. 눈을 가늘게 뜨고 인도를 따라 걸음을 옮기는데 문도가 말했다.

— 그대로 쭉 내려와요. 큰 길가에 있는 커피 스테이션 앞에서 기다리고 있으니까.

선우는 걸음을 멈췄다. 설마 한 블록 아래에 있는 카페를 말하는 건가 싶어서였다.

"전무님, 혹시 지금 세종……."

뒷말을 더 이을 필요도 없었다. 야트막한 언덕길 아래의 커피 체인점 앞에 서문도가 서 있었다. 놀란 선우가 걸음을 멈춰 서자 멀리 보이는 서문도가 인사를 하듯 손을 들어 올렸다. 눈으로 보면서도 믿기지가 않았다. 저기 길가에 서 있는 남자가 정말 서문도 전무가 맞나.

— 맞으니까 내려와요.

선우의 마음을 읽기라도 한 것처럼 남자가 말했다. 선우는 서둘러 전화를 끊었다. 핸드폰을 가방에 넣고 걸음을 빨리했다.

타닥타닥.

가을 햇살이 쏟아지고 있는 인도 위로 이선우의 걸음 소리가 울려 퍼졌다. 빨라지는 걸음걸이를 따라서 하나로 묶은 머리카락이 춤을 추듯이 흔들렸다.

폭이 좁은 도로 앞에서 선우의 발걸음이 멎었다. 차가 지나는 길을 사이에 두고 서로를 마주 보았다.

"전무님."

길 건너에 있는 선우가 문도를 보고 활짝 웃었다. 반가움을 숨기지 못하는 이선우의 눈동자가 햇살 아래서 반짝이고 있었다.

눈이 멀 것 같았다.

정말이지 잔인한 장면이라고 문도는 생각했다. 이토록 찬란한 햇빛과 이토록 눈부신 너라니. 이 순간은 심장에 문신처럼 새겨져 오래도록 지워지지 않을 터였다.

그늘 아래에 선 문도는 천천히 미소를 지었다. 햇볕 아래의 이선우가 화답을 하듯이 한 번 더 미소를 짓는다. 심장을 묶어 놓는 것 같은 미소였다. 도로 위로 차가 한 대 지나가고, 그 뒤를 이어 다시 한 대가 지나가는 동안 심장이 묶인 문도는 움직이지 못했다. 그사이 이쪽저쪽을 살핀 선우가 길을 건너왔다.

"어떻게 오셨어요. 바쁘셨을 텐데."

문도의 앞으로 다가온 선우가 말했다. 아직도 숨은 조금 거친 상태였다. 환한 선우의 미소가 문도의 마음을 뻐근하게 내리눌렀다.

"걸어왔어요."

문도의 말에 네? 하고 이선우가 눈을 크게 떴다.

"잠도 안 오고, 시간은 남아돌고. 그래서 어젯밤부터 걸어왔어요."

웃음기 어린 문도의 눈동자에 선우가 어이없다는 듯이 웃었다.

"진짠데. 왜 웃지."

"그럼 저 차는 뭐예요."

선우가 길가에 세워져 있는 문도의 차를 보고 물었다. 문도는 태연히 대답했다.

"저거? 알아서 따라오던데?"

실없는 농담에 선우가 웃음을 터트렸다. 밝은 가을 햇살 같은 미소가 사방으로 퍼져 나갔다.

"감동했어요?"

대수롭지 않게 한 말에 선우가 문도를 보았다. 맑고 반듯한 시선이 문도를 오래 본다. 언제나처럼 마음에 파도를 일으키는 시선이었다. 뭐라도 움켜쥐고 버틸 것이 필요해 문도는 키를 쥐고 있던 손에 힘을 주었다.

"네. 그런가 봐요."

선우가 한숨처럼 가는 미소를 지으며 작게 말했다. 모든 것이 비현실적이었다.

금빛으로 부서지는 가을 햇볕과 새파란 하늘. 진심으로 자신을 좋아하는 것처럼 얼굴을 붉히며 말하는 이선우.

문도는 자신도 모르게 손을 뻗어 선우의 뺨을 감쌌다. 동그랗게 눈을 뜬 선우가 입술을 맞다물더니 시선을 내렸다.

"나 보고 싶었어요?"

농담처럼 가볍게 물어보며 문도는 고개를 기울였다. 내리뜬 눈동자를 붙잡고 물어보니 선우가 작게 숨을 들이마시고 대답을 했다.

"네. 보고 싶었어요."

문도는 선우의 뺨을 엄지로 느리게 문질렀다. 선우의 눈꺼풀이 가늘게 떨리는 것이 보였다.

이게 거짓일 수 있나. 어떻게 이게 거짓일 수 있어. 너의 떨림이 이렇게 다 느껴지는데.

"얼마나 보고 싶었는데?"

구차한 질문에 선우가 가만히 그를 보다가 대답을 했다.

"……많이요. 많이 보고 싶었어요."

그래. 이거면 됐지.

거짓말이라도 좋았다. 이렇게 진짜 같은 얼굴로 이선우가 영원히 거짓을 말할 수 있다면, 그 역시 영원히 속아 줄 수 있을 것만 같았다.

"나도 이선우 많이 보고 싶었어."

문도는 선우의 입술에 자신의 입술을 포개었다. 길거리인 것을 의식한 선우가 순간 멈칫하더니 이내 상관없다는 듯 문도의 입술을 마주 물어 왔다.

햇빛은 찬란하고 하늘은 새파랬다. 뜨겁게 달군 돌들이 심장 위로 우르르 쏟아지는 것 같아 문도는 질끈 눈을 감았다.

"뭐 할까요."

차를 타고 올라오는 길, 서문도가 물었다. 차창 밖 하늘이 맑고 높았다. 선우는 언젠가 남자친구가 생긴다면 해 보고 싶었던 일들을 생각했다.

나무가 무성한 숲길을 걷고도 싶었고, 한강 공원에 돗자리를 깔고 앉아서 음악을 들으며 책을 읽는 것도 해 보고 싶었다. 정신없이 빠져서 볼 수 있는 블록버스터 영화를 같이 보고 싶었고, 장을 보아다가 나란히 서서 요리도 하고 싶었다. 멀리 바닷가에 텐트를 치고 모닥불을 피우는 것도 해 보고 싶었고, 좋아하는 외국 발레단의 내한 공연도 보고 싶었다.

남자친구가 생기면 그런 소소한 일들을 같이하고 싶었는데, 그런 꿈을 꿀 새도 없이 부모님이 돌아가셨고 거짓말처럼 민우마저 세상을 떴다.

"우선 점심 먹고요."

선우의 말에 운전을 하던 문도가 잠깐 선우를 보았다. 피식 가볍게 웃는 남자의 얼굴에 심장이 두근 뛰었다.

"점심을 먹고. 그다음엔?"

문도의 말에 선우는 흘러가는 구름에 시선을 주었다. 남자친구가 생기면 하고 싶었던 일들이 그렇게나 많았는데 지금은 그 무엇도 하고 싶지 않았다.

오늘 하루, 평범한 이선우로 돌아가서 하고 싶은 것을 할 수 있다면. 내가 나인 것도 잊고, 당신이 당신인 것도 잊고, 서유라도, 핸드폰도, 민우도 잊고서 하루를 보낼 수 있다면.

"그냥……."

그 무엇도 하지 않고.

"같이 있고 싶어요."

당신과 둘이서.

선우가 말을 마친 뒤, 침묵이 차 안을 채웠다. 앞을 뚫어져라 보던 서문도가 헛웃음을 웃었다. 느리게 감았다 뜨는 눈꺼풀 안의 눈동자가 짙은 색으로 물들어 있었다.

"그건 내가 하고 싶은 거고. 이선우가 하고 싶은 거 말하라고."

비스듬히 웃는 남자는 위험해 보였다. 그럼에도 시선을 뗄 수 없었다. 홀린 것처럼 바라보게 되었다. 그렇게 바라보다가 선우는 천천히 깨달았다.

아아. 나는 이 남자를 좋아하는구나.

결국은 이렇게 되었구나.

더는 부정할 수 없는 순간이 와 버리고 말았다. 바보 같은 이선우는 사랑에 빠진 척을 하다가 정말로 사랑에 빠져 버리고 말았다. 문득 맥없는 웃음이 나왔다. 오래전에 이런 순간을 예감했었던 것이 기억났기에.

언젠가 저 눈동자에 빨려 들어가 산산조각이 날지도 모르겠다고 생각을 했었지. 진심과 거짓이 뒤섞여 무엇이 진짜인지 구별이 되지 않는 날이 오면 어쩌나 걱정했던 날이 있었어.

남자가 두려웠던 이유를 이제는 알 것 같다.

빼앗으려 다가갔다가 도리어 전부 빼앗길 것 같았기 때문이었다. 진짜를 내어 주지 않고는 아무것도 가져올 수 없을 것 같았기에.

스스로를 제물 삼아 한 발 한 발 다가가다 보니 어느새 팔이 삼켜지고, 다리가 삼켜지고, 이제는 심장까지 삼켜지고 있었다. 이러다 민우의 핸드폰을 찾게 되는 날이 오면 그땐 정말로 아무것도 남아 있지 않을지도 모르겠다는 생각이 든다.

그렇다고 해도 오늘은, 오늘만큼은.

"전무님이랑 둘이서만 있고 싶어요."

생에 단 하루만.

다시는 돌아오지 않을 이 가을의 오후에, 이선우는 서문도를 욕심껏 가져 보고 싶었다.

31. 신데렐라의 무도회

"그래요. 그럼 어느 호텔로 갈까요."

서문도가 말했다. 담담한 목소리였다. 선우 혼자만 가슴이 터질 것 같은 상황인가 보다. 선우는 기억을 더듬었다. 남자와 갔던 호텔은 두 곳이었다.

"전무님은 어디가 더 편하셨어요?"

선우의 질문에 문도는 웃었다. 어디가 더 편하냐니. 침대가 있었다는 것 외에는 어떻게 생겨 먹은 룸이었는지 기억도 나지 않았다. 어디든 상관없었다는 걸 이선우는 모르나 보다.

"이선우 씨는 어디가 더 편했어요?"

질문을 거꾸로 되돌리자 선우가 멀리 풍경을 보면서 가만히 생각을 하더니 답을 했다.

"저는 두 번째로 갔던 곳이 더 좋았어요. 짜장면도 맛있었고요."

우스운 말이지만 여자의 이런 모습들이 좋았다. 이런 모습들도 좋다는 게 맞는 말이겠지만.

좀처럼 자기 이야기를 하지 않는 이선우는 한 번씩 차분히 자신의 의견을 말할 때가 있었다. 그럴 때의 흔들림 없는 눈빛이 좋았다. 특유의 고요한 분위기에 더해진 차분함이 좋았다.

그럼 거기로 가자는 말을 하려는데, 선우가 음, 하고 다시 말을 이었다.

"그렇지만 골라야 한다면 톨게이트에서 더 가까운 곳이 좋을 것 같아요."

문도는 핸들을 잡은 손에 힘을 주었다. 웃고 있지만 피가 몰렸다. 차에서 덮치는 일은 하고 싶지 않아 평정심을 유지하려 애쓰는 중인데, 이선우는 아무것도 모르고서 불을 지펴 댄다.

"톨게이트에서 가까운 다른 호텔로 갈까요?"

"좋아요."

두 번 생각도 않고 말하는 선우 때문에 문도는 열 오른 웃음을 삼켰다.

"어딘 줄 알고 좋대."

"사실은 아무 데나 상관없어요. 둘이서 있을 수 있으면……. 다 좋아요."

말해 놓고 조금 창피한지 선우의 뺨이 옅은 핑크색으로 물들었다. 문도는 기막혀서 웃었다. 이렇게 달콤한 거짓말이라니. 터지겠네.

"그때처럼 내가 심하게 하면 어쩌려고 이래. 겁도 없이."

그 말에 선우는 무릎 위에 올려 둔 핸드백의 어깨끈을 꾹 쥐었다. 차창 쪽으로 고개를 돌리며 흘러가는 풍경을 한참 동안 보더니 작게 말했다.

"그래도 괜찮아요."

그래도 정말로 괜찮아. 환청처럼 이선우의 목소리가 들려왔다.

그래. 그렇다면 나도 다 괜찮아. 네가 내게 무엇을 원하든, 무엇을 구하든, 나도 다 괜찮아.

문도는 그렇게 생각하며 속력을 높였다.

톨게이트에서 가깝다던 호텔은 선우에게도 익숙한 곳이었다. 백화점과 호텔이 연결되어 있어서 서유라가 쇼핑을 하고 최지상을 만날 때 자주 드나들던 호텔이었다.

"점심은 여기서 먹고 올라가죠."

8층의 라운지에서 체크인을 하고 온 문도가 말했다. 선우가 왜요? 라고 묻듯이 바라보자 웃으면서 답했다.

"올라가면 밥 못 챙겨 먹일 거 같아서."

가볍게 웃고 있지만 남자의 눈동자에는 욕망이 일렁이며 타고 있었다. 선우는 목이 막히는 기분이 들어서 고개를 끄덕이기만 했다.

직원이 안내해 주는 자리에 앉아서 봉골레 파스타와 햄과 치즈가 들어 있는 파니니를 먹었다. 뜨거운 커피를 한 잔씩 마시고, 한 번씩 더 리필을 해서 마시며 천천히 식사를 끝냈다.

"다 먹었어요?"

문도의 물음에 선우는 네, 하고 대답했다. 서문도가 의미심장하게 웃는데 선우의 심장이 지끈거렸다. 먼저 자리에서 일어선 문도가 데스크 앞에 섰다.

"계산할게요."

카드와 계산서를 내미는 손등에는 푸른 핏줄이 툭툭 불거져 있었다. 선우는 계산서를 들지 않은 다른 손을 바라보았다. 비어 있는 손을 보는데 잡고 싶다는 생각이 들었다. 수많은 밤을 보냈지만 손을 잡은 기억은 없었다.

손을 잡고 걸어가면 우리도 평범한 연인들처럼 보일까. 커다란 손이 자신의 손을 잡아 주면 좋겠다는 생각은, 이내 충동으로 변했다.

먼저 잡아 볼까. 그래도 되려나.

선우는 오늘만큼은 내키는 대로 하기로 결심했던 것을 떠올렸다. 망설이던 선우는 비어 있는 문도의 손에 자신의 손을 끼워 넣었다. 움찔 놀란 서문도가 고개를 획 돌려 선우를 내려다보았다.

가늘게 뜬 눈이 선우를 본다. 긴장한 선우가 자신도 모르게 속입술을 깨무는데 커다란 손이 선우의 손을 힘주어 잡았다.

선우는 아, 하는 탄식을 삼켰다. 손만 잡았는데 몸 전체가 연결된 느낌이 들었다. 맞닿은 손바닥에서 찌릿찌릿 전기가 이는 것 같았다. 팔을 타고 올라온 전류는 가슴을 거쳐 아랫배를 조여들게 했다. 마른침을 넘기는 순간에도 아랫배가 욱신거렸다. 엘리베이터를 무슨 정신으로 탔는지 기억이 나지 않았다. 서문도가 이끄는 대로 따라만 갔다.

서문도는 선우를 보지 않았다. 묵묵히 엘리베이터의 출입문에 시선을 둔 채, 다만 힘주어 선우의 손을 잡고 있을 뿐이었다. 긴 복도를 지나서 복도 끝에 위치한 객실 앞에 섰을 때, 문도가 나직한 웃음을 흘리며 다른 손으로 얼굴을 쓸어내렸다.

"돌겠네."

작게 중얼거린 그 말이 뜨거워서 목이 바짝 마르는 기분이었다. 한숨을 쉰 문도는 팬츠 주머니에서 키를 꺼내 센서에 댔다. 철컥, 잠금장치가 풀리는 소리가 들리고 문이 열렸다. 남자가 뒤를 돌아 선우를 보았다. 정말 이걸 원해? 후회하지 않겠어? 물어보듯이 눈을 좁히며 그녀를 본다.

남자의 뒤로 넓은 방이 보였다. 둘만의 세상이 될 공간이었고, 오늘 하루 그녀를 삼킬 공간이었다. 정말 이래도 되는 걸까. 내가 나인 것을, 민우의 누나인 것을 전부 잊어도 되는 걸까.

문득 두려워지는 순간, 자신을 손을 단단히 잡고 있는 남자의 손이 보였다. 커다랗고 강인한 손이 절대 놓지 않을 것처럼 선우의 손을 잡고 있었다.

그래. 당신과 함께라면, 어디라도.

선우는 기꺼이 발을 내디뎠다.

문이 닫히는 동시에 입술이 겹쳐졌다. 잡힌 한 손이 그대로 벽으로 붙여지면서 선우의 몸이 문도에게 갇혔다.

"아……."

입술을 가르고 들어온 문도의 혀가 선우의 안을 휘저었다. 츱,

하는 소리가 나도록 빨렸다가 놓아지나 싶은 순간 다시 질척하게 얽혔다. 절묘하게 비벼지는 느낌에 목덜미에 소름이 오스스 돋았다.

"전무님……."

선우는 남은 한 손으로 문도의 어깨를 잡았다. 고개가 비틀리며 다른 각도로 입술이 겹쳐졌다. 입술이 남자의 잇새 사이에서 으깨지며 안쪽으로 빨려 들어갔다.

아랫입술이 물려 있어서 다리가 녹을 것 같았지만 선우도 무언가를 하고 싶었다. 더 많이 닿고 싶고 더 짙게 얽히고 싶었다. 그런 바람으로 선우는 조금 더 고개를 비틀어 문도의 윗입술을 물었다. 안쪽으로 빨아들이자 남자의 몸에 힘이 들어가는 게 느껴졌다.

말캉이는 입술이 달았다. 남자가 왜 가끔씩 자신의 살을 빨며 달다고 하는지, 이제는 알 것 같았다. 이런 맛이었구나. 선우는 아이가 엄마 젖을 빨듯이 남자의 윗입술을 잘근잘근 빨았다. 웃음소리 비슷한 신음 소리가 남자의 입에서 흘러나오는 게 좋았다.

"어쩌려고 이래."

맞물린 입술 사이로 남자의 목소리가 흘러들어 왔다.

"이러다 또 눈깔 돌면 어쩌려고."

억눌린 목소리가 바람이 되어 선우의 안으로 흘러들어 오는 것 같았다. 바람은 작게 날리던 불씨를 키웠다. 속이 뜨거워지며 너울너울 불꽃들이 춤을 추는 기분이었다.

"그랬으면 좋겠어요."

말을 할 때마다 입술이 스쳤다. 길게 내려온 문도의 속눈썹이 아름답다는 생각을 하면서 선우는 말했다.

"전무님 눈에 저만 보였으면 좋겠어요."

하아. 문도가 웃으며 한숨을 쉬었다. 선우를 보는 눈이 비릿해졌다. 터질 것 같은 욕망으로 꽉 찬 눈동자가 좋았다. 선우는 그 눈동자를 보며 천천히 고개를 기울여 남자의 입술을 다시 머금었다.

미치겠네.

남자가 뜨겁게 웃으며 선우의 입술을 베어 물었다. 입고 있는 원피스 자락 아래로 문도의 커다란 손이 들어왔다. 원피스를 허벅지까지 걷어 올린 손이 선우의 허벅지를 쥐었다.

조금 더.

선우는 허리를 틀어서 문도의 아래에 맞대었다. 더 깊이 들어와 줘. 아랫배가 끓어오른 지 오래였다. 그 마음을 알기라도 하는 듯 서슴없이 문도의 손이 속옷 안으로 들어왔다. 젖은 살을 가르는 소리가 들리는 동시에 선우가 파르르 몸을 떨었다. 더. 조금만 더. 선우는 갈증이 난 사람처럼 문도의 입술을 찾았다. 나를 만져 줘요. 나를 제발.

"만져 줘요."

선우가 자신도 모르게 소리 내어 말하는 순간 문도의 눈이 뒤집혔다. 툭, 하고 이성이 끊기는 소리가 들린 것도 같았다. 젖은 살을 거칠게 문지르고 힘주어 눌렀다. 고통과 쾌감이 얼룩진 소리를 내며 선우가 문도에게 매달려 왔다.

"아읏."

문도는 파르르 신음하는 선우를 돌려세웠다. 원피스를 허리까지 걷어 단번에 속옷을 내렸다.

"약, 먹고 있지."

대답을 기다리지 않았다. 선우가 채 고개를 끄덕이기 전에 문도는 단번에 몸을 밀어 넣었다. 뜨겁고 좁아 눈앞이 아득해진다. 씨발, 문도는 고개를 젖히며 어금니를 꽉 물었다. 눈이 새빨갛게 물들며 머릿속 어딘가의 퓨즈가 깜빡였다.

문도는 한 번 더 몸을 깊게 밀어 넣었다. 선우가 신음하며 고개를 저었다. 서로의 가장 깊은 곳이 하나로 맞물리는 느낌에 등줄기에 소름이 돋는다. 이물감 없는 맨살의 느낌은 뭐라 형용할 수 없을 정도로 좋았다.

"저, 전무님. 아, 흡, 전무, 님."

몸을 밀어붙일 때마다 선우가 문도를 불렀다. 조각조각 끊어진 소리들이 문도의 귀를 달구었다. 속력을 높이자 선우가 허우적거렸다. 어쩔 줄 모르겠다는 듯 벽을 움켰다가 주먹을 쥐어서 파르르 떨기도 했다.

"제발. 하아."

"뭘."

"얼굴……. 보여 줘요. 입…… 읏, 맞추고…… 싶어."

이선우의 말 한마디에 눈앞이 뜨거워진다. 그 와중에도 여자는 사랑스러웠다. 고개를 비틀어 그를 보려 하는 이선우가 견딜 수 없이 사랑스러워 문도는 웃음을 터트렸다.

이러다 나라도 팔아먹겠네.

문도는 선우의 허리를 들어 안았다. 몸을 돌려 다시 그대로 들어가면서 입술을 깊게 베어 물었다. 한 덩어리로 엉겨 붙은 손은 놓아주지 않았다. 달콤한 숨이 넘나들면서 하나로 섞였다.

"이제 됐어?"

문도가 물었다.

"네."

선우가 대답했다.

"내가 좋아?"

문도가 다시 물었고,

"네. 좋아요."

선우가 다시 대답을 했다.

그거면 됐다는 듯 문도가 입술을 겹치려 할 때, 선우가 물었다.

"전무님도……. 제가 좋아요?"

문도가 선우를 보았다. 눈으로 선우의 얼굴을 덧그리듯이 바라본 뒤에 낮게 잠긴 목소리로 대답을 했다.

"아니."

아직 아니야. 그러니까.

"좀 더 매달려 봐요."

무슨 마음으로 하는 말인 줄도 모르고 이선우가 고개를 끄덕였다. 문도는 비틀린 웃음을 삼키며 선우의 입술을 삼켰다.

"아, 너무."

깊다는 말은 문도의 혀가 훑어갔다. 침대로 오는 사이 벗겨진

옷은 여기저기에 떨어져 있었다. 하얀 시트 위에 등을 대고 누운 선우의 다리가 문도의 어깨에 걸려 있었다.

열감이 오른 탓에 시야가 흔들렸다. 보이는 것은 전과 다름없이 선명한데 이상하게 둥둥 떠 있는 느낌이었다. 허리를 세운 채로 비뚜름히 웃는 남자도, 남자의 어깨에 걸려 있는 자신의 다리도, 그 위를 비스듬히 스쳐 가는 오후의 햇살도 현실인 듯 현실 같지 않았다.

아흣.

문도가 허리를 잡아 아래로 당기는 바람에 선우는 신음성을 터트렸다. 안쪽을 꽉 채우는 남자의 몸은 거대한 나무 같았다. 그 나무의 밑동 끝까지 바짝 들어와 있는 느낌에 눈을 감고 진저리를 치는데 뜨거운 것이 다리를 훑었다.

"아, 뭐 하는……."

눈을 뜨니 흐트러진 머리카락이 이마 위로 내려와 있는 서문도의 모습이 보였다. 건조한 눈동자 속, 비릿한 욕망이 고여 있는 모습이 숨 막힐 정도로 퇴폐적이었다. 시선이 버거워 눈을 돌리려는 순간 문도가 선우의 종아리를 혀로 핥았다. 쓰윽, 뜨겁고 축축한 것이 선우의 다리를 훑으며 지나갔다.

아.

선우는 몸을 움츠렸다. 뜨거운 혀가 뱀처럼 다리를 기어 다니는 기분이었다. 한 번씩 깨물릴 때마다 선우의 허리가 얕게 들썩였다. 남자가 발가락을 입에 넣었을 땐, 선우는 입을 틀어막으며 고개를 저었다.

"하지, 마……. 하지, 말아요……."

아직도 굳은살이 남아 있는 울퉁불퉁한 발이었다. 발레를 하는 사람들의 숙명 같은 거라 부끄럽다고 생각한 적은 없었지만, 이렇게 남자의 입속으로 빨려 들어가는 건 다른 문제였다.

"아흣."

문도가 발가락을 삼켰다. 아니야, 하지 말아요. 깨물리고 빨리는 동안 선우는 고개를 저으며 허리를 비틀었다. 남자는 그저 발가락 하나를 빨고 있을 뿐인데 온몸이 빨리는 기분이 들었다. 눈이 뜨거워지고 아랫배가 조여들었다.

울컥, 물이 터져 나오는 느낌에 선우는 시트를 움켜쥐었다. 아찔하게 조여 오는 느낌에 문도는 목을 뒤로 젖혔다. 뜨거운 숨이 웃음처럼 터져 나왔다.

"좋아?"

남자의 목소리가 몸을 긁었다. 안쪽 깊은 곳에 박혀 있는 문도를 선우는 흐린 눈으로 바라보았다. 서문도와 눈빛이 엉킨다. 순간 뭐라 형용할 수 없는 감각이 밀려오며 다시 아랫배가 세게 조여들었다.

"하……. 너 진짜."

문도가 잇새를 물며 눈을 질끈 감는다. 그 모습이 좋다는 생각이 드는 순간, 선우는 탄식처럼 말했다.

"좋아요, 너무."

남자가 헛웃음을 웃었다. 짙게 가라앉는 눈동자에는 열기가 꽉 차 있었다. 문도가 선우의 다리를 움켜쥔 채 허리를 뒤로 물린다.

안쪽을 긁으며 내려간 몸이 쿵, 하고 안으로 박히는 순간 선우는 허리를 들어 올리며 탄성을 터트렸다.

"이게 하고 싶었어?"

탁해진 목소리를 들으며 선우는 모르겠다고 생각했다. 아무도 없는 곳이라면 먼저 입을 맞춰 보고 싶었다. 손을 맞잡고 싶었고, 부드럽고 따뜻하게 몸을 섞는 것도 생각했었다.

하지만 지금 이 순간, 선우는 남자가 자신을 뜨겁게 원하기를 바랐다. 늘 지배자였던 남자가 여유를 잃고서 흐트러지기를 바랐다.

"하고 싶었어요. 전무님이랑……. 이렇게, 하고……. 싶었어요."

남자의 목울대가 느리게 솟았다가 내려왔다. 버겁도록 선우를 차지한 남자는 허리를 세우면서 기가 찬다는 듯이 웃었다.

"네가 나를 미치게 하려고 하지."

응. 당신이 나한테 미쳤으면 좋겠어. 오늘은 그랬으면 좋겠어.

그렇게 생각하는 순간 쿵, 하고 남자의 몸이 선우에게로 깊게 박혔다. 아윽, 하는 신음 소리가 절로 튀어나왔다. 남자의 몸짓에 점점 속력이 붙었다. 선우는 눈을 감았다. 오후 햇살이 잔상처럼 남아 금색의 빛들이 감은 눈 안에서 춤을 추듯 흔들렸다.

아, 아아.

입술 사이로 신음 소리가 제멋대로 흘러나왔다. 벌어지는 선우의 입술을 남자가 집어삼켰다. 선우는 남자의 목에 팔을 감았다. 속절없이 흔들리면서도 입을 벌려 남자의 혀를 빨았다. 낮은 탄식과 더운 열기, 짓씹는 욕설들이 선우의 신음과 섞여 들었다. 쾌감이 회오리를 그리며 빙글빙글 돌았다.

아아아, 선우가 흐느끼며 몸을 비틀었을 때, 문도는 하나로 엉켜 든 혀를 제 것처럼 물었다. 닿을 수 있는 끝까지 박아 넣고서 펑, 하고 몸을 터트렸다.

선우는 눈을 질끈 감았다.

붉은 암흑 속에서 빛이 번쩍이는가 싶더니 파도에 몸이 삼켜진다. 우르르 부서지더니 한꺼번에 밀려들었다. 선우는 발작적으로 허리를 들고서 숨을 멈추었다. 온몸이 거품이 되어 사라지는 것만 같았다.

문도는 선우의 등을 받쳐 안으며 끝까지 닿아 있는 몸을 한 번 더 세게 밀어 넣었다. 흐윽, 하고 여자의 탄성이 문도의 입속으로 퍼졌다.

절정은 소리 없이 아득했다.

어깨에 매달린 선우가 바르르 떨었다. 제멋대로 수축을 거듭하며 마지막까지 문도를 빨아들이고 있었다. 문도는 한 번 더 선우의 입술을 베어 물었다. 창밖에는 노을이 붉게 타고 있었다.

선우는 천천히 눈을 떴다. 열리는 시야 속에서 하얀색 베갯잇이 보였다. 씻어야 한다는 생각을 마지막으로 했던 것이 기억났다. 잠시만 눈을 감았다가 씻자고 생각했는데, 그대로 잠이 들었나 보다.

"더 자요."

들려오는 목소리에 선우는 고개를 들었다. 가운을 입은 채로 침대 헤드에 등을 기대앉은 서문도의 모습이 보였다. 잠시 멍한 눈으로 보고 있는데 서문도가 부드럽게 웃으며 선우의 머리카락을 넘겨 주었다.

"얼마나 잤어요?"

선우는 꽤 오래 잤는지도 모르겠다는 생각을 했다. 어느새 해가 저물었는지 방이 살짝 어두웠다.

"한 시간 조금 넘게?"

"아……. 너무 오래 잤네요. 들어가야 하는데."

선우는 부스스 몸을 일으켰다. 시트가 흘러내리며 벗은 몸이 드러났다. 선우를 훑고 내려간 서문도의 시선이 유선형의 가슴에 머물렀다.

"색깔이 예뻐."

갑작스런 말에 선우는 당황했다. 뭐라 할 말을 찾지 못하고 시트를 끌어 올리는데 서문도의 손이 툭, 시트를 내렸다.

"모양은 완벽하고, 맛도 좋아요."

확 붉어진 선우의 얼굴을 보며 서문도가 웃었다. 나른한 웃음이 선우의 목을 막히게 했다.

"씻고 올게요."

침대에서 일어나려는데 팔이 잡혔다. 겨드랑이 사이로 손이 들어오는가 싶더니 몸이 위로 쭉 딸려 올라갔다. 벌거벗은 채로 남자의 허벅지 위에 올라 앉혀졌다는 것에 당황하기도 전에 서문도가 선우의 머리를 넘겨 주면서 물었다.

"잘 잤어요?"

당황스러운 와중에 목소리가 너무 다정해서 가슴이 울렁거렸다. 문도가 한 번 더 손으로 선우의 머리를 넘겨 주었다. 부드럽게 스쳐 가는 손길이 두피를 스쳐 목 아래로 떨어졌다. 머리부터 목까지 저릿거리는 기분에 선우는 낮게 숨을 삼켰다.

"네. 그러니까 이제 씻고."

나갈 준비를 해야 했다. 저녁을 먹고 나면 곧 밤이 될 거였다. 휴가는 오늘까지였고, 내일을 위해선 남자도 별채로 돌아가야 했다.

"오늘 여기서 자고 갈까요?"

서문도가 선우의 머리카락을 귀에 꽂아 주면서 말했다.

"네?"

되묻는 선우에게 담담히 대답을 한다.

"내려가서 저녁도 먹고, 쇼핑도 하고."

"출근하셔야 하잖아요. 저도 아침에 별채에 가야 하고."

"나는 새벽에 들어가면 되지. 이선우 씨는 집에 들렀다 왔다고 하면서 아침에 바로 출근하면 되고."

빙그레 웃는 얼굴을 보는데 그래도 될까, 망설임이 싹텄다. 오늘 하루는 같이 있고 싶다고 생각했지만 온밤을 같이할 수 있을 거란 생각은 하지 않았었다.

원했던 건 신데렐라의 무도회 정도.

단 몇 시간, 자신의 처지를 잊고 싶었을 뿐이다. 당연히 12시를 넘길 생각은 없었는데, 아쉬움이 발목을 붙들었다.

"그래도 괜찮으시겠어요?"

"나는 좋아."

문도가 비스듬히 기대 있던 상체를 일으키며 선우의 허리를 당겨 안았다. 아랫배가 맞붙을 정도로 바짝 당겨지는데 안쪽에서 무언가 흘러내렸다. 이상한 느낌에 다리를 조였더니 문도가 눈썹을 들면서 선우를 보았다.

"위에서 해 보려고?"

놀리려 하는 말이겠지만 말문이 막히는 건 마찬가지였다.

"아니요, 그런 게 아니라 안에서 뭐가 흘러서."

뱉어 놓고 나니 이 또한 민망한 말이었다. 다리 사이를 흐르고 있는 액체가 무엇인지 서문도가 모를 리 없었다. 선우의 얼굴이 화끈거렸다.

"씻어야겠어요."

일어나려는 선우의 팔을 문도가 잡았다. 민망해서 눈을 맞추지 못하고 고개를 트는 선우의 턱을 잡아서 제게로 고정시켜 놓고 물끄러미 본다. 그러다 피식 웃으며 말했다.

"미친놈이라고 생각하고 들어."

웃고 있는 눈이 까맣게 가라앉아 있었다. 숨통을 조이는 눈동자에 선우는 아무 말도 하지 못하고 마른침만 넘겼다.

"아무 데도 가지 말고, 나랑 있어."

무슨 말일까. 이해가 잘 되지 않았는데 이상하게 가슴이 아려왔다. 무슨 말이냐고 되묻기 전에, 아주 질이 나쁜 농담이었다는 듯 서문도가 비스듬히 웃었다. 그러더니 예의 그 부드러운 손길로 선우의 머리를 쓸어 넘겨 주었다.

네.

그 대답을 할 수 없는 선우는 문도의 어깨에 팔을 올렸다. 고개를 비틀어 문도의 입술 위에 자신의 입술을 포개며 눈을 감았다. 가벼운 입맞춤을 할 생각이었는데 마음이 아쉬워 느리게 입술을 떼었다. 천천히 눈을 뜨니 서문도가 알 수 없는 눈으로 그녀를 보고 있었다.

그렇게 그저 말없이 서로를 보았다. 시간은 멈춘 듯 느리게 흘렀고, 세상엔 오직 두 사람만이 남은 것 같았다.

날카로운 벨 소리가 울린 건 그때였다. 문도의 옆에 놓아둔 핸드폰을 들었다. 서중호였다. 마주 앉은 선우를 보며 문도는 통화 버튼을 눌렀다.

"예, 아버지."

— 회장님 운명하셨다.

참담한 서중호의 목소리 뒤로 박소영의 비명 같은 울음소리가 들려왔다. 안 돼, 안 돼. 울부짖는 목소리를 들으며 문도는 눈앞의 선우를 바라보았다.

저녁 못 먹이겠네.

문도는 불을 끄듯이 눈을 한 번 감았다 떴다. 돌아가야 할 시간이다.

"지금 들어갈게요."

문도는 건조한 목소리로 중호에게 말했다.

32. 천국과 지옥 사이에는

서명구 회장이 사망했다. 사인은 심장마비였다.

장례는 오일장으로 결정되었다. 검은색 양복을 입은 문도는 장례식장의 입구에 하나씩 놓이는 화환들을 보았다. 부고 소식이 뜨기도 전에 도착한 화환들이었다.

"명 실장님."

문도는 장례 지도사와 이야기를 나누고 있는 명 실장을 불렀다.

"조문은 내일 아침 6시부터 받습니다."

"네. 그렇게 알리겠습니다."

오늘 아침인가. 문도는 자정이 넘어간 시계를 보며 생각했다. 어수선한 장례식장 한쪽에서는 끊임없는 통곡 소리가 울려 퍼지고 있었다.

"회장니이임. 이런 게 어디 있어. 이렇게 가면 어떡하라고. 으으으."

문도는 가슴을 쥐어뜯는 박소영을 바라보았다. 원하는 것을 조를 때나 제 신세의 설움을 토로할 때면 철퍽 주저앉아 엉엉 통곡을 했었던 그녀는 서명구 회장의 죽음 앞에서 가슴을 쥐어뜯는다. 으으으, 어어어, 길게 이어지는 흐느낌은 낮은 곡조의 노래 같기도 했다.

박소영의 옆에는 서유라가 있었다. 넋이 나간 얼굴로 주저앉은 서유라는 제 어미의 손을 잡고서 눈물을 흘리고 있었다.

"우리 회장님 가는 길까지 첩 끼고 놀다 가시고. 아주 징하다, 징해."

안쪽에 준비된 방에서 옷을 갈아입고 나온 서중호가 말했다. 왼팔에는 상주를 의미하는 두 줄짜리 완장을 차고 있었다.

"미친년이 뭘 잘했다고 울어."

느슨한 타이를 조이면서 서중호가 서늘한 눈으로 박소영을 보았다. 회장은 비아그라를 먹고 박소영과 성관계를 하다 죽었다. 흔히 말하는 복상사였다.

"어차피 몇 시간 뒤면 집으로 가야 하는데 그냥 두세요. 직원들도 있는데 욕은 하지 마시고요."

상복을 입은 우현희가 다가와 말했다. 우현희의 말대로 박소영이 울 수 있는 시간은 얼마 남지 않았다. 새벽이 지나 출입을 막아놓은 입구의 문이 열리면 조문객이 밀려들 것이다. 장례가 이어지는 5일 동안 박소영은 이곳에 들어올 수 없다. 여기까지 쫓아올 수 있었던 것도 우현희의 배려였다.

"그래요. 내가 생각이 짧았어요. 때 이르게 돌아가시는 바람에 일이 꼬인 거 생각하면 울화가 치밀어서 그만."

서중호의 말대로 승계 작업이 마무리되기 전에 돌아가셨으니 당분간 시끄러울 거였다. 빈틈만 노리던 서용호, 서미경 일가가 반기를 드는 건 당연할 테고, 연합까지 생각할 수 있었다. 이럴 일을 대비해 몇 겹으로 대비를 해 두었지만, 수월하게 넘어가지는 않을 터였다.

"울 아버지 이렇게 가시네. 끝까지 자식은 뒷전으로 이렇게 가셔."

벽에 기대어진 커다란 영정 사진을 보는 서중호의 표정에는 허탈함과 피곤함이 어려 있었다. 명 실장이 다가와 서중호에게 말했다.

"부회장님, 대표님, 직접 부고 알리실 분들 목록 검토 부탁드립니다. 서용호 사장님께서는 아침에 도착하신다고 연락 왔습니다."

타이밍이 좋지 않은 건 서용호 역시 마찬가지였다. 하필 서창도와 함께 미국에 나가 있을 때 회장이 사망했으니 부랴부랴 들어와도 장례를 주도하기에는 늦는다. 고개를 끄덕인 서중호가 우현희와 함께 걸음을 옮겼다.

"전무님, 기자들 미디어 라인은 로비까지 정하고 미디어 룸도 정리 끝냈습니다."

"부고 기사는요?"

"최종 버전 나오면 확인하고 바로 메일로 보내 드리겠습니다."

문도는 명 실장의 보고에 고개를 끄덕였다. 회장이 위독할 때마다 몇 번에 걸쳐 업데이트가 된 부고 기사는 이제 날짜와 시간, 장소가 최종 확정이 되어 언론사로 보내질 것이다. 죽음을 애도하기에 앞서 준비해야 할 일들이 많았다. 비애는 잠깐이고 삶은 이어져야 하니까.

"고생이 많아요."

문도의 말에 명 실장이 아닙니다, 인사를 하고는 물러났다. 문도는 흰 국화꽃이 장식되고 있는 거대한 제단을 바라보았다. 벽에 기대어진 커다란 영정 사진이 직원들의 손에 들리더니 제단 한가운데로 놓인다.

영정 사진 주위로는 노란 국화가 꽂혔다. 샛노란 테두리 같은 국화꽃을 보다가 문도는 서 회장이 박소영에게 사 주었던 노란색 페라리를 생각했다.

그때 그 차를 사 주지 않았더라면 회장은 박소영 위에서 죽는 일은 없었을까. 죽음을 예감하여 페라리를 사 준 걸까, 페라리를 사 주는 바람에 죽음에 이른 걸까.

생각은 이선우로 이어진다.

오르막이 시작되는 큰길 입구에서 내려 달라고 했던. 조심히 들어가시라는 인사를 남기고 룸 미러 너머로 빠르게 멀어졌던 이선우.

끝이 오려고 이선우는 그렇게 달콤했을까. 그렇게 달콤했기에 끝이 온 걸까.

헛된 생각이다.

문도는 건조한 시선으로 고인의 영정 사진을 바라보았다. 가슴을 쥐어뜯는 박소영이 보인다.

끝은 허망하였다.

조문객은 끝없이 밀려들었다. 정재계의 유명 인사가 등장을 할 때마다 사방에서 플래시가 번쩍거렸고, 상주를 맡은 서중호의 모습이 신문에 대문짝만하게 실렸다. 그 옆에는 서문도와 우현희가 있었다. 가십을 다루는 포털에는 상복을 입은 서유라의 모습도 올라왔다.

하루 늦게 도착한 서용호는 상주의 완장을 찬 서중호를 보고 눈을 뒤집었다. 어디서 장남을 두고 차남이 상주 노릇이냐며, 배워먹지 못한 상놈의 새끼라고 삿대질을 했다.

다 늦게 도착해선 차려 놓은 밥상에 숟가락만 얹는 건 여전하다며, 가져갈 테면 가져가시라 서중호는 상주 완장을 바닥에 던졌다. 장막 뒤에서 벌어진 일이었지만, 두 사람 간의 팽팽한 분위기는 숨겨지지 않았다.

서중호 부회장의 경영 승계가 순조롭게 이루어질 것인가에 대한 기사와 승계 구조에 대한 분석까지, 경제 섹션 뉴스는 온통 서도 그룹 이야기였다. 채 정리되지 않은 지분에 대한 상속세와 서미경, 서유라까지 변수에 들어갔다.

늦은 밤, 문도는 흡연석으로 지정된 야외의 벤치로 향했다.

장례 3일 차. 피로가 누적되자 발목까지 진창에 잠긴 것만 같았다. 흡연을 위해 나와 있는 조문객들과 인사를 나누고 담배를 꺼냈다. 조문객들이 적당히 들어갈 때를 기다리는데, 괘념치 말고 편하게 피라며 야당의 국회의원 하나가 다가와 담뱃불을 붙여 주었다.

"서 전무가 할 일이 많겠어. 회장님 살아 계실 때 화투를 몇 번 같이 친 적이 있는데 말이지."

담배를 한 모금 빨더니 후 연기를 뱉으며 말을 잇는다.

"이 양반이 신기한 게 뭐냐면, 잃지를 않으시는 거야. 크게 쓸어간 판은 별로 없는 것 같은데 끝나 보면 서 회장님 담요 아래가 제일 두둑했거든."

손해 보지 않는 것으로 유명했던 조부의 이야기를 들으며 문도도 길게 연기를 내뿜었다. 가을장마가 시작된다더니 안개 같은 비가 내리고 있었다. 뿌옇게 내리는 비 사이로 낮게 퍼지는 담배 연기를 보는데 눈에 익은 여자가 걸어오는 모습이 보였다.

이선우였다.

단정한 검은색 원피스를 입고 머리를 하나로 내려 묶은 이선우가 쇼핑백 몇 개를 들고서 주차장 길을 올라오고 있었다.

"우리끼리는 그런 말이 있었어요. 서 회장님 가시는 길만 따라가면 망하지는 않는다."

왁자하게 퍼지는 웃음소리를 들으며 문도는 스쳐 가는 여자를 보았다. 가는 물방울이 머리카락에 맺힌 여자의 시선이 잠시 문도를 향했다가 스치듯 지나간다. 아주 살짝 고개를 숙인 것도 같은데 확실치는 않았다.

장례식장 입구에서 이선우는 핸드폰을 들었다. 통화를 하는 듯하더니 이내 안으로 들어갔다.

"케미컬 크게 키우실 때 알아봤어야 했는데. 손자가 이렇게 잘 해 나가니 회장님 마음이 얼마나 든든하실지."

"과찬이십니다."

문도는 빙그레 웃는 것으로 허울뿐인 칭찬에 답했다. 다시 시작되는 수다를 들으며 길게 담배 한 모금을 마셨다.

'기운 내세요.'

장례가 시작되던 날 이선우에게 메시지 한 통을 받은 게 전부였다. 담담한 위로 한마디 건네고 조용히 그를 기다리는 이선우는 2층을 얼마나 뒤져 보았을까.

시간이 얼마 남지 않았으니 부지런히 찾아보기를 바란다.

"이건 드라이 맡기고, 이건 옷장으로. 하……. 며칠 잠을 못 잤더니 눈알이 빠질 것 같아."

초췌한 모습의 서유라가 눈에 인공 눈물을 넣으면서 말했다.

다른 사람들을 몰라도 사 남매는 자리 비는 일 없게 하라는 서용호의 말에 서유라는 근처의 호텔을 얻었다. 그나마도 잠을 잔다기보다 잠깐 들어가 씻고 나오는 정도라고 했다. 렌즈 세척액이며 인공 눈물, 속옷과 자신이 쓰는 특정 샴푸 등 필요한 물건들을 읊어 주며 챙겨 오라는 말에 이것저것 더 챙겨 온 참이었다.

"비타민하고 영양제예요. 장 여사님이 공진단도 넣으셨어요. 힘드실 때마다 아침저녁으로 하나씩 씹으면 된대요."

선우가 하나씩 꺼내 주며 설명했지만 서유라는 다 귀찮은 듯 손을 휘휘 젓고는 멍하니 앉았다가 묻는다.

"엄만 어때?"

박소영은 계속 울고 있었다. 눈을 뜨면 울고, 울다가 기운이 빠지면 옆으로 넘어갔다. 주치의가 붙어서 수액을 놓아 가며 돌보는 중이었다.

"계속 그 상태세요."

"하……."

심란한 표정으로 서유라가 머리를 넘기더니 선우를 올려다보았다.

"들어가 봐. 장 여사한테 엄마 좀 잘 챙기라고 하고."

"네. 약 챙겨서 드세요."

가 보라고 손짓을 하는 서유라에게 인사를 하고 발걸음을 돌려 나오는데 한 무리의 남자들이 입구로 들어오는 모습이 보였다.

누군가와 이야기를 나누며 들어오는 서문도의 모습이 보였다. 살짝 가라앉은 표정이지만 담담한 모습이었다. 그 옆으로 TV에서 몇 번인가 보았던 정치인도 보였고, 사진으로만 보았던 재벌가 사람들도 눈에 보였다.

스치며 시선이 만났지만 아주 잠시였다. 서문도는 검은 양복을 입은 남자들과 함께 안으로 들어갔고, 선우는 홀로 장례식장을 나왔다.

택시를 불러 놓고 기다리는데 한두 방울씩 하늘에서 비가 떨어졌다. 안개 같은 비가 굵어져 투둑투둑 내려온다. 선우는 손을 뻗어 내리는 빗방울을 만졌다.

다른 사람이었고, 다른 세상이구나.

알고 있었는데도 새삼스러웠다. 남자는 다른 세상에 속한 사람이었다. 자신과 어울려 주기는 해도 먼 곳의 사람이었는데 잠깐 잊고 있었다.

선우는 서명구 회장을 처음 보았던 날을 생각했다. 박소영이 국산 차를 받고 울었던 날이었다. 인사를 했을 때 휠체어에 앉은 서 회장은 고개도 까딱이지 않고 스쳐 지났었다. 그 눈에 선우는 존재하지 않는 사람이었다.

언젠가 서문도 역시 자신을 그렇게 스쳐 갈까. 그렇게 되겠지. 당연한 일인데 마음이 아팠다.

비가 그쳤다. 발인을 하는 날은 무더운 여름날 같았다. 회장이 다니던 절의 큰스님인 정운 스님이 운구 행렬의 제일 앞에 섰다.

그 뒤를 영정 사진을 든 서창도가 따랐다. 서용호와 서중호를 포함한 직계 가족들이 그 뒤를 따라 나오고 이어서 커다란 관이 들려져 나왔다. 여기저기서 기자들이 플래시를 터트리며 고인의 마지막 가는 길을 찍었다.

서용호 일가를 태운 차가 먼저 장지로 향하고, 그 뒤는 관을 실은 운구 차량이 따랐다. 운구 차량의 뒤를 따르는 검은 세단들이 길게 줄을 잇는다.

하남에 있는 장지에 서 회장을 묻고 돌아오는 길, 산을 내려온 서도 일가는 제각기 다른 차량을 타고 뿔뿔이 흩어졌다.

"당신 고생했어요. 문도 너도 수고 많았다. 쉬어라."

오후가 되어 본가에 도착했을 때 서중호가 말했다.

"아버지도 고생 많으셨어요. 쉬세요."

문도의 말에 고개를 끄덕인 서중호는 회장이 머물던 방을 바라보다 2층으로 올라갔다. 거실에는 우현희와 문도만 남았다.

"며칠째 못 잤을 텐데 너도 건너가서 쉬렴."

"드릴 말씀 있습니다."

문도는 피곤한 걸음을 옮기는 우현희에게 말했다. 우현희가 걸음을 멈추고 돌아보았다.

"이선우 문제예요. 서유라 문제이기도 하고."

우현희가 물끄러미 문도를 보다가 대답했다.

"그래. 올라가자꾸나."

우현희가 먼저 걸음을 옮겼다. 문도는 서재로 들어가 길쭉한 소파에 앉았다.

"말해 보렴."

마주 앉은 우현희의 얼굴에는 옅은 피로가 드리워져 있었다. 문도는 담담히 입을 열었다.

"서유라가 사고 쳤던 날, 남자애 둘이 죽었어요. 한 명은 김영재, 다른 한 명은 이민우. 사인은 약물 과다였고요."

여기까지는 다들 알고 있는 이야기였다. 우현희가 고개를 끄덕였다.

"이선우 뒤를 캐다가 사망 사건인 줄 알았던 그 사건이 실제는 살인 사건이라는 걸 알게 됐어요."

잠시 뜸을 들인 뒤 문도는 이어서 말했다.

"진범은 서유라 애인 최지상. 서유라는 공범 내지는 방조. 아버지는 처음부터 알고 있었고, 장 변호사는 서유라의 증언에 맞춰서 증거를 조작했고요. 이선우는."

문도는 우현희를 보며 말했다.

"죽은 이민우 누나였습니다."

우현희는 눈을 크게 떴다. 문도는 핸드폰을 꺼냈다. 폴더 하나를 열어 우현희 앞으로 밀어 주었다. 그간 모아 두었던 증거들이 우현희 앞에 펼쳐졌다. 꼼꼼히 자료를 읽은 우현희가 지그시 눈을 감았다. 문도는 차분히 물었다.

"어떻게 할까요."

사실 선택은 단순했다. 터트리느냐 덮고 가느냐.

"네 생각은?"

우현희가 눈을 뜨며 물었다.

굳이 답한다면 안고 갈 이유가 없다, 정도가 그의 생각이었다. 하지만 출혈은 분명 예정되어 있었다. 사건을 조작한 배후로 지목되면 타격은 불가피하다. 빠져나갈 구멍은 있겠지만 한동안 추문에 휩싸여야 할 것이고, 지분 승계가 마무리되지 않은 지금 상황에서 서용호 일가에게 먹잇감을 던져 주는 꼴이 된다.

"고모랑 큰아버지가 연합하겠죠. 서유라도 거기 낄 수 있고요."

나머지 형제들이 서용호를 주축으로 연합해서 움직일 가능성이 컸다. 대응할 준비는 되어 있지만 저쪽도 눈 뒤집고 덤벼들 테니 이쪽도 총력을 다해야 했다.

"서유라가 저쪽으로 움직이면 그때 터트릴까 해요."

우현희가 다시 눈을 감는다. 그물망처럼 얽혀 있는 이해관계를 생각하고 있을 거였다. 눈을 뜬 우현희가 문도를 보면서 말했다.

"이선우 씨는."

문도는 망설임 없이 이어서 답했다.

"정리합니다."

그 말에 우현희가 문도를 응시했다. 문도는 고요히 어머니를 마주 보았다. 이선우는 이 판에서 제거해야 하는 변수였다. 여러 면으로 방해가 되는 존재이니.

그토록 찾아 헤맨 이민우의 핸드폰을 쥐여 주고서 내쫓을 생각이다. 진실은 알 수 있을지 모르겠으나 살인의 증거가 되기엔 무쓸모한 이민우의 핸드폰. 그게 그가 내줄 수 있는 전부였다.

"사안이 너무 크구나. 썩은 종기는 하루빨리 도려내는 게 맞아. 경영권 방어 준비는 되어 있으니 이게 터진다고 해서 판세가 뒤집힐 일은 없고."

어머니의 말도 틀리지 않았다. 서용호의 비자금은 이쪽에서 나온 것이니 판이 뒤집힐 일은 없다. 썩은 살은 다소 출혈이 있어도 일찌감치 도려내는 게 깔끔하고.

"기다릴 필요 없이 우리가 먼저 터트려도 되지 않을까 싶은데. 시기에 대해선 조금 시간을 두고 생각해 보자꾸나. 조만간 큰집에서도 움직임이 있을 테니."

문도는 고개를 끄덕여 대답을 했다.

"그렇게 할게요. 그럼 쉬세요."

"문도야."
일어나는 문도를 우현희가 불렀다.
"네."
"괜찮겠니?"
문도는 무심히 말했다.
"뭐가요."
우현희가 그를 말없이 응시하더니 고개를 저으며 말했다.
"아니다. 피곤했을 텐데 건너가서 쉬렴."
피식 웃은 문도는 조용히 서재의 문을 닫고 나왔다.

본관을 나서자 뜨거운 오후의 햇살이 쏟아졌다. 여름처럼 더운 날이어서인지, 피곤이 오래되어서인지 유난히 눈이 부셨다. 가늘게 눈을 뜬 문도는 별채로 향하며 명 실장에게 전화를 걸었다.
— 네, 전무님.
"핸드폰 사진 하나 보낼 테니 같은 기종으로 준비해 주세요. 겉모습도 최대한 똑같이 만들어 주시고요."
— 네. 알겠습니다.
문도는 사진첩을 열어 이민우의 핸드폰 사진을 명 실장에게 전송했다. 별채로 걸어가다가 문득 능소화가 흐드러지게 피었던 자리를 바라보았다. 여름내 질겼던 꽃들은 거의 자취를 감추었다. 몇 송이만이 남아 줄기의 끝에 매달려 있다. 문도는 잠시 그 모습을 바라보다가 다시 걸음을 옮겼다.
별채의 뒷문을 열고 들어가 엘리베이터 앞으로 향했다. 계단을 오르는 것도 귀찮았다. 불면과 피로가 누적된 몸은 생각보다 느리게 움직였다.

엘리베이터의 버튼을 누르고 지그시 눈을 감는다. 누군가 돌을 올려놓은 것처럼 어깨가 무지근했다. 어깨를 주무르면서 고개를 젖히는데 딩동 소리가 나며 엘리베이터가 도착했다.

"뭐야."

날카로운 목소리에 눈을 뜨니 엘리베이터 안에 서유라가 있었다. 옆에는 서유라의 짐을 들고 있는 이선우의 모습도 보였다. 문도는 서유라를 보며 말했다.

"이제 도착했나 보네요."

뒤늦게 장지에 도착한 박소영을 보고 출발하느라 늦게 도착한 듯했다.

"고모님도 피곤하실 텐데 쉬세요."

서유라가 얼굴을 찌푸리며 스쳐 갔다. 엘리베이터에서 내린 이선우가 걸음을 늦추면서 그에게 인사를 했다.

"전무님 오셨어요?"

문도는 고개를 끄덕이는 것으로 대답을 대신했다. 서유라가 빨리 오라고 선우를 독촉했다. 이선우가 그를 한 번 돌아보더니 서유라의 방으로 걸음을 옮겼다.

엘리베이터의 금빛 문에 검은 슈트를 입은 자신의 모습이 비쳤다. 문도는 무감한 눈으로 그 모습을 바라보다 엘리베이터에 올랐다.

씻고 나온 서유라가 담배 한 대를 피더니 침대로 엉금엉금 기어 올라갔다. 길게 누운 뒤 선우를 불러 다리 마사지를 해 달라고 했다.

"절하는 게 보통 일이 아니더라. 손님은 왤케 많이 와."

"고생하셨겠어요."

"죽기 전에 엄마한테 뭐라도 좀 챙겨 주고 죽든가. 꼴랑 페라리 한 대가 뭐냐."

투덜거린 서유라는 선우가 다리를 꾹꾹 누르며 지압을 해 주자 시원하다는 듯 신음 소리를 냈다. 그러다 퍼뜩 생각났다는 듯이 안대를 벗으며 말했다.

"나 여기 나가면 너도 나 따라갈래?"

"네?"

"큰오빠가 그러는데 나도 내 몫 찾을 수 있대. 셋이 힘을 합치면 둘째 오빠 밀어 버릴 수 있다더라? 그럼 나도 내 몫 떼 준댔거든."

방송에서 언론에서 서도 그룹의 경영권 이야기를 다룬 것을 보기는 했지만 이렇게 당사자에게 직접 이야기를 듣게 될 줄은 몰랐다.

"돈 생기면 이런 거지 같은 생활도 끝이야. 하암. 나 나가면 너도 같이 나가야자……."

마지막 말이 길게 늘어졌다. 서유라는 이마에 올렸던 안대를 툭 내리더니 베개에 얼굴을 묻었다. 그리고 얼마 지나지 않아 코를 골면서 깊은 잠에 빠져들었다.

선우는 에어컨 온도를 적당히 맞추고 게스트 룸을 나왔다. 거실에 나오니 집 안은 괴괴할 정도로 고요했다. 퇴근 시간은 10시. 지금은 오후 5시. 서유라는 깊게 잠들었고 시간은 한참 남았다.

올라가도 될까. 선우는 2층을 올려다보며 망설였다.

피곤해서 그랬는지 무감했던 남자의 모습이 생각났다. 올라오라는 말도, 메시지도 없었지만 올라가 보고 싶었다. 잘 다녀왔냐는 인사 정도는 하고 싶었다.

계단을 올라가니 중문이 닫혀 있었다. 어쩌면 자고 있을지도 모르겠다는 생각이 든다. 이대로 내려갈까 생각하다가 충동적으로 노크를 했다. 대답이 없으면 그냥 내려가고, 깨어 있으면 잠깐만 보고 갈 생각이었다.

"네."

"이선우예요."

"……들어와요."

조심스럽게 문을 열고 들어가니 서문도는 거실의 소파에 앉아 있었다. 남자의 손에는 유리잔이 들려 있었다. 위스키가 반쯤 차 있는 잔을 쥐고서 선우를 물끄러미 본 남자가 피식 웃으며 말했다.

"오랜만이네."

네. 오랜만이에요. 대답을 하고 싶은데 목에 걸려서 나오지 않았다.

"서유라는 어쩌고 올라왔어요."

"유라 씨는 조금 전에 잠들었어요."

선우의 대답에 문도가 고개를 끄덕이고 잔을 들었다. 맑은 갈색과 투명한 금색이 섞인 것 같은 액체가 기울어지며 남자의 입속으로 사라졌다.

"발인은 잘 마치셨어요?"

이리 오라는 말도, 보고 싶었다는 말도 하지 않는 남자에게 선우가 물어볼 수 있는 말은 그 정도였다. 먼저 다가가 다정히 안아주면서 장례식은 잘 마쳤냐고, 많이 걱정했다고, 보고 싶었다고 말하고 싶지만 입이 떨어지지 않았다.

민우의 핸드폰만 생각하면 그렇게 해야 하는 걸 알았다. 연기를 빌어서 진심을 말해 보고도 싶었다.

그 마음을 참는 건, 서문도의 마음이 깊어질까 걱정이 되기 때문이었다. 이미 늦어 버린 자신은 이 미련한 마음에 삼켜진다 해도, 남자는 그러지 않았으면 했기에.

핸드폰을 찾으면 선우는 뒤도 돌아보지 않고 이 집을 떠날 거였다. 이런 여자를 너무 좋아하지 않았으면 한다. 아플 정도로 상처받지 않았으면 했다. 모든 게 끝이 났을 때 아픈 건 이선우 하나였으면 한다.

"피곤해 보이세요."

선우의 말에 남자가 피식 웃었다. 다시 독한 술을 한 모금 기울이는 남자에게 선우는 말했다.

"들어가서 주무세요. 그러셔야 할 것 같아요."

"그래야지."

낮은 목소리로 대답을 하고는 문도가 술을 마저 비웠다. 천천히 자리에서 일어나 선우에게 말한다.

"이선우 씨도 이만 건너가서 쉬어요."

선우는 느린 걸음으로 침실을 향해 걷는 남자를 보았다. 자신이 잠에서 깰 때마다 남자가 옆을 지켜 주었던 게 생각이 났다. 혼자서는 뒤척였던 밤이었는데, 사람의 온기가 있을 때는 그래도 조금 더 잘 수 있었다.

"저……."

선우는 망설이다가 문도를 불렀다. 문도가 마스터 룸의 문 앞에서 뒤를 돌아보았다.

"같이 있어 드릴까요? 잠이 드실 때까지만."

문도가 한참 선우를 보았다. 그러다 마른 목소리로 대답했다.

"그래요."

마스터 룸으로 들어온 문도는 선우의 블라우스를 툭툭 뜯어냈다. 비스듬히 들이치는 오후의 햇살에 하얀 살이 드러났다. 선우가 당황한 눈빛으로 문도를 보았다.

"왜. 재워 준다며."

"저는 그냥."

문도는 말을 하려는 여자의 입술을 자신의 입술로 막았다. 턱을 쥐어 벌리며 혀를 넣었다.

아프게 빨고 억지로 벌리며 읍, 숨 막힌 소리를 내는 선우의 입술에 거칠게 키스를 했다. 함부로 휘젓고 게걸스럽게 훑어 먹은 뒤 문도는 입술을 떼었다. 타액이 길게 늘어지며 입술 사이를 잇는다.

"하아……."

이선우의 얼굴이 붉었다. 투명한 흰 피부는 조금만 자극을 주어도 울긋불긋해진다.

귀를 만지면 귀가 붉어지고 다리를 움켜쥐면 다리가 붉어진다. 문도는 그런 선우를 내려다보다가 무심히 말했다.

"풀어 줄 거 아니면 가요. 피곤해서 맛이 좀 간 것 같으니까."

혼란스러운 얼굴로 선우가 문도를 보았다. 며칠 전까지 부드럽게 웃어 주었던 남자가 무도하게 나오는 이유를 모르는 얼굴이었다.

낮게 한숨을 쉰 문도는 선우를 떼어 냈다. 자신은 여자를 버릴 준비를 하는 중이었다. 빠르면 하루, 늦어도 일주일 안에 이선우는 나락으로 떨어질 거였다.

그런 여자를 한 번 더 내던질 수는 없었다. 버려지기 직전까지 농락해서 바닥까지 비참하게 만들고 싶지는 않았다.

"가."

문도는 싸늘하게 말했다. 한 공간에 있는 것만으로 여자는 자신을 발정 난 개처럼 만들 수 있었다. 벌써 아래는 아플 정도로 단단해져 있었다.

가라고 했는데 이선우가 그 자리에 있다. 풀어 헤쳐진 앞섶을 두 손으로 모아 쥐고서 그를 보고 있었다.

"왜, 하고 싶어요?"

마치 그가 걱정되기라도 한다는 듯 선우가 망설였다. 문도는 실소를 하며 머리를 쓸어 넘겼다. 뭘 망설여. 가라면 갈 것이지.

"전무님은요?"

문도는 허탈하게 웃으며 미간을 문질렀다. 기껏 물러나 줬더니 도발을 해 오나.

아. 잊고 있었다. 너는 온통 거짓말이었던 여자였지. 한 번이라도 더 하고 싶어 했던 여자였지.

그렇게 뒤집히지 않으려, 넘어가지 않으려, 버티고 버텼던 나를 기어코 주저앉힌 여자였었지. 네가 아니었으면 나는 아무 일 없이 살았을 텐데.

"빌어먹을 정도로 하고 싶지."

문도는 말간 이선우의 얼굴을 훑었다. 닷새를 잠 못 이루게 했던 얼굴이다. 이선우를 잘라 내야 한다는 생각을 하느라, 어떻게 하면 더 아프게 잘라 낼까 그 생각을 하느라 잠을 잘 수 없었다.

눈을 뜨고 있어도 이선우가 보였고, 눈을 감아도 이선우가 있었다. 늘, 머리가 뜨거웠고 눈알이 뜨거웠다. 숨까지 뜨거워져 입관을 할 때는 미열이 느껴질 정도였다.

"내가 지금 잠이 너무 고프거든."

조부의 사망 소식을 들은 그 순간 끝인 걸 알았다. 언제까지 팔자 좋은 꽃놀이를 할 수는 없다는 걸. 눈 막고 귀 막아 달콤한 꿈을 꾸는 것도 한때지. 자신의 자리가 그를 부르고 있었다. 이제는 그만 끝내고 돌아와 너의 할 일을 하라고.

"하고 나면 잠이 올까요?"

멍청한 질문을 하는 여자를 보면서 문도는 실소를 머금었다.

그런 걸 묻지 말고 그냥 가. 이 미련한 여자야. 마치 내가 원하면 언제든 해 줄 수 있을 것 같은 그런 얼굴로 나를 보면…….

문도는 고개를 틀어 선우의 시선을 피했다. 머리가 뜨거웠다. 이제는 미쳐 가는지 욕망조차 둘로 갈라진다.

이선우가 이만 포기하고 내려갔으면 좋겠는데, 함부로 굴어도 안아 주었으면 좋겠다. 이런 그를 멀리했으면 좋겠고, 동시에 어떤 일이 있다 해도 그를 떠나지 않았으면 좋겠다.

돌아 버린 거지.

헛웃음 터트리며 돌아서는데 이선우가 그를 팔을 잡았다. 우뚝 굳어 버린 문도에게 선우가 말했다.

“저는……. 전무님이 힘들지 않으셨으면 좋겠어요.”

불가능한 이야기를 하고 있다. 그게 우스워서 문도는 여자를 당겼다. 허리를 세게 안아 단단해진 아래를 눌렀다.

“위로를 해 봐. 그럼.”

그 말에 선우가 한 발 가까이 다가오더니 발꿈치를 들었다. 그의 옷깃을 쥐고서 가만히 입술을 부딪쳐 온다. 위로를 하듯이 부드럽게 그를 머금는 선우에게서 달콤한 냄새가 났다.

문도는 욕을 뱉으며 선우의 입술을 아프게 삼켰다. 머리가 핑 돌며 뇌가 끓었다. 이제는 이 마음이 체념인지 절망인지 모르겠다는 생각을 한다.

아니. 다 핑계지. 사실은 그냥 너를 안고 싶을 뿐이야.

문도는 성급한 손길로 선우의 옷을 벗겼다. 제정신이 들기 전에 여자의 몸에 자신을 묻어 버리고 싶었다. 자괴감이 들기 전에, 제법 멀쩡한 척하는 놈이 돌아오기 전에 이선우를 취해야 했다.

"흡."

몸을 밀어 넣자 선우가 숨을 삼켰다. 단단하게 부푼 분신이 덜 젖은 몸과 마찰하며 뜨거운 열을 내었다. 살갗이 밀리는 통증이 인다. 여자는 훨씬 더 고통스러울 것이다.

문도는 어금니를 물었다. 이를 악물고서 뜨겁고 좁은 곳에 몸을 모두 구겨 넣었다. 아찔한 쾌감에 등이 저릿저릿 끓었다.

내리뜬 시야에 고통을 참아 내는 이선우가 보였다.

너는 알까. 붉어진 네 얼굴이 얼마나 나를 미치게 하는지. 파르르 떨리는 눈썹이, 단내 나는 숨을 몰아쉬는 입술이. 나를 얼마나 아득하게 하는지. 너는 알까.

몸을 물렀다가 단번에 밀어 넣었다. 선우의 입이 크게 벌어진다. 타는 듯한 작열감이 문도에게까지 전해졌다.

"내가, 가라고 했을 텐데."

문도는 몸을 숙여 여자의 가슴을 쥐었다. 언젠가 붉은 꽃을 움켜쥐었던 것이 생각난다. 으깨진 꽃잎에서는 즙이 나왔었다. 이선우도 으깨어 터트리면 붉은 즙이 흘러나올까.

"왜 말을 안 들어."

하읍, 숨을 삼키며 선우가 눈을 질끈 감았다. 그런 주제에 문도의 등을 안는다.

"전무님이, 힘……들어, 보여서……. 아흣."

여자의 말이 툭툭 끊겨 나왔다. 아프게 비집고 들어갈 때마다 여자의 손이 문도의 등을 힘주어 안았다.

"너무…… 힘들지, 않으셨으면, 좋겠어요."

하아. 누가 누굴 걱정해. 정신을 차려야 하는 사람이 누군데. 왜 네가 나를 걱정해. 가진 거라곤 쥐뿔도 없으면서, 곁에 남은 식구라고는 아무도 없는 주제에, 왜 나를 걱정해.

문도는 짙게 숨을 쉬었다. 여자가 너무 바보 같아서 녹슨 칼에 베인 것처럼 화끈거리는 통증이 가슴에 일었다. 이 어리석은 여자를 어떻게 할까. 이 외롭고 가련한 여자를 어떻게 하지.

"이래서 내가 안 하려고 했던 건데."

속마음이 말이 되어 나왔다.

이래서 하기 싫었다. 마지막으로 한 번만 더 여자의 몸에 뜨겁게 파고들고 싶은 마음이 굴뚝 같았어도, 그러면 안 되는 일이라 생각했다.

장례를 치르는 내내 이선우 너를 생각했지. 네 몸에 나를 묻었으면 좋겠다고 생각했어.

밤을 가르고 달려갈까.

아무 말 없이 너를 안고서 다시 돌아올까.

너는 나를 거부하지 못할 테니, 하루만, 이틀만, 장례가 끝나는 닷새 동안만 너를 안을까.

그래도 그렇게 하지 않았다. 닷새 동안 벽에 기대어 잠깐씩 눈을 붙이며 버텼다. 끝은 정해져 있고 너는 너무 불쌍했으니까.

"이선우."

문도는 선우의 이름을 불렀다. 선우가 그를 올려다보았다. 물기가 어려 있는 맑은 눈동자가 속을 아프게 훑었다.

멈추어 있는 그에게 선우가 먼저 입술을 맞추어 왔다. 팔을 올려 그의 목을 감고서 그의 입술을 머금었다. 작고 부드러운 혀가 그를 달래 주듯이 움직였다.

문도는 질끈 눈을 감았다. 어쩌다 이렇게 됐을까를 생각했다. 어디서부터 잘못되었을까도 생각했다.

너와 자기 전에 잘라야 했을까. 한낱 돈을 밝히는 여자라 생각했을 때 그만두어야 했을까. 너의 정체를 알았을 때 밟아 버렸어야 했었나.

어쩌다 나는 이렇게 되었을까. 나를 배신할 너를 이해하고 싶지 않았는데. 도둑처럼 숨어든 네 외로움 따위 헤아리고 싶지 않았는데.

"하아……."

선우가 입술을 뗐다. 문도는 여자의 작은 얼굴을 손으로 감쌌다. 어여쁜 얼굴을 오래오래 보았다. 눈에 넣어도 아프지 않다는 말은 이런 때 쓰는 건가 보다.

처음으로 되돌릴 수 있다면.

너를 몰랐던 시간으로 돌아갈 수 있다면.

문도는 의미 없는 가정을 해 보았다.

사실은 어디서부터 잘못되었는지 알고 있었다. 이 집에 여자를 들였던 순간도, 욕망에 굴복했던 순간도, 정체를 알았던 순간도 아니었다.

그날, 그때 네 동생을 모른 척하지 않았어야 했다.

서유라가, 최지상이, 장 변호사와 아버지가 조용히 덮어 버릴 것을 예감했을 때, 나의 일이 아니라고 외면하지 않았어야 했다. 더러운 물에 손이 닿을까 인상 쓰며 뒤로 물러서지 말았어야 했다.

그때의 외면이 이렇게 아픈 칼날이 되어서 너와 나를 찢어 놓을 줄 알았더라면.

문도는 선우의 입술을 다시 머금었다. 여자는 순순히 입을 벌리며 그의 숨을 받아 냈다. 어지럽게 얽히는 동안 이선우의 안이 젖어 들었다. 젖은 속살이 부드럽게 그를 감쌌다.

문도는 허리를 움직여 한결 부드러워진 안을 파고들었다. 선우의 입에서 더운 숨이 터져 나왔다. 흔들리며 신음하는 이선우를 보는데 더럽게 좋았다. 욕망에 지고 만 자신이 더 이상 후회되지 않는다. 어차피 이렇게 된 거 아득해질 때까지 여자를 취해 볼 작정이다.

문도는 속력을 높였다. 가슴을 움켜쥐고서 게걸스럽게 빨았다. 입술을 훑었고, 허리를 움켜쥐었다. 선우의 밭은 신음 소리가 침실을 울린다. 젖은 살이 갈라지는 소리가 그 위로 어지럽게 뒤섞였다.

"아, 전무님, 제발."

여자가 애원을 했다. 붉게 벌어진 입술에서 신음이 끊이지 않고 흘러나왔다. 종국에는 파르르 떨면서 허리를 들어 올렸다.

문도는 떨고 있는 여자의 몸을 멈추지 않고 파고들었다. 절정이 이어진 여자는 울먹이며 그를 찾았다. 견딜 수 없다고, 이제는 그만하고 싶다고 애원하는 선우를 훔치고 또 훔쳤다.

외롭고 외로운 너는 그 가난한 마음에도 사람을 들이지. 얼마 남지도 않은 마음을 결국 내게로 흘려보내고 말아. 곁에 있는 나를 확인하고서야 다시 눈을 감고 잠을 자는 너는.

너는 어떻게 될까.

만신창이가 된 너는 어떻게 살아갈까.

아무도 없는 너는 긴긴밤 무슨 생각을 할까.

나를 증오할까.

나를 잊을까.

덧없는 생각이었다. 문도는 흔들리는 이선우를 품에 안았다. 숨도 쉴 수 없을 만큼 세게 안고서 입을 맞추었다. 가슴에 뜨거운 바람이 휘몰아치고 있었다.

33. 마지막 밤

장례가 끝나고 3일이 지났다.

삼우제를 지내는 날이라 아침부터 숙소 동은 제사 음식을 마련하느라 바빴다. 아침을 일찍 먹은 선우도 주방 아주머니를 도와 제기를 닦았다.

"보자, 과일은 이쪽에 있고. 곶감, 한과, 밤, 대추……. 떡이랑 포도도 넣었고."

조리사 아주머니가 다시 한번 더 체크를 하는 소리를 들으며 선우는 자리에서 일어났다.

"전 이만 건너갈게요."

막내 아가씨도 얼른 깨워야 할 테니 어서 건너가라는 이야기를 들은 후 선우는 숙소 동을 나왔다.

여름 기운이 완전히 걷혀 버린 아침은 제법 쌀쌀했다. 정원을 건너며 선우는 마지막으로 보았던 남자의 얼굴을 생각했다. 그녀를 품에 안고서 느리게 눈을 깜빡이던 남자는 고요히 잠이 들었다.

그 모습이 마지막이었다.

장례 후 3일이 지나는 동안 선우는 서문도를 스치며 보는 일도 없었다. 아침 일찍 나가서 새벽에나 들어오는 남자는, 당분간 바쁘니 올라오지 말라는 메시지 하나만을 남겨 놓았다.

서유라의 말에 의하면 아마 정신없을 거라고 했다. 아직 본격적으로 후계 싸움의 서막이 오른 건 아니지만, 서로가 물밑에서 많은 일들을 준비하는 듯했다. 서유라만 보아도 자주 서용호의 변호사와 통화를 했고, 한 번씩 박소영과 길게 이야기를 나누기도 했다.

오늘도 없을까.

선우는 그 생각을 하며 별채의 문을 열었다. 서문도 전무가 없는 아침이면 2층으로 올라가 잠깐씩 드레스 룸을 뒤졌다. 서랍과 박스, 보관용 파우치와 수납함. 매일 조금씩 진도를 나가다 보니 이제는 살펴볼 곳도 얼마 남지 않았다.

전부 찾아본 뒤에는…….

아직은 생각하지 말자. 선우는 고개를 저었다. 이곳에 민우의 핸드폰이 없을 수도 있다는 건 선우도 잘 알았다. 서문도 전무가 핸드폰을 보관할 곳은 차고 넘쳤으니까.

회사가 될 수도, 은행의 금고가 될 수도, 보관이 용이한 다른 사람에게 넘겼을 수도 있다. 가능성이 희박하다는 건 처음부터 알고 있었다. 하지만 그렇다고 해서 멈출 수는 없었다. 언제나 아주 작은 가능성에 매달려 왔으니, 이번에도 그럴 뿐이다.

할 수 있는 일은 다 해 보는 것. 아무리 바보 같고 아무리 미련해도 마지막까지 최선을 다해 보는 것. 그때까지 다른 생각은 하지 않는 것.

그게 선우의 최선이었다.

그러니 찾지 못할 수도 있다는 생각은 아직 하지 않으려고 노력 중이다. 전부 찾아본 뒤에, 정말로 더는 찾아볼 곳이 남아 있지 않을 때 포기해도 늦지 않으니.

"유라 씨."

선우는 현관으로 들어가며 유라의 이름을 불렀다. 당연히 서문도는 없을 거라고 생각하며 올라갔는데 거실 쪽으로 신경이 훅 쏠렸다.

여기 있구나.

남자의 모습은 보이지 않는데 느낌으로 알 수 있었다. 그 느낌을 증명이라도 하듯이 서문도가 물컵을 들고 주방에서 나왔다. 눈이 마주치자 빙그레 웃는다. 누적되었던 피로 따윈 말끔하게 털어버린 강건하고 매끄러운 모습으로.

"잘 지냈어요?"

선우는 바로 대답하지 못했다. 자신이 남자의 모습에 시선을 빼앗겼다는 걸 알아챈 순간 한발 늦은 대답이 나왔다.

"네, 잘 지냈어요. 전무님도 그간 잘 지내셨어요?"

누군가의 목소리를 빌어서 말하는 기분이 들었다. 뭐에 당황을 했는지 선우도 알 수 없었다. 너무 태연한 목소리로 말을 걸어서인지, 새삼스럽게 남자의 모습에 가슴이 내려앉아서인지.

"바빠서 연락도 못 했는데, 이렇게 보네요."

눈이 부실 정도로 새하얀 셔츠에 검은색 팬츠를 입은 남자가 선우를 향해 걸어왔다. 길고 탄탄한 몸이 햇빛을 가르며 걸었다.

"오늘이 삼우제라고 들었어요."

문도가 가볍게 고개를 끄덕였다.

"덕분에 이렇게 얼굴도 보고. 좋네요."

남자는 매끄럽게 미소를 짓는데 선우는 남자가 낯설었다. 아니, 사실 낯선 건 아니다. 늘 보았던 예전 그 모습이었다. 멀고 어렵게 느껴져, 말 한마디를 붙이기가 힘들었던 그 모습.

"힘들진 않으세요?"

"아직은 할 만해요."

그리 힘들지 않다는 듯 남자가 웃었다. 보기에도 그래 보였다. 휘몰아치듯 자신을 안았던 남자의 모습은 환각이었나 싶을 정도였다.

"아. 저는, 유라 씨 깨우러 가 볼게요. 오늘 성묘 가야 한다고 일찍 깨우라고 하셔서요."

"그래요. 나도 이제 본관에 건너가야 할 시간이라."

서문도가 손목을 들어 시계를 보았다. 선우는 살짝 고개를 숙여 인사를 건넸다. 서유라가 있는 게스트 룸으로 막 걸음을 옮기는데 서문도가 선우를 불렀다.

"이선우 씨."

"네."

선우는 고개를 돌려 문도를 보았다. 남자가 선우를 본다. 짧은 시간 오래도록, 깊이를 알 수 없는 눈동자가 선우에게 머물렀다.

"오늘은."

말을 하고서 다시 그녀를 보았다. 담담한 목소리였는데, 이상한 기분이 들었다.

"올라와요. 연락할 테니까."

"아……. 네."

그 말을 끝으로 문도가 몸을 돌렸다.

"전무님."

왜 그랬는지 모를 일이다. 선우는 충동적으로 뒷문으로 향하는 남자를 불렀다. 뒤를 돌아본 남자가 무슨 일이냐는 듯이 선우를 보았다.

서문도를 향한 시야의 옆으로 거실로 들이치는 햇살이 보였다. 환한 아침이었다. 언제든 누구라도 들어올 수 있는 시간.

"성묘 잘 다녀오세요."

이 정도가 말할 수 있는 최선이었다. 조금 서글픈 기분이 들었다. 좋아해서는 안 되는 남자를 좋아하고 있다는 것이 바보처럼 느껴지기도 했다.

남자가 자신을 좋아하지 않기를 바라면서, 한편으로는 그럼에도 불구하고 자신을 좋아하길 바란다는 것 역시 그랬다.

"그럴게요."

서문도가 말했다. 더 할 말이 없는 선우는 머뭇거리다가 이만 뒤를 돌았다. 몇 분도 되지 않는 짧은 시간이었는데 마음이 이상

했다. 이유는 알 수 없었다.

삼우제를 마치고 돌아와 한숨 자고 일어난 서유라는 다시 예전 모습을 찾았다. SNS에 묘지 사진을 올리고 흰 국화꽃 사진도 올리며 다시 활동을 시작했다.

"댓글 짱 많이 달리는 거 봐. 한 번씩 쉬었다가 하는 것도 괜찮네? 근데 왤케 안 와. 배고파 디지겠는데."

거실 소파에 누운 서유라가 말했다. 오랜만에 야식으로 닭발에 소주를 먹고 싶다는 말을 해서 주문을 해 놓고 기다리는 중이었다.

"금방 올 거예요."

선우는 다이닝 룸 식탁에 수저와 그릇을 세팅하며 말했다. 밖은 깜깜한 밤이었다.

"사모님은 좀 어떠세요? 괜찮으세요?"

"사모님? 엄마?"

"네."

"괜찮아. 아까 변호사랑 통화하더라. 산 사람은 살아야지. 운다고 돈이 나오냐 밥이 나오냐."

그렇게 대답한 서유라가 핸드폰으로 동영상을 재생했다.

'안녕하세요, 최지상입니다.'

최지상의 목소리가 핸드폰 특유의 날카로운 소리로 거실을 울렸다. 아이스버킷 챌린지에 지목되었다며 얼음물을 뒤집어쓰는 모습이 보였다.

"점점 더 잘나가네. 짜증 나."

서유라가 삐죽거렸다. 유라의 말대로 최지상은 요새 연일 주가를 올리는 중이었다. 유명한 드라마 작가의 차기작 주인공으로 캐스팅이 되는가 하면, 영화 계약 소식도 속속들이 들려왔다.

"아직도 연락이 잘 안 되세요?"

"됐다 안 됐다 그래. 그게 더 짜증 나지 않냐? 아예 생까면 찾아가서 지랄할라 그랬거든? 그럼 전화가 온다? 아빠 죽고 계속 연락 없길래 다 뒤집어 버릴까 생각했는데 아까 전화 와선 괜찮냐고 묻더라? 근데 쌰, 만나긴 어렵대."

서유라는 스케줄이 너무 꽉 차서 만나기는 힘들 것 같다고 한 것도 짜증 난다고 했다. 선우는 몇 주 전에 받았던 최지상의 메시지를 생각했다.

'뭐 좀 찾아낸 거 없어요?'

없다는 답 문자를 보냈더니 전화를 걸어왔다. 방송에서 칭송받는 예의 그 상냥한 목소리로 선우의 안부를 물었고, 핸드폰에 관해 새 소식이 있으면 언제든 연락을 달라고 했었다.

'사례는 섭섭하지 않게 할게요. 이선우 씨만 믿고 있어요.'

선우는 검은색 바둑알 같았던 최지상의 눈동자를 떠올렸다. 기분 나쁘고 섬뜩했던 눈동자를.

물증은 없지만 선우는 그가 민우를 죽인 범인이라고 거의 확신하고 있었다. 서유라를 관리하는 것도 그렇고 자신을 주시하는 것도, 혹시라도 사건에 대해 알려지면 어떡하나 불안감이 가중되었기 때문인 듯 보였기에.

그런 사람의 인기가 고공 행진을 하는 걸 보면 인과응보라는 게 있는 걸까 싶기도 했다.

"어? 왔다."

주방 뒷문이 열리고 조리사 아주머니가 닭발과 소주를 들고 왔다. 선우가 받아서 상을 차리는 동안 서유라는 소주부터 따서 커다란 유리컵에 넣었다. 그 위로 맥주를 부어 소맥을 만든 뒤 한 잔을 벌컥벌컥 마셨다.

"캬. 이거지."

"내일부터 운동 스케줄 다시 잡힌 거 잊지 않으셨죠?"

"알아. 알아. 오늘만 마실 거야. 아빠 죽었는데 술 한잔은 해야지. 아, 엄마도 부를까. 그래야겠다."

서유라가 박소영과 통화를 하는 모습을 보며 선우는 여분의 그릇과 술잔, 수저를 챙겼다.

"저는 이만 퇴근할게요."

통화를 마친 서유라에게 말하자 유라가 닭발 하나를 뜯다가 고개를 들고 선우를 보았다.

"응? 벌써 시간이 그렇게 됐어? 알써. 가 보고."

"네."

"야."

거실에 둔 가방을 챙기러 가는데 서유라가 선우를 불렀다.

"네."

서유라가 물끄러미 선우를 보더니 툭 던지듯이 물었다.

"너 내 편이지?"

몇 번이나 그렇다고 대답을 했던 질문이었는데 오늘은 쉽게 대답이 나오지 않았다. 그래도 그렇다고 말을 해야지, 생각하며 입을 떼는데 서유라가 먼저 말했다.

"조만간 이 집 나간다. 그때 같이 가. 엄마랑 이것보다 훨 크고 좋은 집에서 진짜 기깔 나게 살 거야. 그럼 너는 내 매니저 시켜 줄게."

주스를 쏟아붓고 욕설을 퍼붓던 모습이 엊그제 같은데, 서유라와도 멀리까지 왔다는 생각이 들었다. 서유라가 이 집에 없으면, 선우 역시 이 집에 붙어 있을 명분이 없었다.

"네. 그렇게 할게요."

선우의 대답이 마음에 들었는지 서유라가 들고 있던 닭발을 입에 넣으며 말했다.

"알았어. 가 봐."

선우는 꾸벅 고개를 숙여 인사를 한 뒤 주방의 뒷문을 열었다. 정원을 건너며 불이 꺼진 2층을 올려다보았다. 서문도를 만나기로 한 자정까지는 두 시간이 남았다.

자정을 10분 남겨 놓고 전화가 왔다. 선우는 핸드폰을 들고 통화 버튼을 눌렀다. 수화기 너머에서 서문도의 목소리가 울린다.

"네, 전무님."

— 엘리베이터 탔어요. 건너와요.

"네. 금방 갈게요."

선우는 핸드폰을 책상에 두고 방을 나서려다가 뒤를 돌았다. 서랍을 열어서 서문도가 선물했던 목걸이를 꺼냈다. 반짝이는 메달을 바라보던 선우는 망설이다가 목에 걸려 있던 가는 목걸이를 풀었다.

팔을 뒤로 돌려 새로 받은 목걸이를 찼다. 빛을 받은 다이아몬드 조각들이 거울 안에서 눈부시게 빛났다. 여전히 부담스럽고 화려했지만, 남자가 목걸이를 보고 잠깐이라도 웃었으면 좋겠다는 생각을 한다. 회사 일에, 승계 문제에, 삼우제까지 치르느라 힘들었을 테니까.

혹시 가는 길에 누구를 만날까 싶어 카디건 안으로 목걸이를 집어넣고 선우는 숙소 동을 나섰다. 주방 뒷문을 열고 들어가니 서유라는 방으로 들어갔는지 다이닝 룸은 비어 있었고, 테이블 위도 깨끗하게 치워져 있었다.

선우는 조용히 계단을 밟아 별채의 2층으로 올라갔다. 중문은 언제나처럼 한 뼘 정도 열려 있었다. 선우도 평소와 다름없이 열린 문을 두드려 가볍게 노크를 하고 들어감을 알렸다.

"전무님, 이선우입니다."

"들어와요."

선우는 들어가며 문을 닫았다. 셔츠 차림의 서문도는 진열장 앞에서 시계를 풀고 있다가 선우를 보고 흘깃 고개를 들었다. 오랜만에 보는 모습이라 생각하며 선우는 고개를 숙여 인사를 하며 물었다.

"삼우제는 잘 치르셨어요?"

선우의 말에 문도가 말없이 웃는다. 진열장 서랍을 열어 시계를 집어넣고 옅은 한숨과 함께 타이를 풀어 진열장 위로 툭 던지며 말했다.

"서유라가 별말 안 해요?"

별말이 무엇일지 선우는 잠시 생각했다. 서유라는 삼우제를 다녀온 뒤 이 집을 나가겠다고 했었다. 그것도 거의 확정적으로 이야기하며 같이 나가자는 말을 했다. 삼우제에서 무슨 일이 있었을까.

"뭐가 있는데, 말을 안 하네."

서문도가 말하며 피식 웃었다. 감았다 뜨는 눈꺼풀 사이로 보이는 눈동자가 날카롭고 단단한 빛을 뿜는다.

"제사 지내다 형제 간에 개싸움 했다는 말, 안 해요?"

그런 말은 들은 적이 없었다. 문도가 주머니 안쪽에서 자그마한 USB를 꺼내 진열장 위로 올려놓으며 말했다.

"큰집 라인 타겠다는 말도 안 하고?"

남자는 궁금해하는 게 아니었다. 확인을 하고 있는 거였다. 서유라가 얘기한 게 있을 텐데 왜 자신에게 아무런 말이 없는 것인지를. 선우는 머뭇거리다가 입술을 뗐다.

"조만간 나갈 것처럼 말씀하시긴 했었어요. 그리고……."

"그리고?"

"같이 나가자고도 하셨고요."

그 말에 문도는 알 만하다는 표정으로 입꼬리를 올렸다. 조소를 날린 남자가 가볍게 묻는다.

"그래서, 같이 나가게요?"

선우는 대답을 하지 못한 채로 서문도를 바라보았다.

사실 답은 정해져 있었다. 서유라가 이 집에서 나가게 되어 선우도 더 이상 이곳에 머물 수 없게 된다면 서유라를 따라가는 것이 맞았다.

민우의 핸드폰을 찾을 수 없다면, 서문도와의 연애는 그 의미를 잃는다. 이 관계는 민우의 핸드폰을 찾기 위한 과정일 뿐이었으니까. 그러니 더는 쓸모없어진 연애놀음은 그만두고서 서유라라도 붙들어야 하는 것을 안다.

대답을 기다리던 남자가 피식, 친근하게도 웃었다. 그리고는 손을 뻗어 선우의 머리카락을 넘겨 주었다. 가볍게 스치는 손끝에도 마음에는 물결이 일었다.

아직은.

아직은 이런 순간들을 잃고 싶지 않다는 생각을 했다. 멀지 않은 훗날에 잃게 된다고 하더라도, 그때까지는. 아니, 그때까지만이라도.

"유라 씨가 나가면 저도 나가야겠지만, 트레이너 일을 더 할지는 아직 생각해 보지 않았어요."

선우가 할 수 있는 최선의 대답이었다. 흠, 하는 가벼운 소리와 함께 남자가 선우를 보았다. 그러다 담담히 말한다.

"뭘 더 해. 그냥 나랑 연애나 해요."

그럴 수는 없어요. 선우는 그 말을 삼키며 조용히 웃었다. 민우의 죽음에 대한 진실을 찾지 못한 자신은 영원한 반쪽짜리일 뿐이니까.

"생각해 볼게요."

대답은 그렇게 했지만 선우는 조만간 결정의 순간이 올 거라는 것도, 서유라를 선택해야 한다는 것도, 그때는 이 관계를 그만두어야 한다는 것도 너무나 잘 알고 있었다.

그러니 끝이 올 때까지는 아직 끝이 아닌 걸로.

선택은 마지막에, 정말로 마지막 순간이 왔을 때 그때 하는 것으로.

"생각할 게 뭐가 있어."

진열장 위에 놓인 USB를 집은 남자가 무릎을 굽히며 말했다. 시계며 타이 등이 놓여 있는 서랍형 진열대 아래의 수납장 문을 연다. 양쪽으로 활짝 열린 문 안에는 아무것도 없었다.

드르륵.

남자의 손이 움직이며 문이 밀리는 소리가 났다. 선우의 시선이 아래로 쏠렸다. 이미 한 번 살펴보았던 곳이었다. 분명 아무것도 없었는데…….

순간 선우의 눈이 크게 떠졌다.

안쪽의 막힌 벽이라 생각했던 부분이 옆으로 밀려나며 번호가 달린 금고가 나왔다. 놀란 소리가 터져 나올 것 같아 선우는 주먹에 힘을 주며 입술을 세게 다물었다.

삐삐삐삐, 삐.

선우는 서문도의 손가락이 누르는 버튼을 숨도 쉬지 않고 바라보았다. 금고 문이 열렸다. 남자의 뒷모습에 반쯤 가려진 위 칸에 무언가가 보였다.

"서유라한테 말해야 하나. 이선우 내 꺼니까 건드리지 말라고."

안쪽으로 툭 USB를 넣으며 남자가 말했다. 남자의 머리 옆으로 비닐 지퍼 백에 들어 있는 핸드폰 무더기가 보인 순간 선우는 입을 틀어막았다.

소리 내면 안 돼.

선우는 질끈 눈을 감았다가 떴다. 머릿속이 하얗게 비워지는 와중에도 이러면 안 된다는 생각을 했다.

침착해. 아무렇지 않은 척해야 해.

오직 그 생각 하나로 선우는 손을 내리고 눈을 떴다. 속이 덜덜 떨려와 주먹에 힘을 꽉 주었다. 삐리릭, 금고의 문이 잠긴다. 문도가 사라진 벽을 다시 당겼다. 합판으로 된 미닫이문이 닫히며 공간은 다시 비어 있는 수납장이 되었다.

"말할까요?"

문도가 몸을 돌리며 선우에게 말했다. 무슨 말을 하고 있는 건지 선우는 기억이 나지 않았다.

"이선우 내 꺼라고 서유라한테 말해?"

이선우, 뭐 하는 거야. 입을 열어. 대답을 해야 해. 아무렇지 않은 척 대답을 하고 방으로 가자고 해. 남자를 재우고 그리고…….

"아……니요. 그건……. 나중에. 나중에, 제가 말, 할게요."

"나중에 언제요."

한 발 다가오는 서문도를 보는데 어지러웠다. 비스듬히 미소를 지으며 문도가 한 손으로 선우의 뺨을 쥐었다. 심장이 쿵쿵 뛰다 못해 목으로 튀어나올 것만 같았다.

들키면 안 돼. 떨면 안 돼.

선우는 필사적으로 주문을 걸며 남자의 셔츠를 쥐었다.

"오늘, 자고 가도 될까요?"

자신의 목소리가 다른 사람의 것처럼 들렸다. 애써 웃고 있는 입꼬리가 떨려 왔다. 서문도가 다정히 웃으면서 선우에게 답했다.

"잘됐네. 나 좀 재워 줘요. 거의 못 잤거든."

문도가 씻으러 들어가 있는 동안 선우는 침대에 걸터앉아 있었다. 심장은 둥둥 울렸고, 귀는 물을 먹은 것처럼 먹먹했다. 머리가 뜨거워지며 시야가 흐릿하게 번졌다.

여기 있어. 여기에 있었어.

지그시 눈을 감은 선우는 아프게 침을 넘겼다. 모래사장에서 바늘을 찾는 기분으로 망망대해를 건너온 지 몇 개월째인지 기억조차 나지 않았다.

이 집에 갇힌 채 계절이 바뀌었고, 계절이 바뀌는 동안 무수히 많은 일들이 있었다. 매일 마음이 쓸리고 다치는 게 일이었는데. 마음에도 지문이 있었다면 벌써 닳아 없어졌을 거였다. 거지 취급도, 창녀 취급도, 고아 취급도 받아 가며 버텼던 날들이었다.

엄마와 아빠 생각이, 차가운 시체로 보았던 민우의 모습이 생각이 나는 순간 뜨거운 덩어리가 목 끝까지 빠근하게 차올랐다. 선우는 눈을 힘껏 감았다.

울면 안 돼. 아직은, 안 돼.

"씻어요."

드레스 룸으로 가는 문이 열리며 문도의 모습이 나타났다. 편한 옷으로 갈아입은 남자의 머리카락 끝이 젖어 있었다.

"아, 저는 씻고 왔어요."

마지막까지 침착해야겠다는 생각을 주문처럼 외었다. 마지막 밤이었다. 선우는 입고 있던 카디건의 단추에 손을 댔다. 제일 윗단추를 푸는데 문도가 침대 옆에 앉는다.

"하고 싶어요?"

선우의 눈빛이 문도의 얼굴 위를 헤매었다. 어떻게 하고 싶은지, 선우는 알 수 없었다. 이 밤을 보내야만 찾을 수 있다는 생각에 단추를 풀긴 했지만 이렇게 터질 것 같은 마음으로 잠자리를 할 수 있을지 자신 없었다. 그러는 한편으로는…….

"잘 모르겠어요."

마지막이라 생각하면 힘껏 안기고도 싶었다. 동시에 마지막의 마지막까지 남자를 이용하고 싶지는 않다는 생각을 한다.

정말 잘 모르겠어. 울고 싶은 기분이 되었을 때, 문도가 선우를 보고 희미하게 웃었다.

"피곤해서 못 안아 줄 것 같은데."

다행이라고 생각하며 선우는 고개를 끄덕였다. 문도가 그대로 몸을 침대에 누이며 말했다.

"이리 와요."

선우는 팔을 내어 주는 남자의 옆에 누웠다. 문도가 선우의 허리에 팔을 감았다. 마주 보고 누워서 서로의 눈을 들여다보았다. 한참 동안 선우를 보던 문도가 조금 쓸쓸히 웃더니 선우의 이마에 입을 맞추었다.

마지막이구나.

실감이 나는 순간 선우는 눈을 꾹 감았다. 마음에 거센 파도가 일었다. 우르르 부서지는 기분은 무엇일까. 원했던 민우의 핸드폰은 바로 저기에 있는데.

이 남자와 지냈던 시간은 전부 다 허상이었는데. 힘들었던 내 마음이 지어낸 신기루 같은 것이었는데. 무엇이 부서지고 있는 걸까.

"바빠지면 또 못 보니까. 자고 새벽에 가."

문도가 선우를 당겨 안으며 말했다. 남자의 품에 안긴 채 선우는 고개를 끄덕였다. 감기지 않는 눈을 억지로 감으며 나머지 일들에 대해 생각을 해 보았다.

핸드폰을 찾게 되면.

숙소로 돌아가야겠지. 꼭 필요한 것만 챙겨서 신속하고 조용하게 나와야 할 거였다. 남자가 주소를 알고 있으니 집으로 돌아가서는 안 되었고, 되짚어 추적할 수 있는 곳으로도 가면 안 되었다.

남자의 숨소리가 고르게 퍼져 나갔다. 피곤하다는 말이 진짜였는지 선우의 허리를 감고 있었던 팔도 아래로 툭 떨어졌다.

정말로 마지막이었다.

마음이 까맣게 가라앉는다. 이렇게 마지막이 올 거라고는 생각도 못 했었다. 누군가 예고 없이 마음을 툭 잘라 버린 기분이었다.

이 밤이 지나면 당신은 나에 대해 알게 되겠지. 배신감에 몸을 떨까. 차갑게 경멸할까. 싸늘히 조소하다 잊어버릴까.

그 무엇이 된다 해도 괜찮으니, 당신이 많이 아프지 않기를 바라. 나를 잊어도, 미워해도, 부정해도 좋으니까 당신만은 아프지 않기를. 나쁜 꿈을 꾸었다고 생각하기를.

조금 더 시간을 죽인 선우는 천천히 문도의 품에서 빠져나왔다. 살그머니 몸을 일으켜 잠든 남자를 잠깐 바라보다가 이내 고개를 돌렸다.

밤이 깊어간다. 끝이 기다리고 있었다. 선우는 소리 없이 마스터 룸을 빠져나왔다.

달칵.

문이 닫히는 소리는 아주 작았다.

문도는 천천히 눈을 떴다. 사방은 어둠이었고 옆은 비어 있었다. 온기가 빠져나간 자리를 가만히 바라보았다. 고요한 밤이다. 벽 너머의 소리는 거의 들리지 않았다. 들리지 않는다고 해서 이선우가 움직이지 않는 건 아닐 것이다.

조심스럽게 움직이다가 소리가 날 때마다 숨을 멈추는 여자의 모습이 그린 듯이 보였다. 그 순간조차 춤을 추듯이 움직이고 있겠지. 아주 작은 소리에도 소리 없이 놀랐다가 다시 바람처럼 물결처럼 부드럽게 움직이며.

몸을 일으킨 문도는 욕실로 향했다. 파우더 룸의 서랍장에 넣어두었던 이민우의 핸드폰을 꺼내 물끄러미 바라보다가 쓰게 웃었다. 마지막으로 서로를 조용히 바라보았던 순간을 생각했다. 선하고 맑은 눈동자가 의심 없이 그에게 머물렀던 순간을.

이제 다시는 볼 수 없겠지.

나는 너를, 너는 나를.

우리는 서로를 부수어 놓을 테니까.

문도는 지그시 눈을 감았다. 이선우를 향한 동정도 연민도 거두어 낸다. 천천히 눈을 뜬 문도는 숨을 깊이 쉬었다. 핸드폰을 단단히 쥐고 어둠을 걸었다.

끝을 내러 갈 시간이었다.

진열장 앞에 도착한 선우는 조심스레 몸을 숙였다. 발아래에서 삐그덕거리는 소리가 나, 다시 한번 숨을 멎고서 움직임을 멈추었다.

소리가 나지 않도록 힘주어 잡은 수납장 문을 살며시 당기며 열었다. 아무것도 없는 공간이 나타난다. 선우는 심호흡을 하고서 안쪽의 합판에 손을 댔다. 남자가 밀었을 때 드르륵 소리가 났었던 것이 기억나 살짝 들면서 옆으로 천천히 밀었다.

조용한 소리가 나며 문이 밀렸다. 선우는 입술을 앙다물고서 끝까지 밀었다. 숨죽인 순간들이 느리게 흘러, 째깍째깍 초침 소리가 들리는 것 같은 착각이 들 정도였다.

합판이 밀리며 금고 문이 천천히 드러났다. 금고의 문이 열릴 수 있을 만큼 합판을 밀어 놓은 선우는 번호 키에 떨리는 손을 가져다 댔다. 숨을 삼키고서 기억하고 있던 번호를 하나씩 신중하게 눌렀다.

삐삐삐삐.

제발.

속으로 빌며 삐, 마지막 별표를 누르는데 가슴이 터질 것 같았다. 주먹을 꽉 쥐며 눈을 질끈 감는데 삐리릭, 잠금장치가 풀리는 소리가 들려왔다.

천천히 금고의 문을 열자, 위 칸에 놓인 핸드폰이 보였다. 투명한 지퍼 백 속에 네 개의 핸드폰이 들어 있었다. 언뜻 보아도 민우의 핸드폰과 같은 제조사, 같은 모델이었다. 까진 모서리며 흠집까지 민우의 핸드폰이 틀림없었다.

민우야.

입을 틀어막은 선우의 눈에서 눈물이 뚝 떨어져 내렸다.

여기 있었구나. 너를 찾으려고 내가 여기까지 왔어. 누나가 왔어.

떨리는 손으로 지퍼 백을 집어 든 선우는 떨어지는 눈물을 손등으로 훔쳐 냈다. 울고 있을 시간이 없었다. 마지막 확인만 하고 빨리 이 집에서 나가야 했다. 남자가 깨기 전에, 어서.

마지막 확인을 위해 선우는 지퍼 백의 윗부분을 양쪽으로 벌렸다. 제일 먼저 민우의 핸드폰을 집어 들었다. 안 될 걸 알면서도 버튼을 눌러 화면을 켜 보았다. 오랜 시간 방치되어 있었으니 당연히 화면이 들어오지 않을 거라 생각했는데, 반짝, 불빛이 들어오며 화면이 켜졌다.

"아……."

화면을 보는 순간 자신도 모르게 소리가 새어 나왔다. 이상했다. 민우의 핸드폰은 이렇게 깨끗하지 않은데. 액정이 깨어져 번진 곳이 있어야 하는데.

선우는 핸드폰에 손가락을 대고 'ㄴ'자를 그렸다. 잠금장치가 풀리며 메인 화면이 나타났다. 역시 이상했다. 바탕화면에 깔린 어플이 빼곡했었는데 이 핸드폰의 바탕화면에는 아무것도 없었다.

다급해진 선우의 손가락이 화면을 그었다. 없었다. 메신저 어플도, 민우가 자주 쓰던 SNS 어플도, 통화 목록도, 문자 메시지도 모두 비어 있었다.

이건 민우의 핸드폰이 아니야.

눈앞이 깜깜해지는 순간 남자의 목소리가 들려왔다.

"이거 찾아요?"

선우가 고개를 번쩍 들었다. 달칵, 불이 켜지며 시야가 밝아졌다. 한 손에 핸드폰을 들고서 서문도가 싸늘하게 웃고 있었다.

선우의 입이 소리 없이 벌어졌다. 충격으로 커다랗게 뜨인 눈동자에 혼란이 소용돌이를 그렸다. 한참을 정지해 있던 선우는 더듬거리며 입을 열었다.

"왜……."

다음 말을 잇지 못하는 선우의 머리는 암전이 된 듯 까맣기만 했다. 이게 무슨 일이지. 왜 저 사람이 핸드폰을 들고 있어.

"어째서……."

눈으로 보는데도 이 상황이 어떻게 벌어진 것인지, 머릿속이 아직 정리가 되지 않았다. 왜. 어떻게. 당신이 왜.

현실감이 없어서인지, 갑자기 켜진 불 때문인지 시야가 흔들렸다. 잘 보이지 않아서 선우는 눈을 가늘게 떴다. 번진 시야 속에서도, 가늘어진 시야 속에서도 자신을 보고 있는 남자는 서문도가 맞았다.

"동생 핸드폰 찾아?"

서문도의 목소리는 믿기지 않는 장면을 현실로 만들어 주었다. 정지해 있던 화면이 움직이며 눈이 아리게 생생해졌다. 남자가 걸어오는 모습을 선우는 넋 없이 바라보았다.

'부모님은 돌아가셨고, 남동생은? 군대 갔다고 했었나요?'

먼 기억이 출렁이며 밀려온다. 선우는 눈을 가늘게 좁혔다.

'어머니는 어떤 분이셨어요?'

부드러웠던 목소리가 생각나며, 한 겹의 물결이 더해졌다.

'서유라 말고 이선우. 이선우 뭐 했냐고.'

친근했던 미소 위로 다시 하나가 더해지고.

'내가 좋아?'

다시 그 위에 하나가 쌓여,

'오늘은 올라와요.'

마지막을 완성하였다.

하아…….

더는 부정할 수 없어진 순간, 선우는 탄식을 뱉었다. 멀리, 환영처럼 보이는 수평선 너머를 보았다. 멀리에서부터 밀려오는 절망의 물결을 바라본다.

파도에 파도가 더해져, 더 높은 파도가 되는 모습을, 끝내는 거

대한 해일이 되어 커다랗게 몸을 세우는 모습을 선우는 멍하니 바라보았다.

더 이상 높아질 수 없는 파도가 우르르 쏟아지며 그녀를 삼켰다. 모든 것이 부서지는 순간, 선우는 지그시 눈을 감았다. 뜨거운 눈물이 주르륵 흘러내렸다.

문도는 그런 선우를 보고 있었다.

절망이 서서히 번지며 그녀를 삼키는 모습을 보았다. 차근차근 빛이 꺼지는 모습을. 그리하여 마침내는 텅 빈 눈으로 그를 보는 모습을 흔들림 없이 바라보았다.

"언제부터……."

목이 메었는지 이선우가 힘겹게 침을 넘겼다. 주저앉은 이선우가 그를 올려다보았다. 붉은 눈시울 속 공허한 눈동자가 그에게로 향했다.

"언제부터 알았어요?"

그게 중요할까. 문도는 떨고 있는 이선우를 보았다. 대답은 하기 나름이었다. 어제라고 할 수도 있고, 연애를 시작했을 때라고 할 수도 있었다.

굳이 고른다면, 너를 가장 상처 낼 수 있는 때. 그때로.

"처음부터."

하아. 선우가 헛웃음을 터트렸다. 문도는 빛을 잃은 눈동자 위로 참담함이 번져 가는 모습을 바라보았다. 절망의 끝을 보았다고 생각했는데 아니었나 보다. 질끈 눈을 감은 여자는 아픔으로 몸을 오그렸다. 후드득 떨어지는 눈물이 바닥을 적셨다. 작은 손엔 하얗게 힘이 들어가 있었다.

"민우."

한참 몸을 오그렸던 여자가 동생의 이름을 말하며 눈을 떴다. 주저앉았던 몸을 힘주어 일으킨다. 꼿꼿하게 허리를 편 선우가 그를 똑바로 보는데 그 눈에 서문도는 더 이상 들어 있지 않았다.

네가 나를 지웠구나.

깨닫는 순간 뭉텅 무언가가 뜯어져 나간 듯했다. 허무한 웃음이 나왔지만 문도는 흔들림 없이 자신을 담고 있지 않은 눈동자를 마주했다.

선우가 가라앉은 목소리로 말했다.

"민우 핸드폰 주세요."

"내가 왜."

냉정히 말하는 문도를 선우가 노려보았다. 빛이 꺼진 눈에 다른 색의 불이 타올랐다.

"왜라뇨. 당연히 주셔야죠. 제 동생 거예요. 돌려주세요."

"싫다면?"

그 말에 선우가 손을 뻗었다. 문도는 핸드폰을 쥐고 있는 손을 위로 올렸다. 선우가 발꿈치를 세워 덤벼들며 말했다.

"줘요. 민우 거야. 내 동생 거야. 돌려줘요!"

닿지 않는 핸드폰을 빼앗으려고 애쓰며 선우가 외쳤다.

"가져가 봐."

그 말에 선우의 눈동자가 붉게 타오르며 번뜩이는 빛을 발했다. 아득바득 달려들어도 가질 수 없어지자 선우가 문도의 옷깃을 틀어쥐며 울음을 터트렸다.

"돌려줘! 하나밖에 없는 내 동생이 죽었어! 아무것도 모르고 있다가 죽었다고! 나한테, 저녁에 보자고, 그랬던 애가 죽었어! 민우가 죽었다고!"

피 같은 눈물이 선우의 눈에서 뚝뚝 떨어져 내렸다. 가슴이 터질 것 같았다. 이 모든 게 전부 다 이 남자의 잘못이었다. 당신이 핸드폰만 가져가지 않았어도 내가 이렇게 참담하지도, 비참하지도 않았어.

"그래. 죽었어. 다시 살아나지 않아."

남자의 말은 선우의 가슴을 후벼 팠다. 현장에서 듣지 못했던 사망 선고를 듣는 기분이었다. 아아아아, 선우는 소리 내어 울었다. 오랜 시간 묵혀 두었던 눈물이 펑펑 쏟아졌다. 어째서 이래. 왜 나한테 이래. 내 동생이 죽었다고. 나는 핸드폰 하나 찾으러 왔을 뿐이야.

그게 그렇게 큰 욕심이야? 그게 그렇게 하면 안 될 짓이야? 처음부터 잘못한 건 너희들이잖아. 함부로 가져간 건 너희들이었잖아. 그런데 왜 이렇게 나를 비참하게 해. 왜, 나를 이렇게 벼랑으로 몰아. 어떻게 이렇게 잔인할 수 있어.

비명 같은 울음이 공간을 휘감았다. 어떻게 이런 남자를 좋아했을까. 처음부터 전부 다 알고서 나를 속였니? 바보 같은 내가 재밌었어? 당신이 어떻게 내게 이래. 어떻게 내게 이렇게 잔인해. 이건 너무하잖아. 이러면 안 되는 거잖아.

"이선우."

끄윽끄윽 소리를 내며 흐느껴 우는 선우를 문도가 불렀다. 선우는 팔을 잡아 자신을 떼어 내는 남자를 보았다.

"이걸로는 아무것도 입증할 수 없어. 너는 아무것도 할 수가 없다는 뜻이야. 그래도 이걸 원해?"

웃음이 나왔다. 원하냐니. 당연한 거 아닌가. 애초에 내 것인데. 네가 함부로 가져간 내 동생의 것인데.

뜨거운 눈물을 흘린 선우는 문도를 똑바로 보며 말했다.

"돌려줘. 우리 민우 거야."

"최지상의 핸드폰은 갖고 싶지 않고?"

목이 턱 막혀 오는데 서문도가 이어서 말했다.

"한 번 더 말해 봐."

무슨…….

"좋아한다고, 사랑한다고, 내 옆에 있고 싶다고 한 번 더 말해 봐. 혹시 알아? 내가 전부 다 넘겨줄지."

선우는 허망한 웃음을 삼켰다. 이상했다. 울 만큼 울었는데, 또 눈물이 흘러나왔다. 이런 남자에게 무엇을 바랐나. 무엇을 기대했을까.

"당신 정말 바닥이구나. 사람도 아니야."

남자가 피식 웃었다. 가슴이 찢어질 듯 아파 와서 선우는 힘주어 주먹을 쥐었다. 서문도의 손이 펴지는 것과 동시에 핸드폰이 바닥으로 떨어진다. 선우는 황급히 몸을 숙여 핸드폰을 쥐었다.

"가지고 가. 내가 돌아오기 전에 사라지는 게 좋을 거야."

그대로 걸음을 옮긴 서문도가 중문을 열었다. 쾅, 문이 닫히는 소리가 나며 벽이 흔들렸다. 핸드폰을 쥔 선우는 흐느끼며 울었다.

별채에서의 마지막 밤이었다.

34. 호랑이 죽은 굴

무슨 정신으로 움직이고 있는지 선우는 알지 못했다. 눈앞은 흐리고 숨은 뜨거웠다. 눈물은 멈출 생각을 하지 않았지만 이 집에서 나가야 한다는 명제만이 머리에 남아 있었다.

핸드폰을 꽉 쥐고 숙소 동으로 올라온 선우는 옷장을 열었다. 이곳에 들어올 때 가져왔던 작은 트렁크를 꺼내 민우의 핸드폰을 제일 먼저 던져 넣고 자신의 물건을 쓸어 담았다.

지갑. 핸드폰. 태블릿 패드와 속옷. 걸려 있는 옷 몇 벌. 대충 되는 대로 쑤셔 넣다가 맥이 풀려 웃었다. 뜨거운 눈물이 끊이지 않고 흘러내렸다.

처음부터였다고. 처음부터.

길었던 시간들이, 망망대해를 떠돌았던 그 시간들이 해일처럼 덮쳐 왔다. 들어온 지 며칠 만에 그만두라는 말을 들었을 때. 남자의 방으로 차를 들고 올라갔을 때. 처음 남자를 받아들이며 몸이 반으로 쪼개지는 고통을 느꼈을 때. 그래도 또다시 올라가야만 했을 때.

나는 무엇을 한 거지.

뜨겁고도 허무한 웃음이 자꾸만 나와서 선우는 가슴을 퉁퉁 두드렸다. 웃고 있는데 끄윽끄윽 목이 졸린 소리가 나왔다.

바보 같았겠지. 얼마나 바보같이 보였을까.

좋아한다는 말을 하는 나를 보며 당신은 무슨 생각을 했을까. 매번, 당신에게 매달려서 좋아한다고 몇 번이나 말하는 나를 속으로 비웃고 있었을까.

그 다정했던 순간들이 전부…….

전부.

마음에 깊은 통증이 일었다. 눈물이 멈추지 않아 머리가 아프고 숨이 뜨거웠다. 눈앞이 수증기로 꽉 찬 것 같아서 눈을 뜨고 있어도 앞이 잘 보이지 않았다.

"나가자."

선우는 소리 내어 한마디를 힘겹게 뱉었다.

나가자. 이 집에서, 이 지옥 같았던 곳에서 나가자. 길게 꾸었던 악몽이라 생각하자. 민우 핸드폰을 다시 빼앗길 순 없어. 그 남자가 돌아오기 전에 어서 이 집에서 나가야 해.

선우는 허리를 세웠다. 가방을 들고 천천히 방을 둘러보았다. 흐린 시야 속에서 남겨진 것들이 보인다.

열린 옷장 문, 남아 있는 레오타드와 스커트. 화장품, 머그잔, 그리고…… 서랍.

선우는 서문도에게 받은 목걸이 상자가 들어 있는 서랍을 열었다. 걸고 있는 목걸이를 풀어서 넣고 팔찌도 풀어서 넣었다.

이걸 차고 있는 내가 얼마나 웃겼을까.

피식 웃는데 눈물이 흘러내렸다. 이 밤이 마지막이라고 생각했을 때, 그러니까 서문도는 아무것도 모른다는 생각에 마음 아파하며 민우 핸드폰만 가지고 나오자고 생각했을 때, 남겨진 사람들은 어떡하나 걱정했었다.

서유라는 어떡하지. 아주머니들에겐 인사도 못 드릴 텐데. 남자가 주었던 선물들은 가져가야 할까, 두고 가야 할까. 차고 있는 목걸이 하나 정도는 가져가도 되지 않을까. 바보같이 그런 걸 걱정하고 있었다. 남자의 손바닥 위에서 놀아나고 있는 것도 모르고서.

선우는 엉망인 방을 두고 그대로 나왔다. 작은 트렁크 하나만 들고서 조용히 숙소 동을 빠져나왔다. 눈물은 이제 소리 없이 한 번씩 흘러내릴 뿐이다.

흘러내리는 눈물을 손으로 밀어내며 선우는 깜깜한 숙소 동 정원을 가로질렀다. 밤마다 숱하게 오갔던 길이 뿌옇게 보였지만 걸음을 멈추지 않았다.

민우 핸드폰을 찾으러 왔었고, 결국 이렇게 찾아서 나가잖아. 그거면 된 거야.

그렇게 되뇌며 돌아보지 않고 숙소 동 뒤쪽으로 나와 계단을 내려왔다. 주차장 옆의 작은 쪽문을 열고 밖으로 나왔다. 깊고 푸른 새벽이 선우를 기다리고 있었다.

동이 트는 아침, 장 여사가 테이블 위로 맑은 콩나물국을 올려놓았다. 샛노란 조가 콕콕 박힌 조밥에 콩나물국, 장조림과 무생채, 한 입 거리로 부쳐 낸 버섯전과 샐러드가 문도의 앞에 놓였다.

문도는 숟가락을 들었다. 콩나물국을 한입 먹고 밥을 한술 떠서 입에 넣었다. 아무 맛도 느껴지지 않았지만 천천히 전부 다 비웠다.

"여사님."

아무렇지 않게 반찬통을 정리하고 있는 장 여사를 불렀다.

"네, 전무님."

"이선우 해고했습니다."

"네?"

장 여사가 뒤를 획 돌았다.

"질려서 잘랐어요. 밤에 나갔을 겁니다."

담담히 말했다. 장 여사의 눈이 크게 떠지더니 입술이 벌어졌다. 아니, 왜……. 멍하니 흘러나오는 말을 막으며 자리에서 일어났다.

"그런 줄 아시고, 숙소 동에 남은 짐 있으면 정리해 주세요."

"전무님."

둘이 만나던 거 아니었냐, 어쩌다 그렇게 된 거냐, 그렇다고 이렇게 갑작스럽게 사람을 잘랐냐. 장 여사의 얼굴에 하고 싶은 말들이 쓰여 있었다.

"이선우가 오래 만날 사람은 아니잖아요."

구질구질한 설명 따위 덧붙이고 싶지 않았다. 얼마 지나지 않아

장 여사도 이선우가 어떤 사람인지 알게 되겠지만, 그 전에 미리 알려 줄 생각은 없었다. 실망스런 눈빛을 감추지 못하는 장 여사를 보며 문도는 피식 웃었다.

"뭘 또 그렇게 봐요."

이선우는 내보냈고 식사도 마쳤다. 숙소 동 정리는 장 여사가 알아서 해 줄 테고. 칼을 쥔 손으로 제일 먼저 이선우를 베었으니, 이제는 남은 사람들을 상대할 시간이었다. 문도는 자리에서 일어나 재킷을 챙겨 들며 말했다.

"쓸데없는 말 안 나오게 정리나 잘 해 주세요."

네, 마지못해 대답하는 장 여사에게 웃어 준 뒤 문도는 다이닝룸을 나왔다. 엘리베이터 버튼을 누른 뒤 뻣뻣하게 굳어 있는 목을 한 손으로 꾹 쥐었다.

아직은 아무것도 실감 나지 않아, 느리게 눈을 감았다 뜰 뿐이다.

"야, 너! 너 잘 만났다!"

자정이 넘어 별채로 돌아왔을 때 제일 먼저 마주한 것은 형형한 눈빛의 서유라였다. 문도는 몰골이 엉망인 서유라를 무심히 바라보았다.

"니가 이선우 잘랐다며? 아, 씨바 진짜 누구 맘대로 자르래?"

쾅, 하고 서유라가 발을 굴렀다. 씩씩대는 얼굴이 무척 흥분한 것 같았다.

"갑자기 어? 말도 없이 사람을 잘라? 그것도 내 시중들던 애를? 니가 뭔데! 니가 무슨 권리로 걜 잘라? 돌려내! 다시 찾아오라고!"

웃음이 조금 나왔다. 언제부터 서유라가 이렇게나 이선우를 절절히 여겼나 싶어서.

"너 그거 갑질인 거 알지? 하루아침에 애를 쫓아내? 그것도 나한테 한마디 말도 없이? 너는 인성이 글러 먹었어! 알아, 이 새끼야?"

귀찮아서 상대하지 않으려는데 서유라가 그를 쫓아오며 귀를 따갑게 했다.

"왜 자른 건데? 이유가 대체 뭐야? 어제까지만 해도 아무 말 없었잖아!"

이유를 안다고 달라질 것이 있나. 굳이 듣기를 원한다면 대답은 해 줄 수 있지.

"그야 쓸모가 다했으니까요."

"그렇다고 이렇게 한순간에 잘라? 이 나쁜 새끼야! 너는 진짜 피도 눈물도 없지!"

서유라의 입에서 피도 눈물도 없는 새끼라는 욕을 들으니 기분이 새로웠다. 여섯 명의 트레이너를 갈아 치운 일 같은 건 까맣게 잊어버린 단순한 뇌가 부럽기도 했다.

"돌려내! 이선우 돌려내라고!"

서유라가 다시 발을 구르며 악다구니를 썼다. 이선우가 누군지 알면 이런 말이 나올까. 패악을 부리는 모습을 바라보다가 말했다.

"그렇게 간절하면 직접 찾아보시던가."

"선우가 전화를 안 받잖아!"

갑자기 튀어나온 선우, 라는 단어가 목을 뎅강 치는 기분이었다. 숨을 삼킨 문도는 유라를 지나쳐 걸었다.

"애가 전화를 안 받는다고! 선우가 내 전화까지 안 받는다고! 이게 다 너 때문이야!"

선우.

서유라가 쫓아오며 또 그 이름을 말했다. 무딘 칼날이 다시 목을 슥 긋는다. 문도는 걸음을 멈추었다. 천천히 심호흡을 하고 뒤를 돌았다.

"나가라고 고사를 지낼 땐 언제고, 이제 와 찾으시면."

한 번 숨을 쉰 뒤, 문도는 웃으며 말했다.

"이선우가 돌아올까?"

그를 쏘아보는 서유라의 눈이 빨개졌다. 분한 눈물이 차오르는 눈을 보며 문도는 다시 말했다.

"그러게 있을 때 잘하지 그랬어요."

아아악! 서유라가 제 머리를 뜯으며 소리를 질렀다. 박소영의 성질머리를 닮은 서유라는 제 뜻대로 안 되면 발작을 하곤 했다. 쾅쾅 발을 구르고 머리를 쥐어뜯는 유라를 보는데 웃음이 새어 나왔다.

너도 정을 주었나. 마음을 빼앗겼나. 그래서 이렇게 울며 찾는가.

"고모님."

문도는 자신보다 세 살이 어린 고모를 내려다보았다. 눈물이 그렁그렁한 모습에 처음으로 안쓰럽다는 생각이 들어 피식 웃었다. 이선우가 대단한 일 하네.

"정신 차려. 지금 그게 중요한 게 아니잖아. 그깟 이선우가 중요한 게 아니야. 본인 살길이나 찾아 놓으세요."

서유라는 알까. 그가 처음이자 마지막으로 해 주는 진심 어린 충고라는 걸.

이선우를 떠나보냈다. 이름만 떠올려도 목이 베이는 것 같은 여자를 자신의 손으로 절벽에서 밀었다. 떨어지는 여자의 눈동자가 부서져 내리는 것을 고스란히 지켜보았다.

그 파편을 딛고 섰으니, 문도는 아무도 용서할 생각이 없었다. 서유라도 최지상도, 서용호도 아버지도 용서할 생각이 없었다. 뚜벅뚜벅 걸어가던 문도는 걸음을 멈추며 소리를 냈다.

"아."

뒤를 돌아 서유라를 보면서 말했다.

"하나 더. 다시는 그 여자 이름 내 앞에서 말하지 마세요."

그땐 정말 네 목을 졸라 버릴지도 모르니까.

문도는 빙그레 웃었다. 서유라가 미친놈 보듯 자신을 보았지만 상관없었다. 어차피 정상은 아니었으니.

2층으로 올라온 문도는 거실 소파에 앉았다. 핸드폰을 꺼내 장 변호사의 번호를 찾았다. 몇 번의 신호음이 울리는 동안 건조한 눈으로 창밖을 보았다. 불이 꺼진 숙소 동 마지막 방에 시선을 두고서 조용히 웃었다.

네가 없다는 게 믿기지 않아서. 눈을 보고 있는데도 도무지 믿기지 않아, 지그시 눈을 감는다.

— 네, 장현성입니다.

"서문도입니다."

— 네, 전무님.

"얼마나 준비되었습니까?"

— 사람은 섭외되었습니다. 몇 가지 세팅만 더 하면 시작할 수 있습니다. 이틀 정도 시간이 필요합니다.

문도는 천천히 눈을 떴다. 이선우를 찾아내라고 악을 쓰던 서유라를 떠올렸다. 서용호 측과 얘기가 거의 끝났다지. 며칠 안에 딜을 하러 찾아올 박소영의 모습이 어렵지 않게 그려졌다.

"조만간 다시 전화드리겠습니다."

— 네. 기다리고 있겠습니다.

전화를 끊고 다시 눈을 감았다. 모든 것이 지나치게 고요하다는 생각이 드는 밤이었다.

회장이 죽은 뒤 며칠간 상심에 빠져 식음을 전폐했던 박소영은 얼마 전 다시 거동을 시작했다. 서용호의 연락을 받은 이후였다.

"부회장님, 나 할 얘기가 있어."

다이닝 룸으로 들어온 박소영이 서중호에게 말했다. 당연한 듯 회장이 앉았던 상석에 앉아 들깨 미역국을 먹고 있던 서중호가 고개를 들었다. 냅킨으로 입을 쓱 닦고는 박소영을 본다.

"말해요."

말씀하세요, 가 아닌 말해요.

말투부터 달라진 서중호를 보며 박소영은 마른침을 꿀꺽 삼켰다. 회장의 빈자리에 당당히 앉은 서중호가 그렇게 꼴 보기 싫을 수가 없었다. 회장님 모시며 어떻게 살았는데. 유라 낳고서 어떻게 버텨 왔는데. 이대로 물러날 수는 없었다.

"얼마 전에 서 사장한테 연락이 왔어. 회장님 돌아가시고선 말이야."

서중호가 피식 웃었다. 그래서? 라는 얼굴로 박소영을 본다.

"우리 유라 몫 받을 수 있다며? 유산은 형제가 똑같이 나누는 거라면서? 회장님 지분 정리 안 된 거 아직 남았다고 서 사장이……."

"그래서요?"

끈질긴 설득이 있었다. 준비는 되었다고 했다. 서미경과 서유라, 서용호 연합으로 맞서고 주주들을 설득하면 된다고. 서중호가 그동안 물심양면으로 자신들의 뒤를 봐주었던 걸 생각하면 미안하긴 했지만, 회장 없는 하늘 아래 유라를 지킬 사람은 자신뿐이었다.

거기다 딸랑 페라리 한 대만을 받고서 물러날 생각은 눈곱만치도 없었다. 각서를 쓰고 공증을 받아 아무것도 요구할 수 없다지만, 엄밀히 말해 사실혼 관계였다. 30년 동안 회장의 수발을 들었던 공은 인정을 해 주어야 하는 거지.

박소영은 턱을 치켜들고 서중호에게 말했다.

"내가 그래도 부회장이 우리 챙겨 준 거 생각해서 먼저 말해 보는 거야. 유라 지분만큼 챙겨 주면 그쪽으로 가지 않을게. 서 사장이 준다고 했던 그만큼은 챙겨 줘야 우리도."

"문도야."

서중호가 문도를 불렀다. 박소영은 눈을 돌려 맞은편에 앉은 문도를 바라보았다. 숟가락을 내려놓는 서문도의 표정은 잘 읽히지 않았다.

"이래서 검은 머리 짐승은 들이는 게 아니라고 하더라. 은혜도 모르고 뒤통수를 후려갈기려 하잖아? 이봐요. 박소영 씨."

중호가 웃으며 박소영을 보았다.

"얌전히 있으면 내가 프랜차이즈 하나 정도는 해 드릴게. 유라, 내 동생 유라도 죽는 날까지 먹고 살 걱정 없는 정도는 해 드리고. 우리 일본에서 좋았잖아요? 집도 절도 없이 쫓겨난 박소영이한테 집도 주고, 차도 주고, 회장님 소식도 간간이 전해 드리고 그랬는데 사람이 이러면 쓰나."

박소영은 주먹을 움켜쥐었다. 이런 수모를 겪을 줄은 알았지만 예상보다 더 아프고 비참했다. 아무것도 준비해 주지 않고 세상을 뜬 회장이 야속했다.

"그래서 우리 유라 몫, 안 챙겨 주겠다는 거야?"

박소영의 물음에 서중호는 숟가락을 들어 밥을 크게 떴다. 새로 담근 알타리 김치를 한입 베어 입에 넣고 우걱우걱 씹으며 박소영에게 말했다.

"못 주지. 첩년 때문에 속 끓이던 울 어머니 생각하면 가슴이 찢어지는데, 그걸 어떻게 주나."

"하!"

박소영이 기가 찬 소리를 내자 서중호가 후르륵 미역국을 들어서 마시더니 그릇을 탁 내려놓았다.

"계산 잘 하셔야 할 거야. 생각을 잘 해요. 이 서중호가 허수아비 같은 장남한테 밀릴 것 같아?"

"호랑이 없는 굴에 여우가 왕 노릇 한다더니. 딱 부회장이 그 짝이네."

분에 찬 박소영의 말에 서중호가 웃으며 답했다.

"말은 바로 합시다. 호랑이 죽은 굴이겠지."

박소영이 부들부들 떨더니 자리에서 벌떡 일어났다. 다시 숟가락을 드는 서중호를 힘껏 노려보고 다이닝 룸을 나갔다.

"쯧쯧. 어차피 나가지도 못할 거, 뭘 저리 재고 따지나. 유라 목숨줄 쥐고 있는 게 누군데."

문도는 혀를 차는 서중호를 바라보았다. 아마도 아버지는 일전의 사망 사건으로 서유라 모녀를 협박하여 붙잡아 둘 생각일 것이다. 그러기에 느긋할 수 있는 거고.

"그래서 문도야, 아까 하려던 말이 뭐였지?"

서중호는 식사를 마친 문도를 바라보며 물었다.

"어머니가 점심 같이하자고 하세요."

"아, 그렇지. 그 얘기 중이었지."

서중호가 싱긋 웃으며 물컵을 들었다. 우물우물 입을 헹구는 중호에게 문도는 말했다.

"어머니께서 내일 12시, 희연에서 보시잡니다."

쿨럭. 서중호의 입에서 물이 뿜어져 나왔다.

삐리리리—

신호등 불빛이 바뀌었다는 알람 소리가 들려왔다. 선우는 고개를 들었다. 길 건너에 있는 카페가 아주 멀리 있는 것처럼 보였다.

간신히 걸어서 빨간불로 바뀌려는 순간 인도에 닿은 선우는 멈춰 서서 깊게 숨을 쉬었다. 툭, 하고 사람이 치고 지나가는데 몸이 휘청이며 하늘이 핑 도는 기분이 들었다.

아직 쓰러지면 안 돼. 아현이가 기다리고 있어. 그 생각을 하며 선우는 힘주어 다시 발을 디뎠다. 거리를 오가는 사람들이 모두 웅웅거리는 것 같고, 사람들에게 치일 때마다 물살에 휘말리는 느낌이 들었지만 카페의 간판을 지표 삼아 계속 걸었다.

문을 열고 들어가니 먼저 와 있던 아현이 고개를 반짝 들었다. 눈이 마주치는 순간 선우는 푸스스 힘없이 웃었다. 울지 않기로 결심한 것도 소용없이 눈물이 뺨을 타고 흘러내렸다.

"언니. 괜찮으세요?"

놀란 아현이 가까이 다가왔다. 선우는 마른 입술을 떼며 말했다.

"응. 괜찮아. 아현아, 앉자."

마지막 기운을 끌어모아서 나온 자리였다. 집에서 핸드폰을 열어 민우의 메시지 속 대화들을 읽은 뒤 가슴을 움켜쥐고 몇 시간을 울었다.

그 안의 진실들, 자신이 익히 알았던 민우의 진짜 모습들, 맑게 웃고 있는 사진첩의 사진들. 그걸 보는 동안 마음은 하염없이 무너져 내렸다.

그치. 이게 내가 아는 우리 민우였지. 민우야, 누나는 틀리지 않았어.

얼마나 울었는지 나중에는 정신이 멍했다. 텅 빈 껍데기만 남은 기분이 들었지만 아현을 생각하지 않을 수 없었다. 아현이도 기다리고 있을 텐데. 누구보다 이 소식을 기다릴 텐데.

그렇게 생각하니 다시 일어나야겠다는 생각이 들었다. 아현이에게 말을 해 주고 나서, 딱 거기까지만 하고 나서 쉬자. 아무것도 생각하지 말고 눈을 감고 오래오래 잠을 자는 거야.

도무지 멀리까지 갈 수는 없을 것 같아 선우가 있는 동네로 아현을 불렀다. 자리에 앉은 선우는 아현을 바라보며 숨을 깊게 쉬었다.

"아현아. 내가……."

한마디를 했을 뿐인데 눈물이 다시 뜨겁게 길을 그리며 내려왔다. 아현의 눈동자에 걱정이 가득한 것이 보여서 선우는 겸연쩍게 웃으며 눈물을 밀어냈다.

"내가 뭐를 찾았거든. 그게, 우리 민우 핸드폰인데……."

다시 눈물이 흘렀다. 크게 뜬 아현의 눈동자에도 눈물이 순식간에 고였다.

"언니……."

"응……. 내가 그걸 찾았어. 아현아, 내가……."

담담히 이야기하고 싶었는데 눈물이 멈추지 않았다. 그렇게 흘렸는데 눈물이 어디서 또 나오는 건지 모르겠다. 선우는 주르륵 눈물을 흘리고 있는 아현에게 간신히 웃어 보였다.

"민우가 그럴 애가 아니었잖아. 그치? 우리가 아는 민우가……. 그런 애 아니었잖아. 우리는 알았잖아."

"네, 언니. 네……. 우린 알았죠. 민우는 그런 애 아니었어요."

아현이 울먹이며 말했다.

길고양이가 마실 물을 챙기던 아이였다. 누구보다 친구들이랑 잘 지냈던 아이였고, 다섯 살이나 많은 선우를 챙기며 잔소리를 했던 아이였다.

"아마도……."

선우는 가방에서 민우의 핸드폰을 테이블 위에 올려놓았다. 아현이 입을 틀어막으며 울었다.

"아마도 바뀌는 건 아무것도 없을 거야. 이것만으론 아무것도 못 한대."

잔인했던 남자의 말이 떠올라서 선우는 눈을 지그시 감았다가 떴다. 서문도에게는 무엇을 할 수 있고 할 수 없는 것이 중요한지 몰라도, 선우에게는 아니었다.

"그래도 아현아. 우리가 이제 알잖아. 우리가 맞았다는 게, 이게 정말로 맞는 거잖아. 그치?"

선우는 웃으면서 울었다. 울면서 웃었는지도 모르겠다. 너무 먼 길을 걸어왔다. 손에 쥐여진 건 이것 하나뿐이지만 더는 욕심내지 않기로 한다.

아무것도 할 수 없어서 막막하기만 했던 예전을 생각하면 이 정도로도 충분했다. 이제 아현은 아현의 삶을, 자신은 자신의 삶을 살아갈 수 있을 테니.

선우는 눈물을 닦아 내고 기운을 내서 말했다.

"사진첩이랑 다른 대화방은 봤는데 너랑 했던 카톡방은 안 열어 봤어."

"보셨어도 전 괜찮은데요."

아현도 눈물을 닦으며 말했다. 선우는 고개를 끄덕였다.

"나중에 볼게. 보고 싶은 만큼 보고, 옮길 수 있는 건 옮겨서 가져가."

아현이 고개를 끄덕였다. 아현이 테더링을 걸어 통신망을 잡은 뒤 메시지 창을 띄웠다. 파일을 하나씩 보내는 동안 선우는 벽에 몸을 기대고 눈을 잠시 감았다.

"언니."

10분이나 흘렀을까. 아현이 부르는 소리에 선우는 눈을 떴다.

"피곤하시죠."

"아니야. 괜찮아. 울어서 그래."

퉁퉁 부은 얼굴이 아현이나 자신이나 비슷해 보일 거라는 생각을 하며 웃었다.

"다 했어요."

"응. 그래."

대답하고 핸드폰을 받는데 손에 힘이 들어가지 않아 테이블 위로 핸드폰이 툭 떨어졌다. 아현이 걱정스러운 얼굴로 물었다.

"정말 괜찮으세요?"

"응. 울어서 기운이 빠졌나 봐. 조금 쉬면 괜찮아질 거야. 아현아, 언니가 오늘 저녁도 사 주고 그래야 하는데……."

"전 괜찮아요. 들어가서 쉬셔야 할 것 같아요."

"그래. 그럴게. 맛있는 건 다음에 먹자. 언니가 연락할게."

아현과 차마 저녁까지 먹을 수 있을 것 같지 않았다. 핸드폰을 가방에 넣고 아현과 헤어진 뒤 어떻게 집까지 돌아왔는지 기억이 흐렸다. 본능적으로 집까지는 쓰러지지 말고 돌아가야 한다는 생각만을 했을 뿐이다.

달칵.

현관문을 닫고 들어온 선우는 벽에 기대어 길게 숨을 내쉬었다. 신발을 벗고 민우의 핸드폰이 들어 있는 가방을 책상 위에 올린 뒤 침대에 천천히 몸을 눕혔다.

할 일은 다 했어. 이제 눈을 감아도 괜찮아.

눈을 감는 순간 까맣게 의식이 날아가며 뜨거운 열이 치솟기 시작했다.

35. 이젠 정말 혼자잖아

북악산 녹음에 가을빛이 돌기 시작했다.

끝이 노랗게 물든 나뭇잎과 길바닥에 떨어진 낙엽. 송이가 벌어진 밤과 익어 가는 감. 희연으로 가는 길은 사계절이 모두 달랐다.

서중호는 기사가 모는 차의 뒷좌석에 앉아 스쳐 가는 풍경을 보았다. 평소라면 힘차게 뻗어 있는 북악산 정기를 느긋하게 바라보았겠지만 지금은 그럴 마음이 들지 않았다.

남편과 이야기를 하겠다고 약속 장소로 잡아 놓은 곳이 세컨드가 운영하는 희연이라니. 하기야 처음 만났을 때부터 그랬지. 우현희는 처음 만난 자리에서도 흔들림 없이 그를 바라보았었다.

명동 큰손이었던 우장선 회장과 사돈이 되기를 간절히 바랐던 서명구 회장 때문에 집안끼리 혼담이 오갔을 때, 모두의 예상을 깨고 우현희는 서중호를 택했다.

공식적인 후계자였던 서용호를 퇴짜 놓고 서중호를 택한 우현희는 맞선 자리에서 말했었다. 당신을 후계자로 만들어 줄 테니 서도의 절반을 넘기라고.

그날부터 이때까지 우현희의 행보에는 흔들림이 없었다. 철저한 사업가였고, 사업밖에 모르는 여자였다. 그런 여자가 무슨 대단한 말을 하시려고 여기까지 나를 불렀나. 생각을 하는 사이 차는 미끄러지듯 희연의 주차장 안으로 들어갔다. 두 대의 차가 먼저 와 있는 것이 보였다.

내연녀의 식당에 주차된 부인과 아들의 차를 흘깃 보며 서중호는 차에서 내렸다. 성큼성큼 걸어 출입구로 다가가니 울상을 짓고 서 있는 송주연의 모습이 보였다.

"부회장님, 대표님 왜 저러시는 거예요? 다른 식당 두고 왜 여기서 만나는 건데? 숨 막혀 미치겠어."

서중호는 쯧쯧 혀를 찼다. 심약하긴. 납작 엎드려 비위를 잘 맞추기에 오래 데리고 있었더니 징징대는 것이 늘었다.

"네가 받은 게 얼만데 이 정도도 못 해? 표정 간수 똑바로 해."

"부회장님."

"웃어. 저기 앉은 여자가 내 안사람이야. 웃는 얼굴로 네 손으로 직접 모셔. 정성을 다해서 섬기라, 이 말이야."

살짝 충격을 받은 송주연이 멍하니 그를 보았지만 중호는 개의치 않고 안으로 성큼 발을 디뎠다. 뻔뻔히 웃는 것도 잊지 않았다. 죄의식을 갖는 순간 기세에서 밀리게 된다. 살아오는 동안 뻔뻔한 것만큼은 타의 추종을 불허하지 않았나.

"두 사람 먼저 와 있었네. 메뉴는 골라들 두셨나?"

텅 빈 식당, 안쪽으로 마련된 자리에 앉으며 서중호가 말했다.

"늘 먹던 대로 런치 스페셜 시켜 두었어요."

우현희가 담담히 대답했다. 서중호는 우현희의 맞은편 의자를 빼 앉으며 아무렇지 않은 얼굴로 말했다.

"런치 좋지. 자아. 일단 물을 한 잔 마시고."

서중호는 텁텁한 목을 물로 적셨다. 물잔을 내려놓으며 싱긋 웃는데 문도가 그 모습을 바라보다가 입을 열었다.

"서유라 사건 기억하시죠? 관련 기사 내보낼 생각입니다."

"음?"

무슨 소리인가 싶어 미간을 모으는 서중호에게 문도는 이어 말했다.

"박소영이 명 실장한테 살 만한 집을 구해 달라 했다네요. 입주하기로 한 날이 모레 오후이니 그 이후엔 나가겠죠. 나가고 나면 바로 터트릴 겁니다."

"무슨 사건? 아아, 그때 그 사망 사건 말이냐?"

서중호가 의식적으로 웃음을 만들며 문도를 보았다. 오리발을 내밀 때 자주 뒤집어쓰는 가면을 보며 문도는 가벼운 실소를 했다.

"알고 계셨잖아요. 사망 사건 아닌 거."

알고 있다마다. 알면서 일부러 덮은 일인데. 서중호의 생각은 우현희에게도, 문도에게도 읽혔다.

"알지. 알았지. 그래서 지금 그게 아주 유리한 패가 되지 않았더냐. 서유라 걱정은 말아. 이 서중호가 탁 틀어쥐고 있으니. 어쩔 거야. 내가 터트리면 인생이 골로 가는데. 박소영이랑 유라는 꼼짝도 못 해. 서용호 그 새끼 꿈은 물거품 되는 거지."

"그 이후는 어쩔 셈인가요."

우현희가 차분한 목소리로 서중호에게 물었다. 둘이 무언가 작당을 하고 있구나. 감으로 느낀 서중호는 얼굴을 굳혔다.

"살인 사건은 덮어 두고 서유라는 끌어안고 갈 건가요? 다시 사고를 치면 그때는요? 또 덮고서 약점으로 가지고 있을 건가요?"

"그야 당연히."

"여기서 멈춰요."

우현희가 서중호의 말을 자르며 말했다. 순간 울끈 화가 치민 서중호의 얼굴이 붉게 달아올랐다.

"여보, 당신 말이 조금."

"서도가 당신 거 같아요?"

내 것이 아니면 그럼 누구의 것이란 말인가. 서중호의 눈동자에 비친 욕심을 읽은 우현희는 말했다.

"결혼 전에도 분명히 말했을 텐데요. 절반은 내 것이라고."

담담하게 부딪쳐 오는 눈동자에 흔들림이 없었다. 저 말이 허풍이 아니기에 서중호는 더욱 얼굴이 붉어졌다. 서도 금융 그룹의 지지가 없는 케미컬은 그 힘이 반으로 줄어든다.

"그런데 사실은 그것도 아니죠. 나도, 당신도 주인일 수 없어. 주주들이 있고, 직원들이 있고, 직원들의 가족들이 있어요. 하청업체가 있고, 협력 업체들이 있죠."

오너 일가가 주인이라니. 오만한 생각이지 않은가. 우현희는 서중호를 비웃었다. 아들인 문도와 함께 서용호의 발을 묶어 둘 자금줄을 쥐고 있는 것은 서중호를 회장으로 만들기 위해서가 아니었다.

수십 만의 생계가 달린 기업을 책임감 있게 이끌 생각은 눈곱만치도 없이, 그저 장남 대접, 사장 대접, 나아가 회장 대접만 바랄게 뻔한 서용호에게 넘어가는 걸 막기 위해서였다.

중공업과 건설을 살리기 위해 들어간 돈이 얼마인데 여전히 방치한 채로 제 살길만 도모하는 꼴을 보면서 더 이상 방관해서는 안 되겠다는 생각에 행동에 나선 것이다.

"누가 그걸 모르나. 그걸 아니까 내가 지금 회장이 되겠다고 하는 거잖아? 저 약해 빠진 서용호가 회장이 되면, 이거 갈가리 찢어지는 거 시간문제야. 내가 어떻게 일궈 놓은 그룹인데. 이 서중호가 어떻게!"

"혼자 한 것처럼 굴지 말아요."

우현희는 딱 잘라 말했다. 멀리서 송주연이 머뭇거리며 다가오는 모습이 보였다.

"저, 부회장님, 지금 상을 올려도……."

"시끄러! 지금 얘기하는 거 안 보여!"

버럭 소리를 지르는 서중호를 한심하게 보던 우현희가 송주연에게 고개를 돌렸다.

"송 사장님."

"네, 네. 대표님."

"음식 내오세요."

송주연은 빠르게 눈치를 보았다. 서중호가 안 된다고 하면 내오지 않을 생각이었는데 씩씩거리기만 할 뿐 그 말을 하지 못하고 있었다.

"네. 바로 내오겠습니다."

송주연이 물러갔다. 우현희는 담담히 물잔을 들었다. 욕이라도 한바탕 쏟아 버리고 싶지만 그러지 못하는 서중호가 붉으락푸르락 얼굴을 붉혔다. 그러거나 말거나 문도는 차분히 입을 열었다.

"서유라 사건은 밝히고 갑니다. 연루된 사람들은 모두 합당한 처벌을 받게 할 거고요."

"이 새끼 너까지!"

서중호의 붉은 눈이 문도를 향했다.

"그게 무서우면 애초에 덮지를 말았어야죠. 출혈이 있어도 썩은 살은 도려내는 게 맞지 않겠어요."

서중호가 문도를 무섭게 노려보았다. 그러다 갑자기 좋은 생각이라도 난 듯 비틀린 미소를 지으며 문도에게 말했다.

"너는, 문도야. 그게 터지면 너는 무사할 줄 아느냐? 그거 덮은 거 다 너 아니었더냐. 장 변이랑 현장에 간 것도 너고, 증거 조작을 하라고 시킨 것도 너고, 그 증거들을 가져간 것도 너인데."

눈을 희번덕거리며 말하는 서중호를 보며 문도는 웃었다. 기어이 우리 아버지가 아들을 파시네. 이렇게 또 살길을 셀프로 차단을 하셔.

"여보 우 대표, 우리 문도가 감방 가도, 그래도 괜찮으신가? 응? 어디 한번 말을 해 봐요."

우현희가 한심한 눈으로 서중호를 보았다.

"아이고 이거 큰일이 났네. 큰일이 났어. 현장엘 우리 아들이 가 버렸으니, 어? 장 변호사가 다 증언을 해 줄 텐데. 우리 문도가 감옥에 가게 생겼어."

"제가 왜요."

문도는 웃으며 서중호에게 말했다.

"제가 왜 감옥엘 갑니까, 아버지. 아버지가 시켜서 한 일인데요."

장 변호사, 핸드폰, 현장 출두. 여차하면 떠넘기려고 파 놓았던 함정들이 다시 아버지의 목을 조일 것이다.

"마음의 준비는 하셔야 할 거예요."

마음이 약한 아들이라 차마 아버지를 감옥까지 보낼 순 없겠지만, 그래도 도의적 책임은 지게 만들어야 하지 않겠는가.

빙그레 웃는 문도를 보는 서중호의 얼굴이 일그러졌다. 때마침 도착한 송주연이 고운 미소를 지으며 상을 차리기 시작했다.

딩동.

장 여사는 벨을 눌렀다. 여러 번 눌러도 답이 없어 핸드폰을 꺼내 다시 한번 주소를 확인했다. 304동 402호. 맞는데.

"명 실장 이 사람 주소 잘못 적어 보낸 거 아니야?"

크지는 않았지만 짐 가방을 들고 4층까지 계단으로 올라오느라 땀이 삐질 났다. 장 여사는 손수건을 꺼내 땀을 꾹꾹 눌러 닦고 다시 벨을 눌렀다.

딩동.

벨 소리가 울리는데 안에서는 아무런 기척이 없었다. 밖에 나갔나. 아직 오전 9시밖에 안 되었는데 벌써부터 나갔을까. 잠이 깊게 든 건가.

장 여사는 핸드폰을 들고 선우에게 전화를 걸었다. 뚜르르르— 울리는 소리를 들으며 어제저녁에 했던 우현희와의 대화를 떠올렸다.

'이선우 씨 나갔다면서요.'

'뭐가 그리 급했는지, 쓰던 물건이며 다 두고 몸만 나간 수준이에요. 정리하다 보니 전무님한테 받은 걸로 보이는 물건도 보이고요.'

그 말을 들은 우현희가 가만히 눈을 감고 생각을 해 보더니 장 여사에게 말했다.

'그건 빼더라도 남은 물건들 잘 챙겨서 가져다주세요. 다른 사람 시키지 마시고 여사님이 직접 해 주셨으면 좋겠어요.'

안 그래도 그래야겠다고 생각했다. 서 전무가 이렇게 집에서 일하는 여자랑 놀아나다가 훌렁 내팽개칠 줄 알았나. 이선우가 쓰던 서랍에서 목걸이며 팔찌가 보이는데 어찌나 기가 차던지.

"전화는 왜 안 받아."

하기야 서유라가 그렇게 전화를 해 대는데도 한 통도 받지 않는다고 했다. 이쪽에서 거는 전화가 달가울 리 없지.

"선우 씨. 집에 없어? 나 장영순이에요."

한 번만 더 불러 보고 대답이 없으면 짐만 두고 갈 생각이었다. 딩동, 마지막으로 벨을 눌렀는데 아무런 기척이 없었다. 짐 가방은 문 앞에 두었으니 가지고 들어가라는 메시지를 남겨야겠다고 생각한 장 여사가 핸드폰으로 문자를 쓰고 있을 때였다.

덜컹.

현관문이 열리더니 창백하게 질려 있는 선우의 얼굴이 보였다.

"아니, 선우 씨."

"아……. 여사님. 제가……. 조금……."

하얗게 말라붙은 입술로 더듬거리며 말을 하던 선우의 몸이 서서히 쓰러지는 것을 보며 장 여사는 놀라 소리를 질렀다.

"아니, 이게 어떻게 된 일이야! 선우 씨! 정신을 차려 봐요!"

장 여사는 바닥으로 내려앉는 선우를 얼른 붙잡아 일으켜 세웠다. 식은땀을 비 오듯 흘리고 있는 선우가 가늘게 몸을 떨고 있었다. 잡고 있는 몸에서 열이 펄펄 끓었다.

"이게 무슨 일이래."

장 여사는 일단 선우를 부축해 침대에 뉘었다. 열을 내려 주는 게 우선이겠지만 오한이 너무 심해 얇은 이불을 덮어 주었다.

"선우 씨. 약은 먹었어?"

끙끙 앓는 선우가 뭐라 말을 했지만 잘 들리지 않았다. 하얗게 말라붙은 입술을 보니 일단 물이라도 먹여야겠다는 생각이 들어 몸을 일으켰다.

침대 옆 협탁에 놓인 생수병을 집어 드는데 타이레놀이 보였다. 약이 하나도 없는 것을 보니 한 판을 다 먹은 모양이었다.

"언제부터 아팠어? 응? 세상에 이 열 좀 봐."

장 여사는 선우를 살짝 일으켜서 생수병의 물을 흘려 넣었다. 물이 들어가니 정신이 잠깐 드는지 선우가 흐릿한 목소리로 말했다.

"약……. 먹었어요……. 괜찮아……요. 조금 자면……."

거기까지 말해 놓고 선우가 다시 앓는 소리를 내었다. 장 여사는 선우를 다시 침대에 뉘어 놓고 자리에서 일어났다.

"속을 얼마나 끓였으면 저렇게 앓아누워."

열병처럼 앓고 있는 선우가 가여워 장 여사는 혀를 찼다. 그러게 왜 주인집 남자랑 연분이 나고 그래. 그게 얼마나 위험한 건데.

일단 뭐라도 먹여야겠다는 생각에 냉장고 문부터 열었다가 장 여사는 눈을 끔뻑거렸다. 냉장고 안에는 수박 반 통만 있었다. 그것도 속만 파먹어 껍질째로 말라붙은 빈 수박이.

이선우가 숙소 동을 나간 지가 언제였더라. 족히 사나흘은 지났는데 그간 무엇을 먹고살았단 말인지.

장 여사는 바로 옆의 싱크대를 보았다. 위쪽 싱크대 문을 열어 보니 라면과 햇반, 쌀 조금이 전부였다. 아래쪽 문을 여니 간장과 설탕, 소금, 참기름과 식용유 정도의 양념이 있을 뿐이다.

"아니 그간 뭘 먹고 산 거야."

뭘 해 먹이고 싶어도 마땅한 재료가 없었다. 장 여사는 한숨을 쉬며 냄비를 꺼냈다. 참기름을 살짝 두른 뒤 햇반을 하나를 뜯어 넣었다. 약한 불에 볶다가 생수를 넣고 불을 키웠다.

밥알이 팔팔 끓게 둔 뒤 장 여사는 화장실로 가서 수건을 물에 적셔 꽉 짰다. 수건을 들고나오며 집을 둘러보는데 마음이 아려왔다.

조촐한 세간살이에 텅 빈 방. 쓸쓸한 집에서 혼자 앓으며 간신히 약만 꺼내 먹었을 선우의 모습이 보이는 듯했다. 한숨을 삼킨 장 여사는 열이 끓는 선우의 이마를 닦아 주고 얼굴과 목도 몇 번씩 닦아 준 뒤 핸드폰을 들었다.

"양 여사, 나예요. 부탁할 게 있는데, 응. 죽을 좀 보내 줘야겠어. 종류별로 끓여서 주소 보내 주는 곳으로 퀵 보내요. 나 오늘 늦을 거 같으니까 식사 준비는 알아서 하고요. 응. 그래요."

전화를 끊고서 주방으로 나온 장 여사는 물이 졸아 죽처럼 변해가는 밥알을 가만히 저었다.

남녀 사이에 둘이 좋아지내다 헤어질 수도 있지. 같이 있기 불편하니 그만두라 했겠지. 어차피 길게 갈 인연도 아니었고. 머리로는 서 전무를 이해했으나 선우가 짠한 마음은 거둬지지 않았다.

뭐 그리 큰 잘못을 했다고 짐 챙길 시간도 없이 내쫓았나. 무슨 모진 말을 했기에 다 버려두고서 야밤에 혼자 나가.

일단 나가서 해열제도 더 사 와야겠고, 근처에 데리고 갈 만한 병원이 있는지 알아봐야겠고. 냉장고도 좀 채워 줘야겠고.

한숨을 깊이 내쉰 뒤 장 여사는 끓는 죽을 부지런히 저었다.

차가운 무언가가 이마에 느껴졌다.

이마에서 뺨, 목으로 차례차례 차가운 것이 닿아 선우는 몸을 오그리며 떨었다.

"선우 씨. 잠깐 일어나 봐. 선우 씨."

어디에선가 목소리가 들려와 선우는 눈을 뜨려 노력했다. 여기가 어디인지, 목소리의 주인이 누구인지 처음엔 잘 구별되지 않았다.

"눈 뜨네. 죽 먹게 일어나요. 죽 먹고 약 먹자. 이렇게 생으로 앓으면 안 돼."

몽롱한 상태로 눈을 뜨니 장 여사의 얼굴이 보였다.

"아, 여사님."

반가운 얼굴이라 작게 웃다가 선우는 다시 눈을 감았다. 열이 나서 그런지 자꾸만 정신이 가물거렸다. 눈이 떠질 때마다 해열제를 찾아 먹었는데도 몸이 축축 처졌다.

"일어나 봐요. 뭐라도 먹어야 기운을 내지."

몸이 일으켜지더니 이번에는 시원한 물이 입술에 닿았다. 열로 들뜬 시야에 쟁반을 들고서 침대 옆에 걸터앉은 장 여사가 보였다.

"죽 먹어요."

장 여사의 목소리가 웅웅거리며 들려오고 손에는 억지로 숟갈이 쥐여졌다. 네에, 선우는 한숨처럼 말한 뒤 느리게 죽을 떴다.

"이리 줘 봐."

갑갑했는지 장 여사가 숟가락을 빼앗아 직접 떠서 선우의 입에 넣었다. 미지근한 쌀죽이 혀에 닿는데 너무 깔깔했다. 그래도 끓여 준 죽이라 억지로 삼키니 장 여사가 한 숟갈을 더 들이밀며 말했다.

"딱 세 번만 더 먹어요."

무뚝뚝하지만 정이 깊은 목소리가 오랜만이라 선우는 희미하게 웃었다.

"네에."

힘이 없어서 그런지 말꼬리가 저절로 늘어졌다. 그 모습을 물끄러미 보던 장 여사가 안 되겠다는 듯 숟가락을 내려놓았다. 깜빡거리는 의식 사이로 장 여사가 누군가에게 전화를 거는 모습이 보였다.

어쩐 일로 오신 걸까 여쭤봐야 하는데.

그 생각을 마지막으로 선우는 다시 눈을 감았다.

눈을 떴을 땐 밖이 어두워진 시간이었다. 천천히 정신이 든 선우는 스탠드 불빛이 켜진 주위를 둘러보았다. 바깥에서 누군가의 인기척이 들려 이상하다고 생각했을 때, 장 여사의 모습이 보였다.

"깼어요?"

"아……. 여사님."

장 여사에게 문을 열어 주었던 것이 희미하게 기억이 났다. 팔에 불편한 느낌이 있어 시선을 내리니 수액이 꽂혀 있었다. 선우는 눈을 들어 장 여사를 보았다.

"너무 열이 나서 의사 선생님 잠깐 불렀어요. 아프면 병원엘 가야지. 미련하게 앓고 있으면 어째."

무뚝뚝한 말투로 장 여사가 말했다. 그제야 선우는 주위를 둘러보았다. 깨끗하게 정리된 방에는 따뜻한 온기가 돌았고, 협탁 위에는 처방된 약이 보였다.

"감사합니다."

인사를 하는데 갑작스럽게 목이 메었다. 선우는 괜히 한 번 마른침을 넘긴 뒤 애써 미소를 지었다.

"죄송해요. 인사도 못 드리고 나왔어요."

사정을 물으면 어떻게 답을 해야 하나 생각을 할 때 장 여사가 툭 던지듯 말했다.

"남은 짐이 있길래 챙겨서 가져왔어요. 다른 짐은 다 가져왔고, 전무님이 준 선물은 일단 빼놨어. 가져갈 거였으면 진작 가져갔겠다 싶어서."

알게 되셨구나. 누군가 방을 본다면 이상하게 생각할 거라는 건 짐작했었다. 그래도 직접 들으니 마음이 이상했다.

"두 사람 만난 건 다른 이들은 몰라요. 대표님하고 나만 알지."

"네."

"다른 사람들에겐 집안 어른 아프셔서 급하게 내려갔다 했고."

"네."

여사님이 빠르게 수습을 하셨구나. 내가 누구인지는 아직 모르시겠지. 고마운 마음과 미안한 마음이 동시에 들었다.

"죄송해요. 심려 끼쳐 드려서."

이제는 다 끝난 일이에요. 그 말을 이어서 하고 싶은데 입이 떨어지지 않아 그냥 웃기만 했다. 자신을 물끄러미 보고 있는 장 여사의 눈빛에 복잡한 심경이 고스란히 드러나 있었다. 그 심경 속에 걱정이 들어 있는 것이 보여서 선우는 애써 괜찮다는 표정을 지었다.

"마지막까지 신경 써 주셔서 감사합니다."

"유라 아가씨가 많이 찾던데. 따로 연락 안 할 거예요?"

"안 받으려고요. 다시 일을 하긴 어려울 것 같아서요."

그 말에 선우를 물끄러미 보던 장 여사가 먼 곳으로 시선을 두더니 한숨을 쉬었다. 그리곤 타박하듯 선우를 보며 한마디를 했다.

"그러게 왜 전무님이랑 연애를 해. 뭐 좋은 꼴을 보겠다고."

울컥 뜨거운 무언가가 가슴을 훑고 내려가 선우는 질끈 눈을 감았다. 아직도 뱉어 내지 못한 열이 남았을까. 며칠을 내리 앓았는데도 남아 있는 게 있구나.

"죄송해요."

선우의 말에 장 여사가 깊게 한숨을 쉬며 다시 먼 곳을 보았다. 그러다 이내 일어나더니 선우의 팔을 잡으며 말했다.

"수액 다 됐네. 내가 이거까지만 해 주고 가려고 기다렸어요."

장 여사가 투박한 손으로 조심스럽게 바늘을 뽑았다. 팔은 왜 이렇게 가늘어, 한숨을 쉬면서 밴드를 붙여 주는데 선우의 눈시울이 뜨거워졌다. 참을 새도 없이 고장 난 눈물샘에서 주륵 눈물이 흘렀다. 선우는 다른 손을 들어 급하게 눈물을 닦았다.

괜찮아요. 여사님 저 괜찮아요.

그 말이 뻐근한 목에 걸려 나오지 않았다. 애써 미소를 지어 보이니 장 여사가 잠시 선우를 보다가 시선을 돌리며 말을 잇는다.

"냉장고에 죽 있으니까 찾아서 먹어요. 약은 식후에 먹고."

주섬주섬 가방과 외투를 챙겨 든 장 여사가 마지막이라는 듯 선우를 보았다.

"아프면 서러워. 잘 챙겨 먹고, 재깍재깍 병원도 가고."

"네."

눈물을 닦으며 대답하는 선우에게 장 여사가 한마디 말을 더하였다.

"아프지 말아요. 이제 정말 혼자잖아."

스치는 인연에도 이렇게 위로를 받는다. 그러고 보면 별채에서의 시간들이 아프기만 했던 건 아니라는 생각이 들었다. 숙소동에서의 따뜻했던 아침밥. 빼놓지 않고 자신을 챙겨 주셨던 아주머니들. 마지막에 이르러서는 서유라와도 나쁘지 않게 지냈었다.

반짝이는 기억들은 다른 사람들과도 충분히 있었다. 선우는 남자와의 시간들을 떠올리지 않으려고 노력하며 장 여사에게 웃어 보였다.

혼자니까, 그러니까 힘을 내. 밥도 잘 챙겨서 먹고, 아프지도 말고, 이제는 힘내서 다시 살아 봐요. 무뚝뚝하지만 깊은 장 여사의 마음이 느껴져 선우는 힘을 내어 대답했다.

"네."

그럴게요.

전부 끝났다. 이제는 정말로 혼자였다. 앓을 만큼 앓고 나면, 더는 아프지 않을 때까지 아프고 나면 털고 일어나야지. 나빴던 기억은 잊고 좋았던 기억만 남겨야지.

"나오지 말아요."

"와 주셔서 감사했어요."

"잊기 전에 약부터 먹고."

마지막까지 약을 먹으라 잔소리를 하며 장 여사가 방을 나갔다. 신발을 신는 소리가 들리고 이어 현관문이 닫히는 소리가 들렸다.

장 여사가 떠난 뒤 선우는 천천히 침대 밖으로 발을 내디뎠다. 아직도 열감이 느껴지긴 하지만 기억도 나지 않을 만큼 아팠던 날에 비하면 훨씬 나았다.

장 여사가 물과 함께 놓아둔 약을 입에 넣고 꿀꺽 삼켰다. 주방으로 나가 보니 식탁 위에는 금방이라도 먹을 수 있게 그릇과 함께 놓아둔 죽이 보였다.

냉장고를 여니 칸칸이 정리된 냉장고에 장 여사가 채워 넣은 것들이 보였다. 일회용기에 들어 있는 각종 죽, 과일, 김치와 밑반찬. 주르륵 흘러나오는 눈물을 닦으며 선우는 다짐했다.

다시 힘을 내어 살아야겠다고.

나쁜 그 사람은 다 잊고 정말로 잘, 살아야겠다고.

36. 유라

소문은 메신저 어플에서부터 시작되었다.

이거 최지상 아니야?

알 수 없는 누군가가 캡처된 사진을 지인에게 보내며 시작된 소문은, 삽시간에 메신저 어플을 타고 번져 나갔다.

서너 명에서 수십 명으로, 수십 명에서 수백 명으로 빠르게 퍼져 나간 이미지 파일은 이내 단체 메시지 방에 올라왔고, 얼마 후에는 공개된 익명 커뮤니티 게시판에 올라왔다.

문제의 이미지는 핸드폰 화면이 캡처된 사진이었는데, 본인이 본인에게 보내는 대화 창의 모습이었고, 대화 창의 제일 위에는 최상규라는 이름이 있었다.

최상규라는 인물이 주기적으로 자신에게 보내 둔 것은 음성 파일과 동영상, 그리고 여러 장의 묶음 사진이었다. 동영상의 썸네일엔 남자와 여자가 엉켜 있는 듯한 모습이 보였고, 블러 처리가 된 사진에는 특정 여자가 반복적으로 찍혀 있었다.

이거 최지상이랑 S그룹 서유라라는 말이 있던데 진짜일까?

메신저를 타고 들불처럼 번진 캡처 사진은 반나절 만에 기사화가 되었다. 누군가의 조작일지, 실제 파일이 유출된 것일지를 가늠하는 추측성 기사들이 뜨기 시작했다.

C모 배우의 은밀한 사생활

문도가 노트북 화면에 떠 있는 기사를 확인차 읽고 있을 때 전화벨이 울렸다. 화면을 보니 이틀 전 서용호의 편에 서겠다며 박소영과 함께 집을 나간 서유라의 이름이 보였다. 받지 않고 내버려 두다가 벨 소리가 숨이 넘어가게 울릴 때쯤 통화 버튼을 눌렀다.

"네, 고모님."

— 야!!!!!!!!!!!! 너 뭐야!!!!

"뭐가요."

— 이거 뭐냐고!!!!! 너지? 네가 퍼트린 거지! 야 이 미친 새끼야!! 내가 작은오빠 편 안 들어 준다고 지금 복수하는 거야? 그렇다고 내가 다시 니 밑으로 기어들어 갈 것 같아! 조까!! 야 이 새끼야!!!

서유라가 소리 소리를 지르는 동안 핸드폰을 엎어 두었다. 얼마

간 고함이 이어지더니 씩씩거리는 숨소리만 들려왔다. 피식 웃은 문도는 다시 핸드폰을 들고 느리게 입을 뗐다.

"뭐 하나 알려 드릴까요?"

— 됐고! 내려! 당장 내려! 너 그거 안 내리면 나라고 가만히 있을 줄 알아?

"그날 죽은 남자애 중에 청바지 입은 애 있었죠?"

— 뭐?

"걔 이름이 이민우인데."

— 그래서 그게 뭐! 지금 그게 뭐가 중요해? 내가 말했잖아 지들끼리 뒈졌다고!

"이선우 동생이었어."

수화기 너머로 정적이 흘렀다. 멍하니 입을 벌리고 있을 서유라의 얼굴이 보이는 듯했다. 잠을 자지 못해 생긴 두통이 머리를 조여 왔다. 문도는 관자놀이를 꾹 누르며 말했다.

"그러게 제가 똑바로 살라고 했잖아요."

전화를 끊고 핸드폰을 내려 둔 문도는 잠시 두 손에 얼굴을 묻었다. 이제 열흘 남짓 지났을 뿐인데 잠시 멈춰 서고 싶었다. 많이는 말고 딱 한 시간만. 아니, 하룻밤만 이선우를 마음껏 생각하고 싶었다. 눈을 감고 실컷, 색색의 이선우의 모습을 띄워 보고 싶었다.

희미하게 웃던 모습도 좋겠다. 긴장한 표정도 좋았다. 가만히 그를 보는 모습이어도 좋겠고, 얼굴을 붉힌 모습이어도 좋았다.

원망하는 눈빛이어도, 눈물을 흘리는 얼굴이어도, 마침내는 부서져 허망한 모습이라도 좋으니 이선우와의 기억을 처음부터 끝까지 틀어 놓고서 그 안에서 잠을 자고 싶었다.

아직은 그럴 자격이 없지. 아직은.

문도는 손끝으로 메마른 눈꺼풀 위를 꾹 눌렀다 떼었다. 다시 자세를 바로 한 뒤에 서유라의 번호를 수신 거부로 돌려놓고 장 변호사에게 전화를 걸었다.

— 네, 전무님.

"게시글 올리세요."

얼마 지나지 않아 메시지가 도착했다. 문도는 장현성이 보내온 메시지 속 사이트 주소를 눌렀다. 대형 포털 익명 게시판에 새로 올라온 게시글이 화면에 떴다.

나 C배우 관련 성지글 찾은 것 같음.

글 속에는 핸드폰 커뮤니티의 익명 게시판으로 이어지는 링크가 있었다. 문도는 다시 링크를 눌렀다. 장 변호사가 심어 놓은 사람이 며칠 전에 미리 올려 둔 글이 보였다.

중고 핸드폰을 샀는데 아무래도 분실폰 같아. 그런데…….

업자에게 속아 분실폰을 샀다는 내용의 글이었다.

외장 메모리가 있는데 혹시 주인이 누군지 단서가 있을까 싶어서 열어 봤더니 이상한 파일들이 보여. 좀 무섭다.

그 아래에는 댓글이 다섯 개 달려 있었다. 내용은 이러했다.

무슨 내용의 파일이냐.

남자 배우의 사생활 같다.

사진도 있냐. 진짜 연예인이냐.

사진도 있고 동영상도 있다. 연예인 맞는 거 같다.

거짓말 아니냐.

장 변호사 측에서 달아 놓은 댓글은 거기에서 멈춰 있었다. 글을 확인한 문도는 테이블에서 일어나 창가에 섰다. 서재의 창 아래로 별채의 후원이 보였다. 울긋불긋 단풍이 들기 시작한 본관의 나무들과 건너편 숙소 동의 감나무, 대추나무도 보였다.

숙소 동으로 돌아가던 이선우의 모습이 생각난다. 걸을 때마다 물결치듯 일렁이는 스커트를 입었던 너는.

너는 이 소식을 들었을까.

문도는 지그시 눈을 감았다. 심장이 저미듯이 아팠다. 별일은 아니었다. 이선우의 눈동자에서 빛이 꺼지는 것을 본 이후로 내내 그랬으니.

창가에서 물러난 문도는 다시 테이블 앞에 앉았다. 노트북을 켜고 성지 순례 왔다는 댓글이 실시간으로 달리는 모습을 가만히 바라보았다.

오늘 오후에는 사진들이 터질 것이고, 내일 오전에는 음성 파일이 올라가게 되어 있다. 마른 숲에 불이 번지듯이 퍼져 나갈 때쯤엔 겁을 먹은 최초 유포자가 자진하여 경찰에 핸드폰을 제출하러 간다.

서도 그룹에서는 엄중한 수사를 부탁하는 성명서를 낼 테고, 경찰은 온 국민이 보는 앞에서 서유라의 사건을 재수사해야 하겠지. 어렵지는 않을 것이다. 외장 메모리에 친절히 모든 증거들을 넣어 두었으니.

시간이 흘러 이선우가 이 소식을 듣기를 바란다. 억울하고 원통했던 마음이 조금이나마 풀어지기를. 동생을 생각할 때마다 아팠을 마음에 조금이나마 위로가 되기를.

다시 심장이 지끈거리며 아파 와 문도는 피식 웃었다. 뭘 잘했다고 지끈거리고 지랄인지. 제 손으로 부서트려 놓고 마음이 꽤나 아픈 것처럼 굴고 있는 스스로가 가증스럽기도 했다. 실소를 흘리며 자리에서 일어난 문도는 인터폰을 눌렀다.

"여사님, 저녁 준비하지 마세요. 외출합니다."

의자에 걸쳐 두었던 재킷을 챙겼다. 서유라, 최지상 다음은 서용호다. 던져두었던 올가미를 조이러 갈 때였다.

소속사가 발칵 뒤집혔다. 갑작스럽게 호출된 지상은 오 대표와 마주 앉아 단독 면담을 하는 중이었다.

"사실대로 말해. 그래야 우리도 수습이라는 걸 할 거 아니야."

"아니야. 대표님, 아니라니까요. 저 알잖아요. 최지상이에요. 대표님이 아는 최지상이라구요. 이거 다 조작이라고요."

지상은 억울한 표정을 지으며 잡아뗐었다.

"너한테 걸린 광고가 몇 갠 줄 알아? 그거 위약금이 얼만 줄 아냐고. 일 더 커지기 전에 빨리 수습하게 솔직히 말해. 핸드폰 언제 잃어버렸어?"

오 대표의 추궁에 지상은 원통하고 억울하고 답답하다는 듯 가슴을 팡팡 두드렸다.

"하……. 진짜 아니에요. 이게 어떻게 말이 되겠어요. 이런 건 요즘 포토샵으로 대충 꾸미면 다 조작할 수 있는 거 아시잖아요."

한껏 연기를 펼치고 있지만 지상의 등에선 식은땀이 흘렀다.

"어디서 퍼진 건지도 모르는 이런 캡처 사진 몇 개로 의심하시고 그러면 진짜 섭섭합니다. 저 그렇게 인생 막 살지 않았어요."

우겨 보지만 속은 바짝바짝 탔다. 이게 웬 자다가 날벼락인지.

지상아 이거 진짜 너야?

아침에 지인으로부터 메시지를 받고 벌떡 일어났었다. 하하하 웃으며 아니라고 했다. 이런 말도 안 되는 찌라시를 믿냐며.

하지만 머리가 하얗게 비워졌다. 저 사진을 가진 사람은 세상에 단 한 명뿐이다. 그런 사진이 버젓이 돌고 있다는 건 서문도가 일부러 배포하고 있다는 것을 의미했다.

노리는 게 무얼까. 이제 와 들춰내려는 이유는?

다행인 건 아직은 화면을 캡처한 사진뿐이라는 거다. 조작이라

우기려면 우기고 넘어갈 수 있었다. 지상은 가슴을 크게 펴며 오 대표에게 말했다.

"그래요. 철없을 때 클럽에서 놀기도 하고 연애도 좀 했어요. 그렇지만 이건 아니에요. 어떻게 저를 의심하세요. 악의를 가지고 유포한 사람을 고소하자고 하셔야죠. 저 이 사람 고소할 겁니다. 입장문도 그렇게 쓸 거구요."

발칵 뒤집힌 여론을 다시 돌려놓으려면 그 수밖에 없었다. 악의적인 조작이다. 터무니없는 모함이다. 선처 없이 고소하겠다. 지켜봐 달라. 지상은 당당히 가슴을 폈다.

"진짜야? 너 네 말에 책임질 수 있어?"

"믿기 싫으면 믿지 마시던가요. 분실폰? 폰을 분실한 적 없는데 어떻게 분실폰이 있어요. 두고 보세요. 저는 이 사람 찾아서 콩밥 먹일 거니까."

그때 변호사인지 누구인지 하는 새끼의 말을 들었으면 안 되는 거였는데. 지상은 속으로 쌍욕을 삼켰다.

서유라 측 변호사라 자신을 소개한 그는 배우 이미지를 생각해 사건에서 빠져나가게 해 주겠다고 했었다. 그 대신 핸드폰은 찾을 생각 말고 새로 번호를 파서 만들라고 했다.

여기까지 어떻게 왔는데. 지금 내 앞길이 얼마나 창창한데.

아무리 소속사 대표라고 해도 이제 와 소문의 주인이 자신이라고 솔직하게 말할 수는 없었다. 목에 칼이 들어와도 그것만은 안 되었다. 이제 막 비상하려던 찰나였다. 이렇게 무너질 수는 없었다. 하늘이 무너져도 솟아날 구멍은 있다고 했으니 틀림없이 무슨 수가 있을 것이다. 일단은 이 위기를 넘기는 게 중요했다.

"그래. 네가 아니라니까 일단 믿어 볼게."

오 대표가 마른세수를 하며 심란한 표정을 지었다. 이 소속사에 들어와서 얼마나 깨끗하게 살았는데 당연히 믿어 줘야지. 그렇게 생각한 지상은 네, 하고 대답하며 침통한 표정을 지었다.

"우선 홍보팀에서 입장문 정리할 테니까 너는 집으로 가지 말고 호텔에서 근신하고 있어. 섣불리 돌아다니다가 기자들 마주치지 말고. 이거."

오 대표가 차 키를 내밀었다.

"호텔까지 회사 차 타고 가고."

"네. 감사합니다. 대표님. 실망시켜 드리지 않을게요."

지상은 마지막까지 예의를 다해 허리를 숙였다. 대표실을 나와 엘리베이터를 타고 나서야 벽을 치며 쌍욕을 뱉었다.

어떻게 해결하지.

지금은 포토샵이라고 우길 수 있는 캡처 파일일 뿐이지만, 핸드폰 안에는 다른 동영상과 사진들, 그에 더해 그날의 음성 파일도 있었다. 만에 하나 그게 터지는 날이면……. 저 멀리까지 뻗어 있던 탄탄대로가 아득한 낭떠러지로 변하는 건 순식간이다.

입술을 꽉 깨문 지상은 핸드폰을 들었다. 이 일을 해결해 줄 수 있는 사람은 하나뿐이었다. 서유라의 번호를 누른 지상은 목소리를 가다듬고 말했다.

"어, 누나. 미안, 전화가 너무 늦었지?"

“선우야, 이건 어떠니?”

선우는 고개를 들어 미숙이 들어 보이는 차렵이불을 바라보았다. 커다란 이불 가게의 침대 위에 몇 개의 이불이 펼쳐져 있었다.

“예뻐요. 따뜻할 거 같고요.”

“얘는 다 예쁘대.”

미숙이 웃으며 말했다. 선우도 미소를 지었다. 날씨가 쌀쌀해졌으니 따스한 이불로 싹 바꿔야겠다는 말에 이모를 따라 쇼핑을 나온 길이었다.

“조금 더 잔잔한 꽃무늬였으면 좋겠는데. 아무래도 이게 나을 것 같지? 이걸로 주시고요, 베개도 같이 보여 줘요. 아래 까는 시트도 보여 주고요. 선우야, 잠깐 앉아 있어.”

본격적으로 살펴보는 미숙에게 고개를 끄덕인 뒤, 선우는 가게 한쪽에 놓인 긴 소파에 앉았다. 상가의 유리 벽 너머로 한적하고 깨끗한 거리가 보였다. 오후라 그런 것일까. 세종은 서울에 비하면 밀도가 현저히 낮은 느낌이었다. 선우는 오후의 햇살에 손을 활짝 펴서 무릎 위에 그림자를 만들어 보았다.

“선우야 이건 어때?”

안쪽에서 미숙이 베개를 들어 보였다. 좋은 것 같다고 말하며 웃으니 미숙이 알겠다고 고개를 끄덕였다. 이런 때면 세종에 내려오길 잘했다는 생각이 든다. 앉아서 가만히 있을 겨를 없이 이모와 쇼핑을 하고, 시장을 가고, 반찬을 만들 수 있다는 게 좋았다. 당분간 이모네 집에서 지내라는 말에 그러겠다고 한 것도 그런 이유였다. 혼자 있다 보면 빈 시간이 많아질까 봐.

누군가의 도움을 받아서라도 지난 시간들에서 빠져나오고 싶었다. 아무 일 없었다는 듯 평범한 일상을 살다 보면 정말 그런 일은 없었던 것처럼 살 수 있을지도 모르니까.

이모와 함께 예쁜 카페에 가고, 호수 공원을 한 바퀴 산책하고 나면. 정육점에서 국거리 고기를 사고 꽃집에서 꽃을 사다 꽂다 보면.

그러다 보면 시간은 흘러가고 기억은 흐려질 테니.

집에 있는 이불 전체를 다 바꿀 생각인지 이것저것을 내려서 둘러보는 이모를 보며 피식 웃는데 핸드폰에서 메시지 알림음이 울렸다.

선우야 이거 서유라 아니니?

은정 선배였다. 선배는 아직 그녀가 세종으로 내려온 줄도, 서유라의 일을 그만둔 줄도 모르고 있었다. 조금 더 마음이 단단해진 뒤에 통화를 하고 싶어서 전화를 해야지, 해야지 하면서 미뤄두고 있었는데, 갑자기 서유라라니.

메시지 창을 여니 누군가의 대화 창 사진이 떠 있었다. 제일 위에 쓰여 있는 이름은 최상규였다. 선우는 순간 눈을 좁혔다. 썸네일로 보이는 사진에 언뜻 서유라의 모습이 비친 듯했다.

선배, 이거 어디서 났어요?

지금 난리야. 카톡으로 퍼졌어. 기사도 났고. 최지상하고 서
유라 같다는데, 맞아?

머리보다 가슴이 먼저 반응을 했다. 하얗게 바래 버린 머리로는 이게 무슨 일이지, 하면서도 울컥 심장이 튀어 올랐다.

설마.

선우는 메시지 창을 내리고 인터넷 검색창을 열었다. 최지상의 이름을 치고 검색 버튼을 누르니 기사부터 게시글까지 다양하게 떴다. 그중 하나를 누르려는데 화면이 까맣게 바뀌며 서유라의 이름이 떴다. 진동으로 해 놓았는데도 악을 쓰는 것처럼 핸드폰이 울렸다. 멍하니 바라보는 사이 끊어지길 두 번.

다시 진동이 울렸을 때, 선우는 자리에서 일어나 미숙에게 말했다.

"이모, 저 전화 좀 받고 올게요."

알겠다는 미숙의 대답을 듣고서 가게를 나와 길가의 벤치에 앉았다. 핸드폰은 여전히 요란하게 진동하고 있었다.

그동안 서유라의 전화는 일부러 받지 않았었다. 하루에도 몇 번씩 울려 대는 걸 무시했지만, 그럼에도 수신 거부까지는 차마 하지 못했다. 어쩌면 이 대화가 마지막이 될지도 모르겠다는 막연한 예감을 하며 선우는 통화 버튼을 눌렀다.

"여보세요."

— 어……. 받았어? 받은 거야?

"네."

대답을 하자 서유라가 버럭 소리를 질렀다.

— 야!!!! 왜 전화를 안 받아! 너 어디야! 어디냐고!

선우가 아무 말을 하지 않자 유라가 씩씩대며 말했다.

— 너 그거 진짜야? 너 나 속이고 들어왔어? 그날 죽은 애가 니 동생 맞아? 그래 놓고 감쪽같이 아닌 척했어? 작정하고 날 속인 거야?

웃어야 할지 울어야 할지 모르겠는 말이다. 내가 그 아이의 누나인데, 어째서 서유라 당신은 당신이 속은 것만 생각하니. 어떻게 그래.

"네. 제가 민우 누나예요. 속이고 들어간 것도 맞아요. 그러니까 이제 전화하지 마세요."

— 너 이제 보니까 아주 나쁜 년이구나! 그래 놓고 어떻게 말도 없이 사라져? 전화도 안 받고 메시지도 확인 안 하고! 내가 널 얼마나 찾았는데!

서유라가 소리를 바락 질렀다. 그래도 오래 같이 지냈다고 정이라도 들었는가 보다. 민우를 죽음에 이르게 한 사람인데 분노가 거세게 일지 않는 걸 보니.

선우가 가만히 있자 저쪽에서 서유라가 큼큼 목을 가다듬었다. 잠깐 정적이 있더니 다시 야! 하고 부르는 목소리가 들려왔다.

— 됐고! 내가 다 용서할 테니까 돌아와.

웃음이 나왔다. 선우는 잠시 고개를 들어 하늘을 올려다보았다. 눈을 시리게 하는 해를 보고 허무한 웃음을 흘린 뒤 대답을 했다.

“유라 씨. 제 동생이 죽었어요. 유라 씨는 그 자리에 있었잖아요. 최지상이랑 둘이서 우리 민우 죽게 했잖아요. 그런데 돌아오라고요? 용서를 한다고요? 어떻게 그런 말이 나와요?”

눈시울이 뜨거워지며 목이 메었다.

미안하다는 사과를 기대한 건 아니었다. 그렇지만 용서를 해 준다니. 누가 누굴 용서해. 기막힌 웃음이 나는데 서유라는 되레 소리를 질렀다.

— 난 그런 거 몰라! 내가 안 그랬고! 난 모르는 일이야! 날 속인 건 너야! 내 편 해 준다고 했던 것도 너야! 그러니까 돌아와! 너 지금 내가 얼마나 힘든 줄 알아? 내가 널 얼마나 찾았는지 알아?

마지막 목소리가 울먹거렸다. 선우는 눈을 감았다. 정말 답도 없는 사람이야 당신은. 왜 당신이 울어.

— 큰오빠 편 하면 나도 유산받을 수 있다 그랬단 말이야! 그래서, 내가, 그거 받으면, 너 매니저도 시켜 주고 쇼핑도 같이 할라구 그 거지 같은 집에서 나왔는데! 나오자마자 이상한 기사가 뜨잖아! 사진도 막 돌아. 서문도 그 개새끼가 나 죽일라고 그러나 봐. 선우야, 나 어떡해?

서유라는 무섭다고 했다. 서문도는 다 터트리고도 남을 새끼라고 했다.

— 다 터지면 어떡해, 선우야. 응? 이거 다 터지면 나 어떡하지? 그러니까 빨리 좀 와 주라. 나 너무 힘들어.

서유라가 울었다. 이 정도가 힘들다니. 아직 멀었다는 생각을 한다. 부모님을 잃고, 동생을 잃고, 낡은 핸드폰 하나 찾겠다고 당신들을 버텨 낸 나도 있는데. 이까짓 게 뭐가 힘들어.

"유라 씨."

— 응.

"사과해요."

— 응?

"제 동생 그렇게 죽인 거, 사과하세요."

이제 와 의미 없다는 것, 선우도 알았다. 그래도 듣고 싶었다. 최지상이든 서유라든 두 사람 모두였든, 민우는 죽임을 당한 게 맞았다. 그러니 모든 게 밝혀질까 두려워서 몸을 떠는 거겠지.

— 나 아니야. 나 진짜 아니야. 내가 아니라 최지상이 그랬어. 진짜야. 진짜 최지상이 그랬어. 최지상이 니 동생한테 약 찔렀어. 나 진짜 아냐.

선우는 힘겹게 눈물을 삼켰다. 삼킨다고 삼켰는데도 발등을 비추는 햇볕 위로 눈물이 툭 떨어졌다.

"사과해요."

선우는 다시 한번 말했다. 수화기 너머의 서유라는 아무런 말이 없었다. 그러다 훌쩍이며 말했다.

— 니 동생인 줄 알았으면 안 그랬을 거야. 진짜야.

하아. 선우는 허무하게 웃었다. 당신은 어디에서부터 잘못되었을까. 아니야. 유라 씨. 그게 아니잖아.

"제 동생이 아니었어도, 그러면 안 되는 거예요. 왜 그렇게 당연한 걸 몰라…….”

— 응. 담부턴 안 그럴게. 진짜 안 그럴게. 그니까 좀 와 주라. 나 어떻게 해야 할지 모르겠어.

선우는 눈물을 닦았다. 너무 오래 통화를 했다. 이모가 찾기 전에 들어가 봐야 하는데.

“끊을게요. 다시는 전화하지 마세요.”

— 야!

이대로 끊어야 하는데, 말하지 못한 마지막 한마디가 혀끝을 맴돌았다.

“최지상은 만나지 말아요. 마지막 부탁이에요.”

유라가 뭐라 말을 하려는 순간 선우는 전화를 끊었다. 마지막까지 모질지 못한 자신이 바보 같다는 생각이 들었지만 꼭 그 말은 해 주고 싶었다. 가뜩이나 비틀린 사고방식을 가진 서유라에게 최지상은 최악의 조합일 수밖에 없었다. 깊이 엮이면 엮일수록 서유라의 삶은 망가질 거였다.

진동이 다시 울렸지만 수신 거부로 돌려놓았다. 조만간 핸드폰 번호를 바꿔야겠다는 생각을 하며 선우는 자리에서 일어섰다.

저녁으로는 이모, 이모부와 같이 공주까지 나가서 매운 코다리찜을 먹었다. 돌아오는 길에 코스모스가 핀 금강변 산책도 하고 강변의 카페에서 커피도 한 잔씩 마셨다.

이모의 집으로 돌아와서는 새로 산 시트를 깔고 새 이불을 펼쳐 놓았다. 안방 침실에도, 선우가 쓰는 작은 방에도, 사촌 오빠 내외가 주말에 올 때면 쓴다는 다른 방에도 전부 새 차렵이불을 덮어 두었다.

밤이 되자 안녕히 주무시라는 인사를 한 뒤에 선우는 잔잔한 꽃무늬가 있는 옅은 핑크색 이불을 덮었다. 딸이 있었으면 이런 걸로 도배를 했을 거라며 이모가 골랐던 이불이었다.

이불을 덮고 스탠드를 켠 뒤 망설이는 마음으로 핸드폰을 들었다. 포털 사이트를 열고 최지상의 이름을 썼다가 다시 지웠다.

그럴 리 없어. 그 사람이 다 터트릴 리 없어.

경영권 방어니 싸움이니 그런 이야기를 들었다. 큰집과 연합하기로 한 서유라를 협박할 용도로 흘린 것이 아닐까. 겁먹은 서유라가 항복을 하면 다시 거두어들일 생각으로 뿌린 것일 테다.

그런데도 서유라는 이 이후가 무섭다고 했었다. 서문도는 다 터트리고도 남을 사람이라며. 정말 그럴 것이 예상되는 것처럼 이야기를 했다.

하지만 이해가 되지 않는다. 이제 와서 왜. 아무것도 못 하게 하려고 민우 핸드폰만 던져 주며 그렇게 내쫓은 거 아니었나. 생각은 자꾸만 꼬리를 물었다. 이럴 거면 차라리 찾아보는 게 낫겠지.

무섭다고 했었던 서유라는 곧 잘못했다 숙이고 들어갔을 테고, 서문도는 기사를 모두 거두었을 거였다. 그렇게 누군가의 악의적인 조작이었다는 식으로 마무리되었을 것이다. 그것만 확인하고 자자.

선우는 다시 검색창에 최지상의 이름을 적고 검색 버튼을 눌렀다. 주르륵 기사가 뜨며 썸네일이 뜬다.

C모 배우, 메신저 어플을 통해 새로운 사진 대거 유출. 마약 투약, 몰카 촬영 의심돼. 국내 굴지의 S그룹 2세 S모양과 연관 있어 보여.

기사 안에는 누가 봐도 최지상과 서유라인 사진이 모자이크되어 커다랗게 삽입되어 있었다. 연예란이 온통 최지상의 이야기로 도배가 되어 있었다.

이 남자는 대체 무슨 생각인 걸까. 선우는 짐작조차 할 수 없어 입술을 꾹 깨물었다.

운전석에 앉은 지상은 초조한 얼굴로 빌라 입구를 바라보았다. 내려온다더니 왜 안 내려와. 욕을 뱉으며 서유라를 기다렸다.

오 대표에게 그렇게 큰소리를 쳤는데, 보란 듯이 저녁에 사진이 유포되었다. 배우 최지상과 소속사 플레이 엔터는 악의적인 모함에 참지 않고 강경한 대응을 하겠다는 입장문을 발표한 직후였다. 메시지 창은 터질 듯 알람이 울려 댔고, 디엠은 난리도 아니었다.

씨발, 씨발, 씨발.

서문도는 농락이라도 하듯 순차적으로 그의 목을 조여 오고 있었다. 타깃은 명확했다. 서유라와 최지상.

그 폰 안에는 다른 사람의 사진도, 영상도 많았는데 하나도 건드리지 않고 오직 최지상과 서유라의 사진만 내보냈다. 이쯤 되면 대체 내게 왜 이러는 거냐고 묻고 싶을 정도였다.

회장이 죽은 뒤, 경영권이 어쩌고 하는 내부 싸움에 총알로 쓰이는 것 같은데, 그렇다면 서유라 하나만 족치면 될 일 아닌가. 터지는 모양새를 보고 있자면 서유라보다 최지상을 노린 듯 보였다. 대체 무슨 이유로.

이게 다 서유라 그 미친년 때문이야.

그러게 왜 그 새끼랑 척을 지고 지랄이야. 지상은 욕을 뱉으며 핸들을 쿵, 내리쳤다.

후……. 그래도 잘해 줘야지.

지상은 야구 모자를 깊게 눌러쓰며 빌라 입구를 바라보았다. 동이 트는 새벽, 몰래 호텔을 빠져나와 서유라를 기다리는 중이다. 서유라만이 그에게 남은 기회였으니까.

지상은 다시 천천히 생각을 해 보았다.

지금까지는 그래도 약간의 희망이 남아 있다. 마약이 문제이지 젊은 남자가 연애했던 것 정도는 크게 문제 될 것 없는 세상이다. 여자친구였던 서유라의 꼬임에 의해 자신도 모르는 채 약을 맞게 되었다고 하면 된다. 그 뒤로도 호기심에 한두 번 더 그런 일이 있었지만 곧 나쁜 일임을 자각하고 그만두었다고.

하지만 서유라가 저 사진과 영상들을 빌미로 협박을 해서 헤어지지 못했고, 그러다 더는 견딜 수 없어 헤어지자고 했더니 앙심을 품은 서유라가 사진을 풀고 있는 거라고.

실망시켜 드려서 죄송하다 하고, 모든 위약금 달게 물겠다 하고, 자숙하겠다 하고.

1년 정도 쉬었다가 적당한 소속사를 찾아서 위험한 매력을 가진 나쁜 남자 역할로 돌아오면 된다. 아슬아슬한 매력의 깡패 새끼도 좋겠고, 밑바닥에서부터 기어 올라온 조직폭력배 역할도 좋겠다. 다른 곳도 아니고 대한민국 연예계이다. 사내새끼야 무슨 잘못을 하든 연기력만 좋으면 대충 눈감고 넘어가 주는 곳 아니던가.

그래. 그렇게 하면 다시 재기할 수 있어.

지상이 핸들을 꽉 쥐었을 때였다. 핸드폰에서 벨이 울렸다. 화면 위에 쓰여 있는 서유라의 이름에 고개를 들어 보니 빌라 입구에서 그에게 전화를 걸고 있는 유라가 보였다.

자. 이제 다시 연기를 펼쳐 봐야지.

지상은 모자를 꾹 눌러쓰고 차에서 내렸다. 그를 발견한 유라가 길을 건너오고 있었다.

지상은 출퇴근으로 밀릴 것 같은 길을 피해 외곽으로 차를 몰았다.

"어디로 가는 건데!"

서유라가 날카로운 목소리로 물었다. 차에 탔을 때부터 표정이 좋지 않았던 서유라는 내내 신경질을 부렸다. 지상은 꾹 참고 웃으며 말했다.

"누나랑 오랜만에 나왔잖아. 드라이브나 할까 하고. 그리고 우리가 지금 어딜 가겠어요. 차에서 얘기해야죠."

"너는 지금 웃음이 나와?"

썅, 내가 웃고 싶어서 웃겠냐. 지상은 속으로 욕을 하며 이를 악물었다. 그리고 천천히 말을 이었다.

"내가……. 누나한테 화를 내서 뭐 하겠어. 이미 벌어진 일인데."

"이게 다 너 때문이잖아! 김영재 걔 첨에 쓰러졌을 때 내가 119 부르자고 했지! 그때 구급차만 불렀어도!"

"누나 그땐. 내가 말했잖아. 나 이제 뜨고 있는데 이미지 다 망가진다고. 누나도 동의했었고."

"다른 애 대가리는 왜 갈겨! 왜 니 맘대로 약을 찔러 넣어서 죽여! 너 때문에! 너 때문에 다!"

하아. 지상은 욕을 씹어 삼켰다. 좋게 좋게 말하려는데 이년이 왜 이러지?

"애들 끼고서 놀고 싶다 그런 게 누군데. 약 실컷 빨게 클럽 잡으라 한 게 누군데? 누나가 이런 식으로 나오면 안 되지. 그러는 누나는 그때 뭘 했어? 결국 걔들 죽을 때까지 지켜보기만 했잖아."

이를 악물고 이야기하는데 서유라가 빽 소리를 질렀다.

"그럼 이게 다 나 때문이라고?"

"아니. 내 말은……."

후우. 지상은 심호흡을 했다. 지금 마음 같아선 서유라를 후려갈기고 싶었지만 참아야 했다.

"우리가 같이 저지른 일이니까 해결도 같이해 보자는 거지."

"사진 풀린 거 보고도 몰라? 이게 해결이 되겠니?"
"나한테 방법이 있거든. 잘 들어 봐."
지상은 코너를 돌며 말했다. 쭉 뻗은 외곽 도로를 보며 일단 입에 발린 말을 했다.
"내가 누나 많이 사랑하는 거 알지?"
흥, 하고 서유라가 콧소리를 냈다.
"나는 누나 없으면 못 살아. 진짜로. 내가 왜 더럽고 치사한 배우 일을 열심히 하는데. 할리우드 진출하면 누나랑 미국에서 재밌게 살고 싶었거든. 내가 누나랑 어울릴 만한 남자 되고 싶어서 노력 중이었던 거, 알지?"
흘깃 서유라를 보았더니 새쭉한 표정을 짓고 있었다. 어느 정도 감정은 풀린 것 같다. 지상은 슬슬 본론을 꺼냈다.
"지난번에도 누나가 나 구해 줬잖아. 이번에도 누나가 나 좀 구해 줘. 응? 나 구해 줄 사람 누나밖에 없어."
"무슨 소리야?"
"사진 퍼트린 거 누나라고 그러자. 우리 사귀는 중이었는데 내가 연기에만 집중하겠다고, 헤어지자고 하니까 누나가 화나서 그런 거라고. 응? 누나 제발."
"뭐?"
서유라가 어이없다는 표정을 지으며 지상을 노려보았다.
"지금 그 방법밖에 없어. 그렇게 먼저 우리 쪽에서 해결을 해야 해. 그치만 알지? 내가 진짜 헤어지자는 거 아니고 그런 척만 하자고."

지상은 잠깐 시선을 돌려 서유라를 본 뒤에 절절한 표정을 지으면서 말했다.

"내가 누나랑 어떻게 헤어져. 그러고 나 이 위기만 넘기면 그때 우리 결혼을 하든, 미국을 가든. 응? 아직까진 괜찮아. 지금 터진 건 변명할 수 있다고. 더 큰 거 터지면 그땐 우리 둘 다 방법 없어."

간절한 목소리로 말한 지상은 입을 꾹 다물었다. 눈에는 눈물도 고여 있었다. 그런 지상을 물끄러미 보던 서유라가 코웃음을 쳤다.

"이 새끼 이거 가만 보니까 아주 웃기네? 한마디로 내가 다 뒤집어써라, 이거잖아?"

"누나가 뒤집어쓰라는 게 아니라. 그냥 연인 간의 다툼 정도로 정리를 하자는 거야. 그 사건 터지면 우리 둘 다 감방 간다고."

지상이 한 번 더 설득을 하려 하자 서유라가 비웃음을 웃었다.

"야. 감방은 너나 가지. 내가 왜 가니? 신고하지 말랬던 것도 너고, 걔네들 죽인 것도 너잖아. 인생 망한 건 넌데 왜 날 끌어들여?"

"누나라고 무사하지 않을 건데?"

"야. 나 서유라야. 서도 그룹 막내딸 서유라라고. 최고급 변호사 쓰면 내가 왜 감방에 가니? 그런 데는 돈 없고 빽 없는 너 같은 새끼들이나 가는 거거든?"

하. 지상은 화를 참으려 핸들을 꽉 쥐었다.

"최지상 너 진짜 웃긴다. 좀 어울려 줬더니 이게 진짜 사람을 호구로 보고 지랄이야. 야, 나랑 너는 급이 달라. 그때도 나 아니면 너 골로 갔었어. 불쌍해서 살려 줬더니, 뭐? 내가 그런 걸로 하자고?"

지상이 부글부글 끓는 마음을 애써 억누르는 줄도 모르고 서유라가 말했다.

"기다려 봐. 울 엄마가 이따 점심에 작은오빠 만나러 간댔거든? 작은오빠 편 한다고 하면 돼. 그럼 울 오빠가 서문도한테 그만하라고 할 거니까. 그 새끼가 암만 지랄맞아도 지 아빠 말은 듣겠지. 그러고 나면 너는 너, 나는 나 알아서 갈 길 가자. 알았지?"

지상은 잠깐 고민을 했다. 어차피 이렇게 된 거 서유라를 살살 잘 달래 볼 건지, 성질 뻗치는 대로 확 엎어 버릴지.

그래, 일단은 어디 으슥한 구석으로 데려가서 수틀리면 두드려 패는 거야. 얻어터지다 보면 정신을 차리겠지. 그렇게 생각하며 액셀을 힘주어 밟는데 잠잠했던 핸드폰이 마구 울렸다. 오 대표였다. 지상이 통화 거부 버튼을 눌렀다. 동시에 서유라의 핸드폰이 울렸다.

"뭐야. 엄마잖아. 어, 엄마 왜? 뭐? 뭐가 떴다고? 음성 파일? 그게 뭔데?"

지상은 홱 고개를 돌려 서유라를 보았다. 서로의 눈이 마주치는 순간 섬뜩한 예감이 들었다.

"잠깐 끊어 봐. 아 끊으라고!"

서유라가 소리를 지르며 전화를 끊더니 부들부들 떨리는 손으로 인터넷 검색을 했다. 지상은 흘깃흘깃 서유라가 검색하는 모습을 보았다. 심장이 터질 것처럼 쿵쿵 뛰었다.

아닐 거다. 분명 서유라의 엄마가 딜을 하러 갔다질 않나. 그래도 서유라가 연관되어 있는데 대기업 오너가에서 그렇게 무모하게.

"이게 뭐야. 너…… 녹음했니?"

서유라가 말하며 핸드폰 화면을 눌렀다. 스피커 속에서 어린 남자의 목소리가 흘러나왔다.

'그냥 친구 얼굴 한 번만 볼게요. 김영재, 아시죠? 영재 걔가 이거 시켰는데, 저한테 팁 진짜 많이 준다고 그랬거든요.'

서유라의 눈이 크게 떠지는 순간 최지상은 씨발, 욕을 터트리며 손을 뻗었다. 서유라의 머리채를 잡고 대시 보드에 쿵, 하고 처박았다. 신음하는 서유라의 소리 위로 녹음된 이민우의 목소리가 흘렀다.

'너 뭐야! 문 닫고 꺼져, 이 새끼야!'

'잠깐이면 돼요, 잠깐만!'

그래, 그랬었지. 저 새끼가 기어이 들어온다고 그랬다. 그때 죽자고 들어오지만 않았어도 죽이지 않았을 텐데! 과거를 회상하는 지상의 눈이 번뜩였다.

"썅. 이게 다 니들 때문이야! 내가 좋게 말했는데 왜 말들을 안 들어 처먹어! 다들 내 말만 잘 들었어도! 어?"

최지상이 서유라의 머리를 대시 보드에 내리찍을 때마다 도로를 달리는 차가 휘청거렸다. 서유라가 날카로운 비명을 지르며 버둥거렸다.

'야, 정신 차려! 얘 왜 이래요? 김영재! 야! 너 왜 이래! 119 불러…….'

지상은 지옥으로 가는 열차를 탄 기분이었다. 녹음된 목소리와 서유라의 비명이 하나로 뒤섞여 지상의 귀를 울렸다. 뜨거운 웃음을 터트리며 지상은 크게 외쳤다.

"내가 씨발, 이렇게 무너지라고? 내가 여기까지 어떻게 왔는데. 급이 다른 서유라, 그래 너 죽인다 하면 니네 집에서 어떻게 하나 한번 볼까? 그래 같이 죽는 거야!"

그래. 그래야겠다. 처음부터 너무 착한 방법을 찾았다. 이대로 서유라를 납치해서 목숨을 담보로 딜을 할걸. 찢어 죽여도 시원치 않을 서유라를 실컷 두드려 패서 빌빌 기게 만들어 해결을 봐야겠다.

최지상이 악마 같은 웃음을 흘리며 서유라의 머리채를 다시 한 번 휘어 감으려 할 때였다.

"너나 죽어 미친 새끼야!"

눈이 돌아간 서유라가 운전석을 덮치며 핸들을 꺾었다. 곡예를 하듯 차선을 넘나들며 서유라와 몸싸움을 하는데 지상의 시야에 커다란 덤프트럭이 보였다.

빠아아아아앙—

긴 경적음이 울리는 순간 최지상은 미친 듯이 브레이크를 밟았다. 끼이이익— 날카로운 파열음이 도로를 찢었지만 거리가 너무 가까웠다.

콰앙, 거대한 굉음이 울리는 순간 유라의 시간이 멈추었다. 커다란 트럭의 아래로 승용차의 보닛이 빨려 들어가는 모습이 아주 느린 슬로모션으로 보였다.

주위의 공기는 멈추었고, 모든 것은 지나치게 선명했다. 이민우의 목소리. 최지상의 욕설. 자신의 비명 소리조차 일시에 소거가 되었을 때, 유라는 직감을 했다.

씨발, 끝이네.

마지막으로 공허한 웃음을 웃었다. 거대한 충격에 몸이 으스러지는 순간, 미안하다는 말을 하지 못했다는 게 생각났다.

미안해.

엄마 미안. 선우야 너한테도 미안.

그 말을 전하지 못한 채 유라는 눈을 감았다.

37. 플래시 불빛이 쏟아지는 길을 지나

눈을 뜨니 세상이 발칵 뒤집혀 있었다.

선우는 멍한 얼굴로 핸드폰을 보았다. 음성 파일이 풀렸다고 한다. 민우가 죽었던 그날의 음성 파일이.

사촌 오빠로부터, 아현으로부터, 그 밖에 민우와 민우의 사고에 대해서 알고 있는 사람들로부터 메시지가 계속해서 날아들었다.

선우야. 이것 좀 들어 봐. 엄마는 모르게 하고.

언니, 이거 들어 보셨어요? 이거 민우 맞죠?

그들이 보낸 파일명은 똑같았다.

이민우.mp4

이름만 보았을 뿐 아무것도 하지 않았는데 눈물이 툭 떨어졌다. 선우는 눈물에 갇혀 있는 파일명을 보았다. 방울져 흘러내리는 눈물 아래로 민우의 이름이 보인다.

재생 버튼 위로 손가락을 가져다 대던 선우는 닿기 직전에 주먹을 쥐며 질끈 눈을 감았다.

누를 수 없었다. 차마 누를 수가 없었다. 그렇게 알고 싶었는데, 그날의 진실을 알기 위해 이 먼 시간을 돌아왔는데, 누를 수 없었다.

민우의 마지막 목소리라서.

선우는 일단 핸드폰을 내려놓았다. 깊게 숨을 쉬며 마음을 가다듬으려 노력했지만 잘 되지 않았다.

그 밤, 민우의 핸드폰 하나를 들고서 그 집을 나올 때 다 끝났다고 생각했다. 다시는 뒤돌아보지 않겠다고 다짐을 했었는데 서문도가 보란 듯이 세상을 향해 폭탄을 하나씩 던지고 있었다.

어제는 사진, 오늘은 음성 파일.

당신은 이걸 다 가지고 있었구나. 기막혀서 눈물이 고였다. 우리 민우의 목소리까지 가지고 있었으면서, 나를 그 긴 시간 동안 내려다보고 있었어. 그러니 말할 수 있었겠지. 너는 아무것도 할 수 없다고. 바뀌는 것은 아무것도 없을 거라고.

그래 놓고 왜. 이제 와서 왜. 본인의 손으로 하나씩 터트리는 걸까. 서유라를 협박하기 위해서? 경영권 싸움에서 승기를 잡기 위해서?

왜……. 내게 끝까지 그렇게 잔인했을까. 이렇게 전부 폭로할 거였으면…….

한 번쯤은 자비를 베풀어 주지. 내가 누군지 알고 있었으면 불쌍하게 생각 좀 해 주지. 당신에겐 아무 쓸모도 없었던 우리 민우 핸드폰 돌려줄 테니 조용히 있으라고 하지.

그랬으면 나는 눈물 흘리며 감사하다고 했을 텐데. 숨긴 것, 속인 것, 거짓말한 것, 전부 죄송하다고 했을 텐데. 엎드려 발가락을 핥으라고 해도 핥았을 텐데.

의도를 짐작할 수 없는 남자를 떠올리며 선우는 눈물을 흘렸다. 종잡을 수 없는 그 남자는 선우를 산산이 부수어 놓고 아무렇지 않게 진실을 밝히고 있었다.

얼마나 염원을 했던가.

민우의 죽음이 잘못된 것이라는 걸 세상이 알아주기를, 내 동생 민우는 그럴 아이가 아니었다는 것이 당당히 밝혀지기를 얼마나 소원했던가. 그 하나를 위해 전부를 걸었다.

나는 전부를 걸어도 할 수 없었던 일이, 당신에게는 이렇게 쉬운 일이었구나.

운명이 왜 이렇게 잔인한지 알 수 없었다. 선우를 절망으로 밀어 버린 남자가 진실의 빛을 밝히고 있었다. 어둠에 잠겨 있던 그날의 시간에 하나씩 불을 켜 준다. 마치 민우의 마지막을 위로라도 하듯이, 그녀 대신 단죄라도 하듯이.

그걸 이 까마득한 절벽 아래에서 바라보는 기분을, 당신은 알까. 울지도 웃지도 못 하겠는 이 기분을.

눈물을 닦으며 선우는 고개를 저었다. 당신이 무엇을 하든 그건 전부 처음부터 계획되었던 일이었겠지. 내 정체를 알면서 모르는 척했던 것도, 회장이 죽은 뒤에서야 민우 핸드폰만 쥐여 주고 내쫓은 것도, 승계 싸움을 벌이는 지금 이 시기에 파일들을 차근차근 터트리는 것도, 당신은 필요에 의해 필요한 행동들을 하는 것뿐일 테니, 나도 그럴게.

우리 민우의 마지막 그 순간, 들을게. 온 세상이 알게 된 그날의 진실을 나도 똑똑히 들을게. 당신의 의도가 무엇인지 그건 내게 중요하지 않아. 중요한 건 진실이 밝혀지고 있다는 것. 그거 하나니까.

최지상의 실체가 드러나는 모습을, 나머지 진실들이 차근차근 밝혀지는 모습을, 마침내는 벌을 받는 모습을, 두 눈 똑바로 뜨고 지켜볼게.

선우는 다시 심호흡을 하며 마음을 가다듬었다. 민우의 마지막 시간이니까. 그날의 진실이니까.

선우는 떨리는 손으로 플레이 버튼을 눌렀다.

'영재야!'

친구의 이름을 외치는 민우의 목소리가 생생히 들렸다. 선우의 눈에서 뜨거운 눈물이 하염없이 쏟아져 내리기 시작했다.

서유라의 장례가 모두 끝났다.

발인을 마치고 추모 공원으로 올라와 지금은 화장을 하는 중이다.

서용호, 서미경 일가는 조문은 왔지만 발인까지 오지는 않았다. 그룹 전체가 추문에 휩쓸려 있는 시기가 시기인지라 조문객도 받지 않았다. 2층의 유족 대기실에는 정신을 거의 놓은 박소영과 그녀를 돌보는 매니저, 우현희와 서중호가 전부였다.

문도는 1층 화장로 앞의 긴 벤치에 앉아 로비 홀을 바라보았다. 벽에 붙은 전광판에는 서유라의 이름이 쓰여 있고 20분, 남은 시간이 카운트되고 있었다.

화장 시간은 얼마 걸리지 않을 거라 했다.

대형 트레일러의 아래로 빨려 들어간 서유라는 차체와 최지상과 함께 우그러졌기에 유해라고 부를 만한 것이 별로 없었다.

서유라가 죽었다. 그가 휘두른 칼에 의해.

이걸 원했나. 박소영의 울부짖음을, 서유라의 죽음을, 최지상의 시체를 원했나. 생각해 보지만 잘 모르겠다.

용서할 생각은 없었다. 서유라는 서유라가 저지른 죄에 대한 대가를, 최지상은 최지상의 죄에 대한 대가를 치르기를 바랐다. 그렇게 만들려고 했다. 이런 결과가 예상되었다면 중간에서 멈추었을까.

17분. 전광판의 시간이 줄어든다.

그가 아는 마지막 서유라의 모습은 이선우를 찾으며 울던 모습이었다. 처음으로 서유라에게 동질감을 느꼈던 순간이었고, 처음으로 동정심을 가졌던 날이었다.

웃긴 일이다.

핏줄이라 생각한 적 없었는데, 그래도 이 죽음이 안타까운 걸 보면. 최지상의 죽음에는 아무런 감정이 들지 않는데 서유라의 죽음은 그의 발목에 넝쿨처럼 감겼다.

문도는 옅게 실소하며 거칠어진 얼굴을 손으로 비볐다. 조금은 허망한 눈으로 유리 벽 너머의 풍경을 보았다.

최지상과 서유라의 동반 자살로 세상은 한 번 더 발칵 뒤집혔다. 음성 파일이 터진 지 몇 분도 채 지나지 않았을 때 사고가 났다고 했다. 불행 중 다행으로 트럭 운전사는 털끝 하나 다치지 않았으나 두 사람은 사체도 구별할 수 없이 으깨져 버렸다.

사고 소식이 알려지며 사건은 공중에 떠 버렸다. 죄는 남았으나 벌을 받을 사람이 죽어 버렸다. 무책임하고도 완벽한 결말이었다.

11분. 시간은 조금 더 줄어들었다.

서용호는 큰소리를 떵떵 쳤던 것에 비해 하루 만에 백기를 들었다. 서유라의 사망으로 삼 남매 연합의 근간이 흔들린 데다, 지분을 담보로 비자금을 당겨 쓰던 인심 좋던 곳간이 우현희의 소유라는 것을 아는 순간 더는 방법이 없음을 알았기 때문이었다.

8분.

서용호와 서미경의 반대로 인해 서유라는 선산에 묻히지 못한다. 뼛가루는 선산에 뿌리고 위패는 조부가 다니던 절에 안치를 하기로 했다.

우리 고모님은 죽어서도 홀대를 받네.

이선우도 이 소식을 들었겠지. 울었을까. 울었겠지. 마음이 외로운 이선우는 서유라에게도 정을 주었으니까 많이 울었을 거다. 이런 순간조차 이선우가 보고 싶은 자신이 기막혀 문도는 가늘게 웃음을 흘렸다.

5분.

눈을 뜨자 서유라의 시간이 5분 남았다. 붉게 빛나는 전광판의 숫자를 바라보던 문도는 허리를 세웠다. 핸드폰을 들어 장 변호사의 번호를 눌렀다.

— 네, 전무님.

"다음 파일 준비되어 있죠?"

— ……네. 그런데 전무님, 꼭 그렇게 하셔야만 할까요. 이대로 끝을 내는 건 어떠신가요.

"계획했던 대로 진행하겠습니다."

그 말을 끝으로 문도는 전화를 끊었다.

엊그제 최초 유포자가 경찰서에 핸드폰을 가지고 갔다. 죄라고 부르기엔 애매했다. 사적으로 친구에게 물어보았고, 친구 역시 사적으로 누군가에게 물어봤을 뿐이니.

섣부르고 경솔한 행동이었지만 당사자들이 죽어 버리는 바람에 사건은 종결되어 버렸다. 그리고 아마도 모두들, 이게 끝이라 생각하겠지만.

문도는 지그시 눈을 감았다가 다시 떴다.

이 정도에서 멈출 거였으면 시작도 하지 않았다. 적당한 선에서 조절할 생각이었으면 이선우를 제일 잔인한 방식으로 버리지도 않았다. 동생 핸드폰을 쥐고서 몰래 도망가게 두었겠지.

그렇게 할까. 그래도 되지 않을까. 수백 번, 수천 번을 생각했었다.

아무런 소용도 없을 핸드폰을 들고 도망치게 두고, 서유라는 멋대로 살라고 내쫓고, 경영권은 방어를 하고서.

아버지는 원하는 대로 회장이 되고, 서유라는 망나니로 살아가고, 최지상은 승승장구하는 것을 보면서 여전히 그날의 진실은 어둠에 묻어 놓은 채로.

적당히 정리가 된 어느 날 문득 이선우를 찾아가 내게 미안하지도 않냐고, 나는 진심이었는데 너는 나를 이용만 했던 것이냐 따져 물으며.

이선우의 죄책감을 이용해 아무 일 없었던 것처럼 다시.

거짓의 가면을 쓰고 다시.

이민우의 마지막 목소리는 영원히 어둠 속에 묻어 놓은 채로 다시.

그렇게 다시 거짓으로 지은 성을 만들어 너를 가두어 놓을까. 수백 번, 수천 번을 생각했었다.

아이러니하게도 그때의 선택을 결정하게 한 건 이선우의 어여뻤던 미소였다. 세종까지 데리러 간 그를 보며 뛰어왔을 때, 그를 보고 반가워하며 활짝 웃었던 미소. 눈이 부셔서 시간을 멈추어 놓고 싶었던 그 미소가 이 길을 선택하게 했다.

너는 그렇게 웃으며 살아야 하지 않을까. 아무런 잘못이 없는 너는. 그 실낱같은 가능성에 전부를 걸고서 이 멀고 먼 길을 걸어온 너는, 티끌 없이 웃으며 살아야 하지 않을까.

유감.

그래, 유감이다. 서유라의 죽음도, 이선우의 눈물도, 박소영의 울부짖음도 유감이었다.

이런 결과를 불러일으킬 줄 알았더라면……. 그래, 어쩌면 시작하지 않았을 수도 있겠지. 적정선에서 타협을 보았을지도 모르겠다.

하지만 알 수 없었고, 그래서 시작했다. 그렇게 시작했으니 멈추지 않을 생각이다. 여기서 멈춰 버리면 죽어 버린 서유라만 억울하지 않겠나.

그렇다고 뭐 대단하게 일을 벌이는 건 아니다. 그저, 누구 한 사람쯤은 도의적인 책임이라도 져야 하니까.

불효자가 되겠네. 문도는 피식 웃으며 자리에서 일어났다. 서유라를 데리러 가야 할 시간이었다.

"자, 이모부 특선 버섯전골이 나갑니다. 몸에 좋은 버섯을 골고루 듬뿍 먹어 보아요."

진철이 식탁 가운데에 보글보글 끓는 버섯전골을 올려놓았다. 앉아 있는 미숙과 선우에게 한 그릇씩 담아 주며 물었다.

"선우 집 보러 갔던 건 어떻게 됐어?"

"응. 선우가 맘에 든다 그래서 계약하려고. 낼모레 집주인이랑 만나서 계약서 쓰기로 했어."

"이거 참. 선우 나가고 나면 이모랑 둘이 심심해서 어쩌나."

진철이 사람 좋은 웃음을 보이며 말했다.

"중심 상가 지나서 10단지예요. 걸어서 20분도 안 걸려요. 자주 놀러 올게요."

선우도 웃으면서 대답을 했다. 미숙과 진철은 뭐 하러 나가 사느냐고, 그냥 같이 살자고 했지만 선우는 거절을 했다. 주말이면 사촌 오빠네 부부가 와서 머물기도 하고, 퇴직한 이모부도 주로 집에 지내셔서 선우가 있으면 불편할 거였다.

"10단지 좋지. 당신 보기에도 괜찮았어?"

"응. 주인 양반 딸이 살았다는데 깨끗하게 잘 썼더라고. 손볼 거 하나 없이 그냥 들어가면 되겠더라. 그치, 선우야? 커튼 정도 하면 될까?"

"네. 거실이랑 침실에 커튼만 하면 될 것 같아요."

이틀 동안 예닐곱 군데를 돌아보았는데 그중에 제일 마음에 든 집이었다. 나무가 많은 널찍한 단지, 이모네와 걸어서 다닐 만한 위치, 햇빛이 잘 드는 창. 전부 다 마음에 들었지만 제일 마음에 들었던 건 따뜻한 그 집의 분위기였다.

동그랗게 배가 부푼 엄마와 세 살쯤 되어 보이는 아이. 벽에 걸린 가족사진과 발이 폭신한 매트. 아기 용품이 곳곳에 놓인 거실. 그 집이라면 왠지 혼자서도 따뜻하게 지낼 수 있을 것 같아서 계약을 하기로 했다.

"에어컨도 시스템으로 되어 있고, 가전이랑 가구도 필요한 것만 사면 되겠어. 원래 들어오기로 했던 집이 청약 당첨돼서 못 들어오는 거래. 집주인 딸도 둘째 가져서 더 큰 평수로 이사 가는 거고. 터가 좋은 거 같아."

미숙이 말하며 전골을 한술 떴다. 이제는 이렇게 아무렇지 않게 대화를 하며 밥을 먹지만, 지난 며칠은 어떻게 지냈는지 기억도 희미했다.

민우의 음성 파일이 풀렸던 날, 사촌 오빠와 애를 써서 막았는데도 이모는 음성 파일을 듣게 되었다. 눈물을 많이 흘린 건 물론이었다.

그리고 그날 오후, 서유라의 사망 소식을 들었다.

학원 파트타임 강사 자리에 면접을 보고 돌아오던 길이었다. 차 안에 틀어 놓았던 라디오에서 그 소식을 듣는데 믿을 수 없어 멍하니 멈추어 있기만 했다.

빵, 하는 가벼운 경적 소리에 간신히 정신을 차리고 한적한 길가에 차를 댔다. 핸드폰으로 인터넷을 열었더니 검색할 필요도 없이 포털 메인에 떠 있었다.

최지상, 연인 서유라와 동반 자살

두 눈으로 보고도 믿어지지 않아서 눈물도 나오지 않았다. 전부 거짓말인 것 같았다. 누군가 아주 질 낮은 농담을 하는 건 아닐까 생각했다.

서유라가 어떤 사람인데. 자기 몸 하나는 끔찍하게 아꼈던 사람인데. 자살이라니, 그럴 수는 없었다. 아닐 거라고 애써 생각하며 집으로 돌아왔었다.

눈물이 터졌던 건 그날 새벽이었다.

멍하니 밤을 지새운 뒤, 문득 생각이 나서 서유라에게 전화를 걸었다. 받겠지. 그렇게 죽어 버릴 사람이 아니니까 받아 봐. 그런 마음으로 전화를 거는데 아무리 걸어도 서유라는 전화를 받지 않았다.

'선우야. 빨리 좀 와 주라. 나 너무 힘들어.'

아무리 전화를 해도 받는 사람은 없는데, 마지막 목소리는 자꾸만 귓가를 맴돌았다. 눈물은 그제야 흘러나왔다. 이모가 자고 있는 안방에 소리가 들릴까, 선우는 이불을 뒤집어쓰고 울었다.

그래도 이제는 정리가 되어 간다. 하루, 이틀, 사흘이 지나며 최지상과 서유라로 들끓었던 인터넷도 언제 그랬냐는 듯 조용해졌다.

선우도 일상을 살았다.

이모와 함께 부동산을 다니며 살 집을 알아보고 침대와 식탁을 구경하면서 학원에 출근할 날도 정했다. 적은 양이어도 미루지 않고 꼬박꼬박 식사를 하고 밤이 되면 처방받은 수면 유도제를 먹고서 눈을 감았다. 재미있는 프로를 보면서 웃기도 했고, 이모와 멀리까지 드라이브를 다녀오기도 하며 텅 빈 속을 자꾸 채워 보려 했다.

"학원은 언제부터 나간댔지?"

밥을 다 먹고 사과를 들고 와 거실에 앉을 때 미숙이 물었다.

"내일모레부터 나가요."

"그래도 우리 민우 일이 이렇게 해결이 되네. 영영 억울할 줄 알았는데 이런 거 보면 인과응보가 있긴 있어. 그치? 오늘은 뉴스나 좀 볼까."

이모가 TV를 틀며 말했다. 선우는 사과를 깎으며 희미하게 웃었다. 안쪽에서 설거지를 하던 진철이 묻는다.

"당신은 생강차 마실 거지? 선우는?"

"저는 괜찮아요."

대답을 하며 붉은 사과 껍질을 깎다가 선우는 우뚝 멈추었다. 화면에…….

남자가 있었다.

“어머. 저게 뭐야. 그래, 어쩐지 내가 서도 그룹이 힘쓴 것 같다 했었지!”

미숙이 외쳤다. 플래시 세례를 받으며 차에서 내리고 있는 남자는 서문도였다. 믿을 수 없어서 그저 바라보고 있는데 붉은 바탕에 쓰여 있는 흰 글씨가 보였다.

서도 케미컬 서문도 전무, 최지상 사건과 관련된 정황 드러나

무표정한 남자의 얼굴이 정면으로 비추어지는데 쿵, 하고 심장이 떨어지는 소리가 들렸다. 이모가 뭐라고 말을 하는데 귀가 먹먹해지며 주위가 흐려진다.

당신이 왜…….

잠시 머리가 텅 빈 것 같았다. 이해되지 않는 장면이다. 어째서 서문도가 조사를 받나. 이걸 다 터트린 사람이 저 사람인데.

기자들을 향해 까딱 인사를 건넨 서문도가 검찰청 정문으로 걸어 들어간다. 다른 사람이라 믿고 싶었지만, 다른 사람일 수 없었다.

거침없는 걸음걸이가 같았다. 태양을 가두어 놓은 것 같은 눈동자도 여전했다. 길게 드리운 속눈썹이, 웃지 않는 오만한 얼굴이 그녀가 아는 바로 그 얼굴이었다.

'이민우 씨 사망 사건 당시 현장에 있었다는 이야기가 사실입니까?'

'한 말씀만 해 주시죠.'

성큼성큼 걷고 있는 서문도를 기자들이 따라붙으며 물었다. 침착한 얼굴로 기자들 사이를 걷는 서문도의 걸음걸이에는 흐트러짐이 없었다.

아니다. 흐트러짐 없어 보였지만 남자는 위태로운 상태였다. 다른 사람은 몰라도 선우는 알 수 있었다.

서늘하게 가라앉은 눈빛. 날카로워진 얼굴. 피곤이 붉게 드리운 눈매.

회장의 장례를 끝냈을 때도 저것보다는 얼굴이 나았었다. 피곤하다며 그녀의 목덜미에 말없이 얼굴을 묻고 희미하게 웃었을 때도 저보다는 나았었다.

욱신 가슴이 아파 와 선우는 입술을 깨물었다.

서유라의 장례를 치렀으니 피곤하겠지. 애써 그렇게 생각하는데 화면에 흑백의 사진이 떴다. 선우도 보았던 사진이었다. 로얄크라운 호텔 주차장에서 찍힌 서문도의 사진이다. 익명으로 누군가가 보내온 사진이라고 앵커가 설명을 한다.

다시 서문도가 화면에 비쳤다. 기자들 여럿이 여전히 뒤를 쫓으며 묻는다.

'서중호 부회장과도 관련이 있나요?'

'사건 조작을 지시한 게 서도 그룹이라는 이야기가 사실입니까?'

'유가족분들께 하실 말씀 없으십니까?'

마지막 질문에 서문도가 천천히 걸음을 멈추더니 고개를 돌려 카메라를 응시하였다. 화면 속 남자가 선우를 보는 것만 같은 착각이 든다. 가만히 떴다가 감는 눈동자에 자신의 모습이 비치는 것만 같을 때, 서문도가 말했다.

'고인과 유가족분들께 깊은 사죄의 말씀드리며, 조사에 성실히 임하겠습니다. 감사합니다.'

다시 성큼 걸어 검찰청 안으로 들어가는 모습이 보였다. 멍하니 화면만 보고 있는 선우의 귀에 이모의 목소리가 들려왔다.

"내가 이럴 줄 알았어. 어유, 내가 두 눈 똑똑히 뜨고 지켜볼 거야. 아주 나쁜 새끼들이야, 저 새끼들은!"

선우는 자신도 모르게 힘껏 쥐고 있던 과도를 천천히 내려놓았다.

서문도는 이 사건과 어떤 식으로든 관련이 있는 사람이긴 했다. 서유라를 병원으로 보낸 사람이고 핸드폰을 가지고 있던 사람이니까.

그러니 잘된 일이다. 서유라의 죽음과는 별개로 마지막까지 전부 밝혀지는 게 맞는 거니까.

잘된 일인데, 정말로 그렇게 생각하는데 이상하게 가슴이 욱신거렸다.

조사는 오래 걸리지 않았다.

문도는 대부분을 솔직히 답했다. 새벽 4시 14분, 서중호 부회장과의 통화를 마친 시간부터 시작해서 변호사를 대동하고 클럽에 입장한 것. 사망을 확인하고 바로 경찰에 신고를 한 것.

서중호 부회장의 고문 변호사인 장현성 변호사에게 남은 일들을 맡기고 현장을 나온 것. 그때까지 최지상은 현장에 있었던 것. 경찰서에서 조사를 받고 나오는 서유라를 바로 사설 응급차에 태워 재활 병원으로 보낸 것까지.

사실대로 말하지 않은 부분은 핸드폰에 관한 것 하나였다. 분실된 핸드폰에 대해서는 아는 바가 없다고 진술했다.

조사를 마치고 나와 검찰청을 나서기 전, 문도는 복도에 서서 핸드폰을 들고 부회장의 번호를 눌렀다.

"어떻게, 마음은 정하셨어요?"

유리문 너머에서 그가 내려오길 바라는 기자들을 바라보며 문도는 서중호에게 물었다.

— 꼭 이렇게까지 해야겠냐.

"그 정도는 하시라는 거죠. 누군가는 책임을 져야 하지 않겠어요."

문도의 검찰 출두가 결정되는 순간, 우현희가 전면에 나서며 서중호에게 선전포고를 했다. 서유라와 최지상의 사건에 대해 조금이라도 문도에게 책임을 전가한다면 그룹의 명운을 걸고 자신과 전면전을 해야 할 거라고 말이다. 그때 우현희가 서중호에게 요구한 것은 세 가지였다.

첫째, 사건에 대한 책임을 인정할 것. 둘째, 대국민 사과를 할 것. 셋째, 부회장 자리에서 사퇴를 할 것.

문도는 서중호가 우현희의 제안을 받아들일 가능성은 6:4 정도라고 생각했다. 바로 코앞에 회장 자리를 두고 앉지 못하는 비극을 선택할 것인지, 끝내 그 욕심을 버리지 못해 아들과 부인을 상대로 또 다른 전쟁을 시작할 것인지.

— 지독한 새끼. 애비한테 꼭 이래야 해!

그 말에 문도는 쓰게 웃었다. 그러게 말입니다. 아들에게 그렇게까지 하셨어야 했는지.

"말씀 없으시면 거절하신 것으로 알아듣겠습니다."

— 해! 한다고! 대국민 사과인지 뭔지 하면 될 거 아니냐! 너희 모자가 누운 자리엔 풀도 안 날 거다!

거칠게 전화가 끊겼다. 어느 정도 예상한 결과였다. 아버지가 제일 두려워하는 건 어머니와 서용호가 연합하는 일일 테니.

일평생 혼신의 힘을 다해 견제를 해 왔던 형에게 서도를 빼앗기느니, 차라리 정떨어진 와이프와 아들이라도 제 편으로 붙잡아 두는 게 낫다고 생각할 거였다.

이제 다 되었나.

문도는 로비를 둘러보며 생각했다. 이제는 쉬어도 될까. 잠시 눈을 붙여도 괜찮은가.

그래. 그런 것 같다. 문도는 뚜벅뚜벅 앞을 향해 걸었다. 플래시 불빛이 쏟아지는 길을 지나, 이제 그만 집으로 가자고 생각하면서.

38. 미친놈

눈을 뜨면 아침이었다.

새벽이라는 표현이 더 맞을지도 모르겠다. 밖은 푸르스름한 어둠이니. 며칠간 죽은 듯이 잠을 자고 싶었는데, 그조차 뜻대로 되지 않았다. 눈을 감으면 잠 대신 이선우가 밀려왔기 때문에.

문도는 자리에서 일어나 욕실로 향했다. 뜨거운 물에 샤워를 하고 묵묵히 셔츠를 입었다. 타이를 매고 커프스 링크를 채웠다. 며칠이 지났는지는 알지 못했다. 눈을 뜨면 아침이 되었고, 일과를 마치면 밤이 되었고, 다시 아침이, 다시 밤이 되었기 때문에.

서중호는 대국민 사과를 했고, 부회장직에서 사퇴를 했으며, 그 일로 울화병이 생겨 병원에 입원을 했다. 아버지가 이 집으로 돌아오는 일은 아마도 없을 것이다.

문도는 시계를 찬 뒤 팔을 내렸다. 진열장 위에 올려 둔 핸드폰을 들려고 손을 뻗는데 잠시 머리가 하얗게 비었다. 문도는 그 자세 그대로 서서 눈을 지그시 감았다. 조금 뒤면 괜찮아진다는 것을 안다. 원인 역시 알고 있다. 잠이 부족하기 때문이다.

몇 초가 지나자 누군가 툭 건드려 준 것처럼 다시 정상으로 돌아왔다. 문도는 핸드폰과 재킷을 챙겨 들었다. 멀리 해가 뜨는 것이 보인다. 내려가 아침을 먹을 시간이었다.

1층의 주방으로 내려가니 오랜만에 장 여사가 건너와 있었다.

"오랜만에 보는 것 같네요."

문도의 말에 장 여사가 흘깃 시선을 들어 그를 보았다. 눈을 보니 아직 마음이 다 풀리지 않은 모양이다.

"간단히 주세요. 커피나 한잔하게."

문도는 커피 머신의 버튼을 누르며 말했다. 수납장에 정리되어 있는 머그잔을 꺼내 머신 아래에 놓고 온도가 오르기를 기다리는데 장 여사가 무뚝뚝한 목소리로 말했다.

"아침은 드셔야지. 요즘 계속 커피만 드신다면서요."

접시를 꺼낸 장 여사가 가져온 샌드위치와 청포도를 담았다.

"뭘 잘했다고 밥을 먹어요. 서유라는 죽었고 아버진 화병으로 누워 계신데."

덤덤히 말하자 장 여사가 그를 물끄러미 보았다. 커피 머신의 버튼을 누른 문도는 접시로 손을 뻗어 청포도 한 알을 집었다. 그래도 여사님이니까 가져온 성의를 봐서 한 알 정도 먹어 주는 건 알려나.

커다란 포도 알을 입에 넣고 씹었더니 툭, 껍질이 터지며 달콤한 즙이 새어 나왔다. 그거 하나 먹었다고 뜨거운 칼날이 가슴을 죽 그어 내리는 것 같은 통증이 인다.

익숙한 통증이다. 이선우를 보낸 후 하루에도 몇 번씩 심장이 찢기는 통증이 일었다. 그러려니 한다. 이러다 나아지겠지.

그리 크게 힘든 것은 없었다. 그저 이따금 가슴이 아프고 별채가 텅 빈 무덤 같을 뿐이다. 사실은 실감도 잘 나지 않았다. 커다란 공허가 그를 둘러싸며 감각도 무뎌진 듯했다.

"참……. 속도 좋으셔."

장 여사가 혼잣말처럼 중얼거렸다. 문도는 담담히 물었다.

"내 속이 좋아 보여요?"

장 여사는 대답하지 않았다. 문도는 웃으며 말했다.

"그럼 다행이고."

청포도 한 알을 더 뜯어 입에 넣었다. 달콤하고 청량한 맛이 꼭 이선우 같다는 생각을 한다.

"두고 가세요. 알아서 먹을 테니까."

문도는 커피를 챙겨 다이닝 룸으로 향했다. 장 여사가 몇 걸음 떨어져서 그를 쫓아왔다. 테이블 위에 샌드위치와 청포도를 올려놓고 몸을 돌리더니, 갑자기 한숨을 쉬며 말을 했다.

"선우 씨가."

이런.

여기서 그 이름을 들을 줄은 몰랐네. 다른 건 다 되는데 아직 그게 안 됐다. 문도는 웃는 것도 아니고 찡그리는 것도 아닌 기이한 표정을 지었다.

이선우의 이름은 화살처럼 그를 관통한다. 표정 관리가 잘 되지 않을 정도로 빠르게 지나며 날카로운 상흔을 입혔다.

"급하게 나갔는지 짐을 다 두고 갔길래, 남은 짐 가져다줬어요."

문도는 한 번 숨을 마신 뒤 대답을 했다.

"잘하셨네요."

"전무님한테 받은 선물로 보이는 게 있어서 그건 2층 서재 책상 서랍에 뒀구요."

몰랐었다. 문도는 가볍게 고개를 끄덕였다.

"그것도 잘하셨어요. 건너가 보세요."

장 여사가 그를 물끄러미 한참 보다가 한숨을 쉬었다.

"어찌 그리 모질까. 내 손으로 키웠어도 전무님 이렇게 모질 땐 내가 가슴이 다 시려."

문도는 눈을 들어 장 여사를 마주 보았다. 어릴 때부터 끼고 키웠다 해도 언제나 한 발짝 물러서 있던 장 여사가 선을 넘어오는 건 오랜만이다.

"그러게, 좀 물렁하게 키우시지 그랬어요."

문도는 머그잔을 들며 답했다. 테두리에 입술이 닿는데 장 여사가 묻는다.

"부모 잃고 동생도 그렇게 갔다는데 불쌍하지도 않았어요?"

뜨거운 커피가 속을 훑으며 내려갔다. 문도는 가만히 장 여사를 보다 대답했다.

"불쌍하죠. 불쌍하니까 놔줬지."

담담한 그의 대답이 기가 막힌다는 듯 장 여사가 고개를 저었다. 등을 돌려 몇 걸음을 걷다 못 참겠다는 듯한 표정으로 돌아보며 목소리를 높였다.

“내가, 짐 가져다주려고 갔다가 의사를 다 불렀어요. 사람이 정신 놓고 앓는 거 몇 년 만에 보나 몰라. 눈앞에서 픽 쓰러지는데 얼마나 놀랐던지.”

문도는 힘주어 머그잔을 잡았다. 달구어진 칼날이 심장을 쑤석거렸다. 컵을 잡고 가만히 숨을 쉬는데 장 여사가 말을 이었다.

“그때가 쫓겨난 지 며칠은 되었을 땐데, 어떻게 누구 하나 들여다보는 사람이 없어.”

너무하네. 문도는 장 여사를 보며 아프게 웃었다. 왜 내게 이런 이야기를 해. 안 그래도 마음이 아파 숨을 쉬기가 힘든데, 얼마나 더 아프라고.

“죽을 쒀 주려고 해도 뭐가 있어야 쒀 주지. 냉장고에 떨렁 수박 반 통, 그것도 속만 파먹고 껍질만 남은 게 말라붙어 있는 걸 보는데…….”

지끈, 심장이 쪼개지듯 아파 오며 한 번 더 그 증상이 왔다. 시야가 하얗게 바래며 아무것도 할 수가 없었다. 제멋대로 떠들고 있는 장 여사에게 그만하라고 말을 할 수도, 듣기 싫다고 귀를 막을 수도 없었다.

“사람은 아파서 자꾸 까무룩 정신을 놓지, 그 와중에 날 보고 웃긴 왜 웃어. 남녀 간에 그럴 수도 있지, 불쌍해도 어쩌겠나, 그러고 돌아왔는데……. 세상에.”

그런 기막힌 사연이 있을 줄이야.

장 여사의 목소리가 멀리에서 들려왔다. 손을 저으며 웃는 이선우의 모습이 막을 틈 없이 재생되었다.

'수박은 들고 올라올 엄두가 안 나서 못 샀거든요.'

'그럼 몇 통 더 사다 놓을까요?'

'아니에요. 이것도 많아요. 다 먹지도 못하고요.'

사랑했던 날의 추억이다. 유일하게 마음 놓고 이선우를 좋아했던 그 여름의 밤들.

투둑, 마음이 부서지는 소리와 함께 손에서 힘이 풀렸다. 밀려난 머그잔이 식탁 아래로 떨어지며 쨍그랑 깨졌다.

"왜 그러고 계세요! 뜨겁게!"

놀란 장 여사의 목소리에 문도는 아래를 내려다보았다. 발등을 적신 검은 액체가 발밑으로 번져 가는 모습이 보였다. 사방으로 깨어진 머그잔. 쏟아져 버린 커피. 데인 상처.

돌이킬 수 없다는 게 너무나 자명하여, 웃음이 나왔다.

"IR팀에서 연락 왔는데, 주주 총회가 금요일로 잡혔답니다."

삐—

이명이 울리며 시간이 정지했다. 문도는 쥐고 있던 펜이 데구루루 굴러 바닥에 떨어지는 모습을 보며 눈을 좁혔다.

"전무님. 전무님?"

송정태의 목소리가 들렸다. 시야가 뿌옇게 번져 얼굴이 잘 보이지 않았다. 검은 머리와 뭉어리진 얼굴이 보일 뿐이다.

"펜이 멀리도 굴러가네요."

송정태가 펜을 내려놓는 순간 다시 시간이 흐른다. 문도는 그제야 고개를 들어 송정태를 보았다.

"계속하세요."

"아, 네. 회장직은 공석으로 두는 안건, 우 대표님 부회장직 선임에 대한 안건, 이렇게 두 안건 중심으로 진행한다고요."

대단히 비윤리적으로 비쳤던 회사의 이미지는 천천히 정상으로 돌아왔다. 서중호 부회장이 이 모든 것은 동생인 서유라의 말을 그대로 믿었던 본인 탓이라 사죄하며, 만인 앞에서 엎드려 눈물을 흘렸기에 가능한 일이기도 했다.

"네. 알았습니다. 퇴근하세요."

송정태에게 말을 하고 문도도 재킷을 입었다. 기사를 호출하고 불이 꺼진 사무실을 지났다. 지하로 내려가 대기하고 있는 차를 타고 눈을 감는다.

일상은 똑같이 흘렀다.

눈을 뜨면 뜨거운 물로 샤워를 하고, 아침을 먹은 뒤 출근을 했다. 회의와 미팅을 반복하다 점심을 먹고, 업무 협약 건에 이은 합동 생산 건을 검토하며 저녁을 먹었다. 밤에는 밀린 보고서를 훑어보다가 퇴근을 했다.

텅 빈 무덤 같은 별채로 돌아오면.

자주 시간이 멈추었다. 술을 한 잔 따라 소파에 앉으면 의식은 잠깐씩 휘발되었다. 그러다 어느 미친놈의 꿈을 꾸기도 했다. 꿈인지, 생시인지, 그 어디쯤의 경계인지는 잘 모르겠다. 사막 위의 신기루처럼 환영이나 환각일지도.

그 미친놈은 자신과 똑같은 얼굴을 하고 있었는데, 폐허를 뒤지고 있었다. 모든 것이 부서져 버린 폐허의 한가운데에 앉아 조각난 벽돌들을 헤집고 있다. 몇 개를 주워 들고 어딘가로 휘적휘적 걷는다.

한 번씩 흐르는 눈물을 닦아 가며 걷던 그 남자는 비질을 한 듯 깨끗이 치워 놓은 바닥에 무릎을 꿇고 앉았다. 그렇게 앉아 부서진 벽돌을 하나씩 이어 간다.

남자는 그 짓을 몇 번이나 반복하였다.

손이 부르트도록 조각들을 모아 벽을 쌓는다. 그렇게 쌓아 올린 벽에는 온통 금이 가 있었다. 이음새가 맞지 않아 바람이 휭휭 새는 벽은, 조심스럽게 벽돌을 얹는 동작에도 이내 무너져 내렸다.

다시 폐허에 앉게 된 남자는 허망한 얼굴을 하더니 두 손에 얼굴을 묻고 울었다. 선우야, 선우야, 부르지 못했던 이름을 불러 가며 울었다.

눈을 뜨면 사라질 그 세계 속에 하염없이 우는 남자를 남겨 두고 문도는 눈을 떴다. 손에는 비스듬히 술잔이 들려 있고 건조한 눈꺼풀은 버석하였다.

미친놈.

어디에선가 울고 있을 그 남자를 비웃으며 남은 술을 마저 마셨다. 시간이 지나면 모두, 잊힐 일이다.

39. 운주사

시간은 빠르게 흘렀다.

바람이 많이 부는 날이었다. 커다란 낙엽이 길가를 뒹구는 늦가을의 어느 날, 선우는 외투를 여미며 유치원 문 앞의 벨을 눌렀다.

딩동.

소리가 울리자 유치원 선생님이 눈으로 웃으며 문을 열어 주었다.

"안녕하세요. 수아 데리러 왔어요."

"잠시만요, 금방 데리고 나올게요. 수아야, 발레 학원 선생님 오셨네. 가방 챙기자."

교실의 열린 문 너머로 수아의 발랄한 목소리가 들렸다.

"애들아 내 선생님 왔대."

"친구들이랑 인사하고."

"내일 또 만나자, 선생님 안녕히 계세요."

문 앞에서 열심히 인사를 건넨 수아는 선우를 보고는 활짝 웃었다. 짙은 분홍색 트렌치코트에 옅은 분홍색 레이스 치마를 입은 수아가 귀여워서 선우는 빙그레 웃었다.

"선생님~"

종종걸음으로 다가온 수아가 함박웃음을 지으며 선우를 꼭 안았다. 사과 냄새가 물씬 풍겨 왔다.

"수아 사과 먹었구나?"

"오후 간식이 사과파이였는데! 선생님 어떻게 알았어요?"

"어떻게 알았냐면."

참새가 날아와서 말해 줬지. 선우는 아이의 귀에 대고 속삭였다. 아이가 간지럽다며 까르르 웃었다.

서유라가 죽은 지 40일이 넘어간다. 그사이 선우는 이사를 했고, 작은 규모의 어린이 발레 학원에서 수업도 하나 맡았다.

선우는 아이의 이름표가 붙은 신발장에서 반짝이 구두를 꺼냈다. 수아의 앞에 놓고, 작은 발이 쉽게 들어갈 수 있도록 찍찍이를 떼어 주었다. 여섯 살 수아가 발을 쏙 집어넣고는 스스럼없이 선우의 손을 잡았다.

"선생님 저 여친 바뀐 거 아세요?"

"아니, 몰랐는데?"

"원래 효림이랑 저랑 여친이구요, 지아랑 유주가 여친인데요, 오늘은 서로 바꿨어요. 사이좋게 지내야 하니까요."

"그렇구나. 여친은 한 명만 할 수 있는 거야?"

"네. 바비 보면은요, 남친 나오거든요? 제일 친한 남자친구가 남친이니까 젤 친한 여자친구가 여친."

선우는 말간 아이의 손을 잡고 주차장까지 걸었다. 노란색 승합차에 수아를 앉히고 벨트를 매어 주는데 아이가 킁킁 선우의 목덜미 냄새를 맡았다.

"선생님은 냄새도 예뻐요."

언젠가 비슷한 말을 들었던 기억이 나서, 선우는 잠시 숨을 골랐다. 두 달이 다 되어 가는데도 스치는 웃음이 희미하게 잔상처럼 떠오를 때가 있었다.

선우는 옅게 미소를 지으며 수아에게 말했다.

"선생님은 수아가 더더더더 예쁜데?"

수아가 까르르 웃었다. 마음은 금방 따뜻해지고 남자의 잔상은 멀리 물러났다.

작고 따뜻한 손, 통통한 볼, 반짝이는 까만 눈동자, 달콤한 냄새. 이런 것들에 위로를 받는 날들이었다. 그리고 그런 것들에 기대어 사는 날들이기도 했다.

시간은 무심하게도 흘러 가을이 저물어 가고 있었다. 지난날을 생각하면 아득히 먼일 같다가도 어느 순간에는 바로 어제의 일 같기도 했다. 그러다가 다시 까마득해지기를 반복한다.

"다 왔네."

선우는 노란 은행잎이 한가득 깔린 길을 지나 주택가에 위치한 발레 학원 앞에 차를 세웠다.

"원장님, 수아 왔어요."

"네. 수아 안녕?"

원장인 수진이 밝게 인사를 했다. 상가 주택의 2층에 위치한 '백조 발레 학원'의 원장은 선우보다 열 살 정도 많았는데, 대전의 큰 학원에서 오래 일하다가 세종에 학원을 차렸다고 했다.

원래 개나리반을 맡았던 교사가 교통사고가 나서 발에 깁스를 하는 바람에 급히 사람을 구하게 되었고, 선우는 잠시 그 자리를 대신하는 중이었다.

먼저 온 아이들이 모여 있다가 선우의 근처로 모여들었다. 수아에게 발레복을 입혀 주고 선우도 외투를 벗었다. 나란히 나란히 서 있는 아이들 앞에 서서 허리를 곧게 펴며 말했다.

"자, 그럼 수업 시작할게요."

네에, 꽃 같은 아이들이 밝게 대답을 했다. 기운을 북돋아 주는 영롱한 목소리에 선우는 미소를 지었다.

저녁은 조금 이르게 이모와 칼국수를 먹기로 했다. 쌀쌀해진 날씨에 따뜻한 국물이 당긴다는 미숙을 태우고 '초당 칼국수'로 향했다.

"보쌈 소자 하나랑 칼국수 1인분이요."

미숙이 자리에 앉으며 바로 주문을 했다. 가운데 있는 화구에 육수가 올라가고 주변에는 보쌈과 김치, 살짝 절인 배춧잎이 놓였다.

"이모, 수요일엔 어디 좀 다녀올게요."

선우는 미숙의 앞으로 보쌈을 가까이 놓아주며 말했다.

"어디?"

"친구한테요. 오래 못 봐서 잠깐 보고 오려고요."

오는 토요일이 서유라의 49재였다. 그날은 식구들이 올 테니 한적한 평일에 미리 다녀올 생각이다.

"친한 친구야?"

친했었나. 선우는 잠시 생각을 하다가 고개를 끄덕였다.

"네."

우정이라기엔 애증에 가까운 관계였지만, 서유라에겐 이렇다 할 친구가 없었으니 지금이라도 친구가 되어 주는 게 나쁘지 않을 것 같다.

'막내 아가씨 이천 운주사에 있어요.'

납골당에라도 가 보고 싶어 망설이다가 장 여사에게 물어보았다. 그다음 날 운주사 입구까지 갔었는데 박소영이 내려오는 모습이 보여 그대로 뒤돌아 왔었다.

"고기가 맛있게 삶아졌네. 선우야, 아~ 해. 단백질 먹어야지."

미숙이 고기 위에 무채를 얹어 선우의 입에 밀어 주었다. 단백질을 챙겨 먹어야 힘이 난다는 이모의 레퍼토리를 들으며 입을 벌려 받아먹는데 순간 돼지 냄새가 코를 찔렀다.

"이모. 괜찮으세요?"

선우는 인상을 조금 찌푸리며 미숙에게 물었다. 미숙이 왜 그러냐는 듯 선우를 보았다.

"아, 돼지고기 냄새가 나는 것 같아서요."

"그래? 내가 먹은 건 안 났는데."

미숙이 다시 하나를 먹었다. 아무렇지 않다는 듯 어깨를 으쓱해 보인다. 기름진 부위라 그랬나 보다, 선우는 그렇게 생각하며 냄비를 열었다. 팔팔 끓는 육수에 칼국수 면을 넣는데 미숙이 선우에게 말했다.

"대학원 생각은 해 봤어?"

"해 보긴 했는데 아직 결정은 못 했어요."

세종에 내려온 지 얼마 되지 않았을 때, 이모부가 공연 기획이나 센터 근무는 어떻게 생각하냐고 운을 띄워 왔었다. 대학원에 가는 건 어떻겠냐며.

공부를 더 하고 싶은 마음도 들긴 했지만, 쉽게 결정할 일은 아니라 일단은 학원에서 아르바이트를 하며 시간을 두고 생각해 보는 중이다.

"아이들이 너무 예뻐서요. 학원을 할까, 대학원을 갈까, 마음을 아직 못 정하겠어요."

"뭐든지 너 좋은 대로 해. 이모부야 네가 너무 아깝다고 하지만, 아까운 게 대수니. 사람은 그저 행복하게 살아야지."

"네. 아르바이트 끝날 때까지 천천히 생각해 볼게요."

"그나저나 강물은 왜 이렇게 예쁘니. 갈대밭 좀 봐."

금강의 물살이 반짝이며 흘러갔다. 바람에 흔들리는 갈대를 보며 선우도 미소를 지었다. 하늘에 있을 서유라의 안부가 궁금해지는 계절이었다.

이른 아침, 문도는 본관의 현관문을 열었다. 다이닝 룸에 불이

밝혀져 있는 것이 보였다. 장 여사가 고개를 내밀더니 다시 주방으로 들어갔다.

"대표님, 전무님 오시네요."

얼마 전부터 아침은 본관으로 건너와서 먹었다. 둘인데 따로 차리게 하기도 뭐하고 부회장에 취임한 어머니와 나누어야 하는 이야기들도 늘었기 때문이었다.

"왔니?"

"네."

대답하며 의자를 빼서 앉았다. 장 여사가 맑게 끓인 뭇국과 새로 담근 김치를 문도의 앞에 내려놓았다.

"토요일이 아가씨 49재인 거 알고 있지?"

"네."

우현희는 간단히 답하는 문도를 조금 오래 바라보았다. 태연한 표정으로 뭇국을 뜨고 있는 아들은 평소와 다름없어 보인다.

"마지막이 될 텐데, 같이 갈래?"

박소영은 49재를 끝으로 여동생이 있는 미국으로 떠나기로 했다. 우현희는 그녀가 그토록 소원하던 커피 프랜차이즈를 낼 수 있을 정도의 금액을 박소영에게 건네주었다.

"번거롭게 뭐 하러요. 따로 한적할 때 다녀올게요."

문도가 몇 술 뜨는 시늉을 하다가 숟가락을 내려놓았다. 장 여사가 달인 한약을 들고 와 문도의 앞에 내려놓았다.

"큰일도 여러 번 있었고, 몸도 허해질 계절이 되어서 한 재 내렸어."

"잘하셨어요."

문도가 데워진 한약을 군말 없이 마셨다. 꿀꺽꿀꺽 마실 때마다 목울대가 크게 움직이는 걸 바라보다 현희는 커피맛 사탕을 문도에게 밀어 주었다. 그마저 기계적으로 입에 넣는 모습이 보였다.

"그럼, 이만 출근할게요."

사탕을 입에 물고 문도가 말했다. 현희는 문도를 바라보았다. 자리에서 일어나는 아들은 살이 내렸고, 선이 날카로워졌다. 얼마 전에는 수면제 처방을 받았다고 들었다.

다른 무엇보다 눈빛이.

텅 비어 버린 것 같은 눈을 볼 때면 현희조차 공허해지는 느낌이었다. 껍데기만 남아 서문도의 흉내를 내는 아들은 아주 가끔씩 멈춰 서곤 했는데, 그럴 때면 눈을 지그시 감곤 했다. 그 짧은 순간 동안 누구를 삼켜 내는지 모를 수가 없었다.

"힘들지는 않아?"

확인차 물어보는 말에 문도는 늘 짧게 웃으며 대답했다.

"힘들 게 뭐가 있어요."

평소라면 그래 알았다, 하고 넘어갔을 일이다. 얼마 전 장 여사에게 이선우의 소식을 들었다. 서유라가 어디에 있는지 물었다고 했다. 이모가 있는 세종에서 지내며 학원에서 꼬마들을 가르치는 아르바이트를 하는 중이라고 했다고. 마지막까지 챙겨 주어서 고맙고 죄송하다고 했단다.

"나는 괜찮았었어."

뜬금없는 말에 문도가 눈썹을 들었다. 무슨 말인지 모르겠다는 표정으로 현희를 보고 있었다.

"이선우 씨 말이야. 언젠가 네가 결혼하겠다고 말하는 날이 올 것 같았거든. 그러면 왠지 그럴 것 같더라, 그렇게 말해 주려 했었지."

그 말에 문도가 피식 웃었다. 뭐 그런 때 지난 이야기를 하냐는 듯 웃더니 농담처럼 말한다.

"진작 말해 주지 그러셨어요."

"그랬으면 뭐가 달라졌을까."

현희가 묻자 문도가 먼 곳을 보았다. 그러다 담담히 답했다.

"아니요. 아무것도요."

똑바로 바라보는 눈빛이 얼핏 단단해 보였다. 견고하게 뒤집어쓴 가면은 쉽사리 깨어지지 않을 것 같았다. 그래. 너도 버틸 만하니까 버티는 거겠지. 현희는 돌아서는 아들의 모습을 보다가 시선을 돌렸다.

"여사님, 커피 한 잔만 더 내려 주세요."

인연이 그저 거기까지였었나 보다. 그렇게 생각하며 현희는 낙엽이 지는 정원을 바라보았다. 가을이 깊어 가고 있었다.

서유라를 보러 가기로 한 날이다. 선우는 꽃집 앞에 차를 세웠다.

"소국 한 다발만 주세요."

흰색 소국이 풍성한 꽃다발로 만들어지는 동안 선우는 하늘을 올려다보았다. 며칠 날씨가 스산해서 걱정했는데 오늘은 춥지만 하늘만큼은 맑은 날이었다.

"날씨가 추워요. 가을도 이제 다 간 것 같죠? 국화가 물만 갈아 주면 오래가거든요, 이건 영양제인데 물에 타 주시면 돼요."

"아, 절에 가는 거라서요. 영양제는 안 주셔도 괜찮아요."

"그러시구나. 예쁘게 포장해 드릴게요."

상냥히 웃는 꽃집 주인에게 선우도 웃어 주었다. 닭발에 소주를 사 가야 하나 진지하게 고민을 하다가, 아무래도 절에 가져가는 건 아닌 것 같아 선택한 게 꽃이었다.

꽃다발을 받아 들고 차에 탄 선우는 내비게이션에 운주사의 주소를 입력했다. 한 시간 반. 주행 시간과 함께 지도 위에 푸른 길이 생기는 것을 보고 시동을 걸었다.

가을도 다 지나 겨울이 코앞이었다. 얼마 전에 겨울옷을 꺼내다가 서유라가 물을 뿌렸던 코트와 블라우스를 발견했다. 그다음 날 별채로 들어가느라 드라이를 할 시간이 없어서 말리기만 하고 그대로 두었더니 물 얼룩이 남아 있었다.

'블라인드 달으라고!'

면접을 보았던 첫날 서유라가 했던 말이었다. 발을 쿵쿵 구르면서 나타나선 욕을 하며 블라인드를 달아 놓으라 했었다. 그리고 선우를 발견하고는 생수병째로 물을 뿌렸었다.

서유라와의 날들을 생각하면 오늘처럼 햇볕이 내리쬐는 날이 많았었다. 햇빛이 잘 드는 거실에서 사진도 많이 찍어 주었고, 오전 늦게까지 잠을 자는 서유라를 깨우기도 참 많이 깨웠다.
그래서일까.
분명 힘들었던 시간인데 자꾸만 미화가 된다. 서유라도 그리 나쁜 사람은 아니었어. 그렇게 힘들기만 했던 시간도 아니었고. 나중엔 잘 지냈었지.
사실은 잘 지냈던 날들보다 참고 견뎌야 했던 날들이 더 많았다. 좋은 말을 들었던 날보다 상처 되는 말을 들었던 날이 더 많았다. 그런데도…….
'야 너는 눈썹도 잘 그린다.'
서유라의 목소리가 떠올라 선우는 옅게 웃었다. 블라인드를 달아 놓으라 난리를 치곤 했지만, 햇빛 아래에서 사진을 찍을 때 제일 환하게 웃었던 사람이었다.
서유라에게 가는 길이 맑아서 다행이라고 생각하며 선우는 속력을 높였다.

운주사에 도착하니 오후 3시였다.
주차장에서 운주사 입구까지는 그리 멀지 않았다. 드높은 나무들이 낙엽을 떨구고 있는 산책로를 걷다 보니 규모가 그리 크지 않은 절의 입구가 나왔다.
"저, 위패를 모신 곳에 가려고 왔는데요. 어디로 가면 될까요?"
선우는 매표소에서 표를 끊으며 물어보았다.
"명부전으로 가시면 되세요. 대웅전 왼쪽에 있어요."
"감사합니다."

산책로가 이어지더니 사천왕문이 나왔다. 전에 외할머니를 따라 절에 올 때면 할머니가 합장하며 일일이 인사를 드렸던 게 기억나 선우도 인사를 올렸다.

사천왕문을 지나 경내로 들어가니 우뚝 선 대웅전이 보였다. 대웅전을 제외한 다른 법당들은 소박하지만 정갈하고 깨끗한 느낌이었다. 아주 크고 넓은 절이 아니라서 다행이라는 생각을 한다.

선우는 대웅전에 먼저 절을 올린 뒤, 명부전을 찾았다. 장 여사의 말에 따르면 서유라의 유해는 선산에 뿌리고 위패는 이곳에 모셨단다. 수없이 많은 위패가 걸려 있는 명부전에 서서 선우는 제일 마지막에 걸린 위패를 찾았다. 서유라의 이름을 보는데 눈물이 고여 들었다.

한참 그 이름을 바라보다가 꽃을 내려 두고 부처님께 절을 했다. 두 손을 모아 무릎을 꿇고 엎드려 깊이 고개를 숙였다. 그렇게 세 번을 내리 절하며 간절히 빌었다.

유라 씨 편히 쉬게 해 주세요.

마지막으로 합장을 하여 인사를 드리고 다시 위패 앞에 섰다. 서유라가 했던 짓을 생각하면 극락이나 천국에는 못 갔을 것 같다. 그래도 편히 쉬었으면 한다.

입구에 선 서유라가 화를 내며 내가 왜 못 들어가냐고 발을 구르는 모습이 눈에 보이는 듯해 피시식 웃음이 새어 나왔다.

모르겠다. 죽음이 무엇인지.

아무리 이렇게 절을 하고 제사를 지내도 죽은 사람은 돌아오지 않는다. 존재했던 사람이 존재하지 않는 것. 더는 볼 수 없는 것. 그리하여 미워하고 싶어도 미워할 수 없게 만드는 것.

이제 더는.

선우는 손을 모아 유라에게도 빌었다.

하늘에서 내려다보고 있다면, 이제 더는 내 곁의 사람들이 먼저 떠나지 않게 해 줘요. 나는 너무 많이 보냈어. 이제 누군가를 잃는 건 더는 하고 싶지 않아요.

고요하고 깨끗한 곳이다. 엄마와 아빠, 민우와 서유라를 위해 등을 달아야겠다고 생각하며 선우는 조용히 법당을 나왔다.

"지금 올라가는 길인데 운주사 들렀다 가려고요. 네, 기다리지 마세요."

우현희와의 통화를 마친 문도는 속력을 줄이며 핸들을 오른쪽으로 꺾었다. 오창 공장에 들를 일이 있어 내려온 김에 서유라의 49재가 생각나 들렀다 올라가려는 참이다.

위패 등록을 하며 받았던 주차증이 어디 있었던 것 같은데 생각이 나지 않았다. 하나는 박소영에게 주었고, 다른 하나는 어머니를 드렸던가. 차에 두었던가.

수면제 처방을 받은 이후로 나타난 새로운 증상이다. 어떤 기억들이 전생처럼 멀었다. 잠들지 않는 신경들을 억지로 잠들게 하는 약은 한 번씩 현실을 꿈처럼 만들곤 했다.

일종의 유체 이탈과 비슷했다. 어떤 순간순간이면 제 몸에서 쏙 빠져나가 움직이는 자신의 모습을 허공에 떠서 관조하듯 바라보게 되었다. 그럴 때면 꼭 현실은 꿈처럼 느껴진다. 마음을 아프게 하는 소리를 들어도 웃을 수 있고 심장이 지끈거려도 농담을 할 수 있었다.

이래서 서유라가 약을 못 끊었나. 네게도 조절할 수 없는 무언가가 있었을까. 자신의 의지로 통제가 되지 않는 무엇이 있었나. 그래서 그렇게 약에 절어 있었나.

생각이 거기까지 흐르자 피식 웃음이 나왔다. 웃긴 일이다. 그토록 경멸했던 서유라와 동질감을 느끼고 있다니.

수면제를 처방받은 건, 꿈에 나타나는 미친놈 때문이다.

꿈속의 그는 매일 깨진 벽돌을 모았다. 손가락이 부르트도록 모아 새로 쌓는다. 그것밖에 할 줄 모른다는 듯 부서지면 쌓고 부서지면 또다시 쌓았다.

지켜보는 것도 하루 이틀이지 한 달을 넘어 두 달이 되어 가니 이쪽이 미칠 지경이었다. 술을 마시지 않으면 눈이 감기지 않는데, 술을 마시고 눈만 감으면 미친놈이 나와서 벽돌을 쌓았다. 끈질기고 미련하게 폐허에 다시 집을 짓는 남자는 포기를 몰랐다.

그만.

더는 그 꼴을 못 봐주겠을 때, 문도는 미친놈에게 말했다. 다 끝났다고. 그러니 미련 버리고 그만하라고.

붉은 눈을 한 미친놈이 천천히 그를 돌아보았다.

아니. 나는 다시 시작해.

우스웠다. 부서진 벽돌로 무엇을 할 수 있는데. 다 쓰러져 가는 집을 지어 무엇하게. 이 집에 그 여자를 부르기라도 하게? 바람이 숭숭 새는 집을 지어 놓고 내가 다 고쳤다, 자랑이라도 하게?

미친놈이 피식 웃었다. 그러더니 다시 돌아가 파편을 주워 든다. 반으로 갈라진 벽돌을 골라 후후 불어 먼지를 턴 뒤 깨끗한 땅에 다시 내려놓았다. 세상에서 가장 중요한 일이라도 하는 것처럼 신중히 벽돌을 쌓고 있다. 무너져 내릴 것이 뻔한데.

다음 날도.

그다음 날에도.

남자는 벽돌을 쌓았다.

문도는 그쯤이 되자 깨달았다. 내가 미쳐 가는구나. 자야 할 잠을 제대로 자지 못해서 내가 미쳐 가고 있구나.

그날로 술을 끊고 처방을 받았다.

정해진 시간, 정해진 분량의 약을 먹고 눈을 감았다. 강제로 잠을 자게 된 뒤로 미친놈은 보이지 않는다. 꿈처럼 부유하는 순간이 늘었을 뿐이다.

낙엽이 쌓인 길에 오후의 햇살이 가득했다. 새파란 하늘에 흰 구름이 보인다. 운주사 표지판이 보이기 시작했을 때, 문도는 창문을 조금 열고 담배를 물었다.

'너도 피면서 왜 나한테만 지랄이야!'

서유라에게 불을 붙여 주는 심정으로 라이터를 켠 뒤 한 모금을 길게 빨았다. 절에서 피울 순 없는 노릇이라 차에서 먼저 한 대를 올려 주었다.

담배를 거의 다 태워 갈 때쯤 주차장이 보였다. 문도는 재떨이에 담배를 비벼 끄고 핸들을 꺾었다. 그늘이 남은 자리에 주차를 하고 차에서 내려 10미터쯤 걸었을 때였다.

바람이 불었다.

멀리 치맛자락이 물결처럼 일렁이는 것이 보였다. 눈을 가늘게 뜨자 한 줄기 햇살이 길게 눈을 찌르며 시간이 천천히 멎는다. 바람도 햇볕도 멎은 길을 여자가 걸어온다. 선이 고운 몸과 고요한 걸음걸이가 닮았다. 가녀린 하얀 목과 작은 얼굴이 닮았다.

이선우를 닮은 여자의 표정이 굳더니 아주 짧게 그를 향해 고개를 까딱였다. 딱딱하게 굳은 표정으로 지나가는 여자를 멍하니 보았다. 꾹 깨문 입술과 무표정한 얼굴이 묘하게도 이선우와 비슷하다는 생각을 한다.

여자가 문도를 스쳐 가는 순간, 가늘게 뜬 시야 속에서 금빛 먼지가 춤을 추었다. 심장이 지끈거리며 아파 왔다. 꿈처럼 모든 것이 부유하며 시간이 멎는 듯하다.

익숙한 일이다.

이선우의 환영을 보는 것. 심장이 할퀴어진 듯 아파 오는 것. 문도는 지그시 눈을 감았다. 몇 초만 지나면, 이 순간만 지나면 괜찮아지는 것을 안다. 깊게 숨을 쉰 문도는 천천히 눈을 떴다. 여자가 보이지 않았다. 역시 환영이었구나, 생각을 하는데 주차되어 있던 흰색 차가 그를 스쳐 갔다.

운전석 안에 꼭 이선우처럼 생긴 여자가 타고 있었다. 주차장을 빠져나가는 차의 뒷모습을 보는데 심장이 제멋대로 쿵쾅쿵쾅 뛰었다.

아니. 너일 리 없어. 진짜 너였을 리 없어.

아니라고 생각하는데도 뜨거운 것이 목을 치고 올랐다. 핏물 같은 마음이 울컥 터져 나오며 다리가 저절로 움직였다.

문도는 정신없이 달려가 멀어지는 차를 쫓았다. 흙길에 먼지를 일으키며 멀어지는 차를 이를 악물고 쫓았다. 가슴이 터질 듯하고 시야는 어지럽게 흔들렸다.

얼마를 달렸는지 모른다. 문도는 시야에서 차가 완전히 사라지고 나서야 멈추어 섰다. 타는 듯이 목이 말랐고 거칠어진 숨에서 쇳내가 났다.

"씨발."

헛웃음이 터져 나왔다. 진짜 이선우였다.

차에 앉은 문도는 불이 켜진 이선우의 집을 올려다보았다. 저녁에 도착해서 불이 켜진 지금까지 한 시간 정도를 건조한 눈으로 올려다보고 있었다.

어쩌다 여기까지 왔는지, 이선우를 보고 싶은 것인지 보고 싶지 않은 것인지, 무엇을 확인하러 왔는지, 의외로 아무런 생각이 들지 않았다. 그냥 왔고, 그냥 올려다보았다. 그리고.

문도는 운전석 문을 열었다.

옷을 툭툭 털고 슈트의 단추를 잠갔다. 놀이터를 지나 계단을 올랐다. 1층, 2층, 3층. 코너를 돌 때마다 주황빛 센서 등이 켜지는 계단을 올라서 402호 앞에 섰다.

딩동.

벨을 눌렀다. 안쪽에서 누군가 말을 하는 목소리가 들렸다. 남자의 목소리였는데, 듣는 순간 움찔 미간이 모여든다.

설마.

벌써 누군가를.

우습게도 그 순간 마음이 뒤집혔다. 내내 폭풍 전야처럼 고요했던 마음이 단번에 뒤집히며 눈에서 불이 튀었다. 딩동, 딩동, 벨을 누르는 소리가 성급해졌을 때 안쪽에서 걸쭉한 목소리가 들려왔다.

"네, 나가요. 잠시, 만요."

허둥거리는 굵은 목소리를 듣는데 짧은 순간 별별 상상이 다 들었다. 옷을 주워 입으면서 나오는 중인가. 어떤 놈일까. 이선우를 만졌을까. 어디를 어떻게 만졌을까.

죽여 버릴까.

아무렇지 않게 생각하는 자신이 놀랍지 않았다.

택배인가? 안쪽에서 다시 걸쭉한 목소리가 들리며 덜컹 문이 열렸다.

"어……."

스물서너 살쯤 되었나. 문도는 눈을 좁혀 스포츠머리를 한 앳된 남자를 노려보았다.

"택배……? 아니세요?"

입가에 묻은 검은색 양념을 손등으로 쓱 닦으며 물어보는 남자는 눈을 둥그렇게 뜨고 있었다. 문도는 한참 남자를 바라보다 입을 뗐다.

"이선우."

"네?"

그때 안쪽에서 다른 목소리가 들려왔다.

"야, 김정수! 군만두 내가 먹는다!"

벌어진 문틈 사이로 안쪽의 풍경이 보였다. 시커먼 사내놈들이 모여 짜장면과 탕수육을 먹고 있었다. 문도가 문을 열어 조금 더 발을 들이니 남자애가 뒷걸음질을 쳤다.

"어어. 근데 누구세요?"

"전에 여기 살던 사람, 어디 갔습니까?"

"아……. 그 누나요? 이사 갔는데요."

"언제?"

"어……. 두 달 전인가? 그러니까 대충 그 정도 된 것 같은데요."

대답을 들으며 문도는 눈으로 안쪽을 훑었다.

그대로였다. 작았던 침대, 화장대를 겸했던 책상. 원목 시트지가 붙은 옷장. 싱크대 위의 그릇. 물컵. 자잘한 물건들까지 전부 그대로인데, 네가 없다고? 그게 말이 되나?

"물건들이 왜 다 그대로 있지?"

"아, 그게."

남학생은 침을 넘겼다. 왜 긴장하는지 모르겠지만 앞에 서 있는 남자의 살벌한 기운에 등에서 땀이 흘렀다.

"그 누나가 다 주고 갔어요. 집 보러 왔던 날에 쓸 거면 주고 가고 아니면 버리고 가겠다고 하셨는데, 저는 다 필요한 거였어서 감사히 받았습……니다."

"공짜로?"

문도가 한 번 더 짚자 남학생이 고개를 끄덕였다.

"네. 필요 없다고 하면서 공짜로 주고 가셨어요."

두 달 전에, 공짜로.

문도는 느리게 그 말을 소리 내어 보았다. 이선우는 두 달 전에 전부 버리고 떠났다. 그가 허상을 그렸던 두 달 내내 이곳, 여기에 없었다. 헛웃음이 나왔다. 통째로 버려진 주제에 웃음이 나온다.

"알겠습니다. 늦은 시간에 실례했어요. 짜장면 마저 먹어요."

주춤거리며 남학생이 안으로 들어갔다. 달칵 문이 닫히는 소리가 들렸다. 안에서 목소리도 들려왔다. 누구야, 몰라, 얼른 먹어. 들려오는 목소리는 낯설기만 했다. 이제 여기는 더 이상 그 여름의 밤을 간직한 이선우의 작은 집이 아니었다.

어떻게 네가 없지?

멍했다가 깨닫는다.

이런 거였다. 끝이 났다는 건 이런 거였다. 네가 당연히 여기에 있을 거라 제멋대로 짐작하며 술이나 처먹고 환상이나 보는 그런 건 진짜 끝이 아니었다.

끝은 그딴 사치스런 낭만일 수 없었다.

진짜 끝은, 이선우와 누웠던 침대에 시커먼 사내놈들이 앉아 짜장면을 처먹고 있는 거였고, 그럼에도 뭐 하는 짓이냐고 밀어낼 수 없는 거였다.

소중해서 생각하는 것조차 아까웠던 작은 집을 강도를 맞듯 빼앗기는 것이 이별이었고, 자신이 아닌 다른 남자가 이선우를 함부로 만질 수도 있는 게 이별이었다. 생각만으로 머리가 돌 것 같은 그런 일이, 이별이다.

이런 개 같은 일이 있나. 문도는 정신이 번쩍 들었다.

그뿐일까. 이선우가 두 달 전에 서울을 떠났던 것을 전혀 몰랐던 것처럼, 어느 날 그녀가 크게 다쳐도 모르는 게 이별이다. 서유라처럼 사고로 한순간에 세상을 뜬다고 해도 살아 있는 줄 알고서 꿈이나 꾸는 그런 씨발스러운 일이 이별이었다.

문도는 소리 내서 웃었다. 깨달음은 더없이 명료했다.

그런 거였네. 내가 뭘 몰랐어. 끝난다는 게 어떤 건지 내가 몰랐어. 너만 안 보면 되는 줄 알았지. 네가 진짜 없을 수 있을 거라곤 상상도 못 했어.

몸을 돌린 문도는 핸드폰을 들고 명 실장에게 전화를 걸었다.

— 네, 전무님.

"이선우 어디 있는지 찾아요."

— 아……. 네. 알겠습니다.

"세종에 이모가 있습니다. 거기부터 시작해요."

그리움 따위 필요 없다. 사랑했던 기억 따위, 필요 없다. 환영 속의 이선우? 지겨웠다. 부서지는 집을 매일같이 짓고 있는 미친놈도 지긋지긋했다.

진짜 이선우가 없는데, 그게 다 무슨 소용인가.

이선우가 다른 남자의 여자가 되는 꼴을 보느니 다시 가져야겠다. 울고 웃고, 화를 내고 슬퍼하는 이선우를, 살아 움직이는 이선우를 다시 가져 봐야겠다.

그러고 보면 이선우에 대해선 늘 생지랄을 떨고서야 깨닫는 바가 있었다. 돌고 돌아 결국은 알게 되는 것. 너는 놓아지지 않는다는 것.

어디를 가.

나를 두고 네가 어디를.

서문도는 이선우를 놓을 수 없었다. 오랜 시간을 돌아온 결론이었다.

40. 이상한 꿈

생리가 없다.

선우는 초조한 표정으로 약국 앞을 서성였다. 원래 불규칙한 편이라 한 번 정도 건너뛰는 건 크게 신경 쓰지 않았는데, 두 달째였다.

오늘 남자를 보지 않았더라면 모르고 지났을 수도 있었다. 운주사에서 서문도를 보는 순간 머리가 하얘졌다. 낯선 사람 보듯 그녀를 보던 남자를 돌아보지 않으려 힘껏 액셀을 밟았다.

앞만 보고 한참을 달리다가 갓길에 차를 세우고 마음을 진정시킨 뒤 다시 출발을 하는데, 오랫동안 생리를 하지 않았다는 것이 갑자기 생각났다.

아닐 거야.

원래도 불규칙한 편에, 큰 대회가 있거나 스트레스받는 일이 있으면 건너뛰는 일이 없지 않았었다. 그리고 헤어지기 전까지 약은 꼬박꼬박 먹었다. 서문도도 피임은 성실히…….

허벅지 안쪽으로 불투명한 액체가 흘러내렸던 감각이 선명하게 되살아나는 순간 선우는 숨을 멈추었다. 회장이 죽던 날 호텔에서 한 번. 삼우제가 끝난 날에도…….

약은 먹고 있었잖아. 애써 그렇게 생각하며 집으로 돌아와 저녁밥을 하는데 밥 냄새에 속이 뒤집혔다. 드라마에서 본 것처럼 헛구역질이 나는데 심장이 쿵쿵 뛰었다. 머릿속으로 날짜를 거꾸로 세었고, 최근에 이상 징후가 있었는지도 뒤집어 생각해 보았다.

아니라고 믿었지만, 그럴 리 없다고 생각은 했지만 마지막 두 번의 정사가 마음에 걸렸다. 두 달이 넘도록 생리를 하지 않았고, 음식 냄새가 코를 찌르는 것도 선우를 불안하게 했다. 결국 물 한 모금을 넘기지 못하고 약국으로 달려왔다. 그래 놓고 들어가지 못해 서성이는 중이다.

질끈 눈을 감은 선우는 약국 문을 열었다. 카운터를 지키는 직원에게 다가가 임신 테스트기를 달라고 말했다. 집으로 돌아와서는 화장실로 직행했다. 선반에 놓아둔 뒤 문을 닫고 나왔다. 테스트기의 결과를 기다리는 동안 피가 마르는 기분이었다.

만약에, 아주 만약에 임신이면…….

그 뒤는 생각나지 않았다. 깜깜한 먹물 같기만 하다. 선우는 초조한 마음으로 핸드폰 시계를 바라보다가 3분이 지난 뒤 다시 욕실로 들어갔다.

두 줄이었다. 다리에 힘이 풀린 선우는 세면대를 짚으며 주저앉왔다. 그녀의 배 속에 아이가 있었다.

"이선우 씨, 3번 진료실 앞에서 대기하세요."

세종에서 제일 크다는 산부인과는 평일 오전에도 북적였다. 동그랗게 부른 배를 안고 있는 여자들 사이에 앉아 선우는 자신의 이름이 불리기를 기다렸다. 얼마 지나지 않아 간호사가 이름을 불렀고, 선우는 진료실 안으로 들어갔다.

"앉으세요. 어떻게 오셨어요?"

안경을 쓴 의사는 이모와 비슷한 나이대로 보였다. 선우는 잠시 숨을 들이마신 뒤, 의사에게 말했다.

"임신인지 확인을 하려고 왔어요. 어제 테스트기로는 양성이 나왔고요."

고개를 끄덕이는 의사에게 마지막 생리일과 관계일을 말하고, 초음파 기계가 연결된 의자에 앉았다. 티셔츠가 걷어지고 배 위에 차가운 젤이 발렸다. 어두운 진료실에 선우의 심장 소리만이 두근두근 울리는 것만 같았다.

"자, 어디 한번 볼까요?"

의사가 초음파 탐촉기를 선우의 배에 댔다. 둥글게 문지르며 화면을 바라본다. 흑백의 부채 모양 화면에 검은 동그라미가 있고, 그 안에 무언가가 있었다.

"아기가 있네요. 보이시죠? 여기 머리, 배, 다리."

밤새 생각을 했다. 아이가 있다 해도 놀라지 말자고, 의연하게 대처하자고 다짐에 다짐을 했는데 젤리 곰 같이 생긴 아기를 보자

울컥 눈물이 흘러나왔다.

"아……. 보여요. 선생님, 아기가 보여요."

선우는 떨리는 목소리로 말했다. 중년의 의사가 자애로운 미소를 지었다. 선우의 눈에서 눈물이 방울방울 떨어져 흘렀다.

"8주 되었네요. 심장 소리 한번 들어 볼까요?"

선우는 고개를 끄덕였다. 의사가 다시 한번 탐촉기를 선우의 배에 가져다 댔다. 지직거리는 소리 위로 마치 기차가 달리는 것 같은 소리가 울렸다.

쿠궁쿠궁쿠궁—

힘차게 뛰는 소리에 뜨거운 것이 북받쳐 올라 선우는 두 손으로 얼굴을 가렸다. 눈물이 주륵 흘러내렸다.

"엄마가 아기를 많이 기다렸나 보다. 아기 심장 소리도 좋고, 잘 있어요. 우리는 다음 진료일에 볼까요?"

의사의 말에 선우는 황급히 눈물을 닦고 고개를 끄덕이며 대답했다.

"네."

"밖에서 다음 진료일 예약하시고 임신확인서도 받고, 산모 수첩도 받고. 엽산, 먹고 있었나요?"

"아니요."

"처방해 줄 테니까 챙겨 먹고요."

네, 네. 고개를 끄덕이는 선우에게 의사가 웃어 준다.

"자. 아기 사진."

선우는 떨리는 손으로 초음파 사진을 받아 들었다. 다시 눈물이 뿌옇게 고여 들었다. 밤새 생각했었다. 아이를 갖게 되면 어떡하지. 앞날을 생각하면 지우는 게 맞는데. 그게 맞을 텐데. 일단 병원에 가서 마지막으로 확인을 하고 그때 다시 생각을 하자.

그렇게 생각했던 것이 단숨에 날아갔다. 그녀의 아이였다. 그녀의 배에서 숨을 쉬고 심장이 뛰는 그녀의 아기.

"안녕."

선우는 작은 젤리 곰에게 인사를 건넸다. 아이와 함께라면 무엇이든 할 수 있을 것만 같았다.

수면제를 끊었다.

끊었다기보다 전부 버려 버렸다. 이선우의 행방을 알아보라고 지시한 날부터였다.

며칠간은 다시 잠을 이루지 못하겠지만, 사람이 죽으란 법은 없으니 언젠가는 잠이 들겠지 하는 마음이었는데 웃기게도 잠이 왔다. 이선우를 찾아야겠다고 마음먹은 그 순간부터 환영도 보이지 않았다. 미친놈도 보이지 않는다.

아직은 잠이 드는 데 술이 필요하긴 했지만, 죽을 만큼 마시고 고꾸라지듯 잠이 들 필요는 없었다. 마시고 나른한 정도면 되었다.

위스키를 스트레이트로 네 잔 정도를 마신 뒤 가만히 눈을 감으면 가벼운 웃음이 나면서 눈이 감겼다. 이런저런 생각 사이를 떠돌다 보면 어느 순간 까맣게 어둠이 내려오곤 했었는데.

그날은 조금 달랐다.

술을 입에 대기도 전에 잠이 밀려왔다. 씻고 침대에 누워 천장을 바라보다가 그대로 잠이 들었다. 낮에 전주까지 출장을 다녀와 그런 모양이라 생각하며 밀려오는 잠에 빠져들었다.

그리고 이상한 꿈을 꾸었다.

꿈속에서 그는 고요한 호숫가를 걷고 있었다. 달이 밝은 밤이었다. 커다란 달이 호숫가의 표면을 반짝이게 만들었고, 뒤의 울창한 숲에서는 부드러운 바람이 불어왔다.

달이 유난히 밝다고 생각하며 하늘을 올려다보았다. 먹물 같은 밤하늘에 은하수가 보였다. 흘러가는 별들의 강을 보면서 밤하늘로 손을 뻗었을 때였다.

별 하나가 흔들렸다.

달 옆에 붙은 제일 크고 예쁜 별이었다. 마치 그를 향해 인사라도 하는 것처럼 반짝이며 깜빡거리더니 슝, 하고 미끄럼을 타듯이 내려왔다.

놀라야 하는 일인데 그리 놀랍진 않았다. 내 것이구나, 그 생각이 자연스럽게 들었다. 자신에게로 뛰어드는 별을 잘 받아 다치지 않게 해야겠다는 마음뿐이었다.

별은 제자리를 찾아온 것마냥 반짝이며 그의 품으로 뛰어들었고, 문도도 그 별을 단번에 품에 안았다. 찬란한 무지개색으로 빛나는 별을 받고서 빙그레 웃고 있다가 잠에서 깼다.

꿈에서 깨어나 한동안 멍하니 있었다. 실제보다 더 실제 같아 이쪽이 꿈이 아닐까 하는 생각이 들 정도로 생생한 꿈이었다. 한참을 앉아 있다가 문도는 가만히 눈을 감았다.

"어머니."

아침 식사를 하러 건너간 본관에서 문도는 현희를 불렀다.

"응."

"저 가지셨을 때 해가 떨어지는 꿈을 꾸셨다고 하셨죠?"

"응. 그랬지."

마침 과일을 가지고 들어오던 장 여사가 한마디를 더했다.

"참 요란하게 오셨어요. 전무님 태몽을 안 꾼 사람이 없었으니까."

자라면서 몇 번 들었던 이야기다. 어머니가 자신을 임신했을 때 집안사람들이 돌아가며 태몽을 꾸었다고 했다. 어머니가, 외할아버지가, 아버지와 할머니까지 아침에 일어나서 아무래도 태몽을 꾼 것 같다는 이야기를 했다고.

"나중엔 나도 꿨잖아요. 부회장님이 강가에서 햇볕을 쬐는데 가까이 가 보니까 그게 죄다 무지개였던 꿈."

그게 어찌나 생생하던지, 지금도 잊히지가 않아.

장 여사가 하는 말을 들으며 문도는 포크를 들었다. 예쁘게 깎아 놓은 배 한 쪽을 들다가 다시 내려놓았다. 우현희가 그런 문도를 바라보다가 물었다.

"그런데 그건 왜?"

"그냥, 궁금해서요."

문도는 우현희에게 답하며 빙그레 웃었다.

선우는 긴장한 얼굴로 앞치마에 물기 묻은 손을 닦았다. 식탁에 앉아 있는 미숙에게 커피도 내주었고, 사과도 깎아서 내어놓았다.

며칠 동안 이모에게 언제 말을 해야 하나 고민을 했었다. 그러다 학원 수업이 없는 날, 이모가 다른 약속이 없는지 물어보고 집으로 초대를 했다.

“선우야, 너도 앉아.”

“네. 이모.”

선우는 물 한 잔을 따라 테이블에 앉았다. 자리에 앉으며 가볍게 한숨을 쉬는 선우를 보고 미숙이 말했다.

“응? 커피 안 마시고?”

별로 마시고 싶지 않다는 말로 둘러대려다가 선우는 결심을 굳히고 미숙을 불렀다.

“이모.”

“얘, 여기는 바깥이 참 좋다. 저층이라 그런지 창밖이 꼭 정원 같네. 이 집 얻기를 잘했어.”

식탁 너머 거실 창을 보며 말하던 미숙이 돌아보다가 의아한 표정을 지었다. 선우가 평소보다 긴장한 표정으로 입술만 깨물고 있었기 때문이었다.

“차 한잔하자고 부르더니, 무슨 할 말이 있는 거야?”

“네.”

선우가 조금은 난처하고도 미안해하는 얼굴로 고개를 끄덕였다. 무슨 이야기이길래 이렇게 긴장을 할까 싶어 미숙의 가슴이 조마조마해지는데, 선우가 어렵게 입술을 떼었다.

"저, 이모……."

"응."

"저……. 아이 가졌어요."

순간 미숙은 눈을 여러 번 깜빡였다. 이게 지금 무슨 소리인가. 내내 혼자였던 아이가 어찌…….

"낳을 거고요. 혼자 키울 거예요."

담담한 목소리를 듣는데 미숙은 어안이 벙벙했다. 아니……. 무슨, 앞뒤도 없이 이렇게 갑자기…….

"얘, 잠깐. 잠깐만. 내가 지금 무슨 소리를 들은 건지 멍해서 그래."

고개를 저으며 말하는 미숙을 보고 선우는 난처한 미소를 지을 뿐이다.

"임신을 했다고?"

"네."

"아이를, 가졌단 말이지?"

"네."

두 번이나 확실한 답을 들은 미숙이 두 손으로 얼굴을 쓸었다. 그리고 잠시 후에 다시 선우에게 물었다.

"애 아빠는? 아이 아빠는 어디 있어? 너 혼자 애를 가진 건 아닐 거 아니야."

"서울에 있을 때 잠깐 만났던 사람인데요, 헤어졌어요."

"아이 가진 건 알아?"

"아니요. 알릴 필요도 없고, 다시 만날 일도 없어요."

"아니, 그래도 애 아빠면 알아야지."

선우는 가만히 고개를 저었다. 알리고 싶지 않았다. 임신을 안 순간부터 혼자 키울 생각이었다. 아이를 빌미로 엮이고 싶지도 않았고, 서문도를 다시 보고 싶지도 않았다.

"제 아이예요. 그 사람이랑 상관없는."

아이고. 미숙이 두 손으로 얼굴을 쓸었다. 아이고. 한 번 더 소리를 내서 말하더니 천장을 올려다본다.

"얘, 혹시 그……. 유부남이거나……. 말 못 할 그런…… 사정이……."

"그런 건 아니에요."

선우는 고개를 저으며 말했다. 미숙이 너무 심각한 얼굴이라 작게 웃음이 나왔다.

"이모, 너무 걱정하지 마세요. 제가 잘 키울 수 있어요."

"그래도 알려야지. 아무리 헤어졌대도 지 새끼 가진 건 알아야지. 사지 멀쩡한 놈이면 데려다 결혼이라도 해. 결혼도 안 한 처녀가 어찌 애를 혼자 키우겠다고 그래."

아이를 가진다고 해서 꼭 결혼하는 법이 없다는 건 미숙도 알았다. 그렇지만 그건 남의 일일 때나 그런 거고, 당장 눈에 밟히는 조카의 일이 되어 버리니 사리 분별은 저만치 날아가 버렸다.

"이모."

선우가 차분히 미숙을 불렀다. 그녀를 보는 선우의 눈빛이 맑고 곧았다. 진심이구나. 진짜 아이를 가졌고, 진짜 혼자 키울 생각이야. 미숙의 머리가 절로 아파 오는데 선우의 목소리는 담담하기만 했다.

"저 그 사람 다시 만나기 싫어요."

왜, 라는 말이 목 끝까지 올라왔지만 미숙은 애써 삼켰다. 헤어질 만한 사정이 있었겠지. 남자가 영 시원치 않아서 이러는 걸 수도 있고. 그래. 결혼해서 아이를 키우기엔 개차반인 그런 놈이었나 보다. 생활력이라곤 쥐뿔도 없는 놈팡이였나 보다.

선우가 외로워서 그런 놈을 만났다가 정신 차리고 헤어졌나 보다. 그렇게 생각하자. 그런 개차반인 놈이라면 차라리 없는 게 낫지. 암.

"혼자서 잘 키울 수 있을 것 같아요. 이모, 그러니까……. 조금만 도와주세요."

그 말에 미숙의 마음이 울컥였다. 세상에 기댈 곳이라곤 자신밖에 없어서 도와 달라고 애써 웃으며 말하는 선우를 보니 마음이 아파 왔다. 얼마나 외로웠으면 아비 없는 애라도 낳아서 저렇게 키우고 싶어 할까. 그 마음을 헤아려 주지 못한 것 같아 또 마음이 쓰렸다.

"선우야. 아이 키우는 거, 그거 말도 못 하게 힘들어. 도현이네만 봐도 평일엔 친정엄마가 봐주고 중간중간 내가 며칠씩 데려다 봐주는데도 힘들어해."

선우는 고개를 끄덕였다.

"너는 혼자 돈도 벌고 애도 봐야 해. 그게 얼마나 힘든 일이 될 건지 잘 생각해 봐."

다시 선우가 고개를 끄덕였다. 마음 다 정해 놓고 듣는 척만 하는 건 지 엄마랑 똑같다고 생각하며 미숙은 한숨을 쉬었다.

"외롭고 힘든 일이 될 거야. 그래도 괜찮겠어?"

선우가 고개를 끄덕이더니 흐리게 웃으며 말했다.

"그래도 둘이잖아요. 이모, 저는……."

선우가 삼킨 말이 무엇인지 미숙은 알 것 같았다. 민우가 죽은 뒤 선우는 한동안 죽지 못해 사는 것 같았었다. 저러다 남은 선우마저 잘못되면 어쩌나 가슴을 졸일 정도였다. 그런 선우에게 아이는 살아가야 하는 이유가 되어 줄 거였다. 허공에 붕 뜬 것 같은 선우를 단단히 땅에 묶어 힘내어 살아가게 해 줄 거였다.

"각오는 되어 있지?"

"네."

"그래. 이모가 도와줄게. 같이 키우자."

"고마워요. 이모."

안심이 되었는지 그제야 선우가 웃었다. 미숙은 선우의 손을 꼭 잡아 주었다.

막 퇴근을 하려던 찰나, 손에 들린 핸드폰이 진동을 했다.

세종특별자치시 새뜸마을 3단지.

문도는 명 실장이 보내온 메시지를 확인했다. 이선우의 이모가 살고 있는 주소였다. 그 아래에는 이선우의 새 전화번호도 적혀 있었다. 낯선 번호를 응시하다가 고개를 들었다. 마음은 이상할 정도로 차분히 가라앉아 있었다. 눈에 보이는 것들이 더할 나위 없이 선명하고 뚜렷했다. 문도는 사무실 창턱에 걸터앉아 불빛이 빛나고 있는 광화문 사거리를 내려다보았다. 그 너머의 경복궁과 어둠에 잠긴 커다란 북악산까지.

어쩌면.

다시 길고 긴 여정을 시작해야 할 거였다. 부서진 폐허 속에서 벽돌을 골라 주웠던 미친놈처럼, 쌓고 다시 쌓아도 부서지는 벽을 수십 번 수백 번, 수천 번 다시, 또다시, 될 때까지, 혹은 되지 않는다고 해도 다시.

문도는 핸드폰을 들었다. 기억해 둔 이선우의 새 번호를 하나하나 눌렀다. 발신음을 들으며 멀리 경복궁 불빛을 바라보았다.

받지 않는다. 그럴 줄 알았지.

가구도 집도 몽땅 남에게 넘긴 여자였다. 그를 보는 순간 표정이 굳던 것도 기억난다. 전화번호까지 바꾸어 새로운 삶을 시작하려 했을 것이다.

문도는 통화 종료 버튼을 누르며 일어났다. 밤이다. 이선우를 만나기에 좋은 시간.

물에도 냄새가 있었다. 선우는 물을 넘기다 말고 그대로 토해냈다. 신기하게도 임신 진단을 받았던 그날 이후, 기다렸다는 듯 입덧이 심해졌다.

아랫집에서 밥을 해도 속이 미식거렸다. 잠시 미식거렸다가 그치는 수준이 아니라 24시간 미식거렸다가 코를 찌르는 냄새를 맡으면 그대로 속이 뒤집혔다.

"하아."

선우는 가그린을 물었다가 뱉으며 맹물로 입을 헹구었다. 싱크대에 서서 입을 헹구는 것도 고역이었다.

"배는 고픈데 먹을 게 마땅치가 않네. 우리 이것만 마저 하고 마트에 나가 볼까?"

아무도 없는 집 안에 선우의 목소리가 울려 퍼졌다. 아이가 생긴 뒤 새로 생긴 습관이었다.

"수아 꺼는 다 됐고, 지안이 꺼랑 유주 꺼만 더 하면 되겠다. 그치?"

꼬마 숙녀들과의 작별 선물을 만드는 중이었다. 아직 며칠 시간이 남았지만 미리 준비를 해 두는 중이다. 선우는 토끼 모양의 비닐 팩을 열고 아이들이 잘 먹는 젤리와 초콜릿을 넣었다. 하나씩 아이들 이름을 붙인 뒤 귀를 묶었다. 예쁜 튀튀 스커트를 하나씩 넣어 둔 쇼핑백에 토끼를 넣는데 핸드폰이 울렸다.

이모인가?

식탁 위에 올려 둔 핸드폰을 보는데 심장이 철렁 내려앉는다. 이름은 없어도 익숙한 번호였다. 선우는 핸드폰을 던지듯 식탁에 놓고 몇 걸음을 물러섰다. 여러 번 울리던 전화는 어느 순간 끊겼다. 그리고 다시 울리지 않았다.

잘못 걸었을 거야.

애써 그렇게 생각한 선우는 급히 생각을 돌려 다시 배 속의 아이에게 말을 걸었다.

"마트 갈까. 먹을 만한 게 있었으면 좋겠다. 그치?"

남자의 생각을 지우고, 아직은 평평한 배 위에 한 손을 올려놓은 뒤 냉장고를 바라보았다. 냉장고 문에 붙여 놓은 젤리 곰의 사진을 보니 쿵쾅거렸던 심장이 천천히 제 박자를 찾았다.

"비스킷이 좋대. 조금씩 녹여 먹으면 그래도 낫대. 오늘은 주스도 도전해 보자."

선우는 사진을 보며 말한 뒤 일어나 외투를 챙겨 입었다. 지갑과 장바구니를 들고 운동화를 꺼내 신었다. 가벼운 산책을 겸해 아파트 상가에 있는 마트를 다녀올 생각이었다.

"가자."

문을 닫고 나와 아파트 산책로를 걸었다. 세상일은 마음먹기 달린 거라는 말을 이제는 조금 알 것 같았다. 아이를 가졌을 뿐인데 용기가 생겼다. 홀로 걷는 길이 무섭지 않았고, 혼자 잠드는 밤이 더 이상 힘들지 않았다. 산부인과에서 엽산을 처방받아 사 온 뒤로 수면 유도제는 한 번도 먹지 않았다.

"원망 안 해. 안 할래."

선우는 아이에게 말하듯 혼잣말을 하며 걸었다. 남자가 생각나면 한 번씩 자신도 모르게 소리가 나올 때가 있었다.

별채를 나와서부터는 다른 의미로 힘든 밤을 보냈다. 낮은 그래도 괜찮은데 밤이 되어 자리에 누우면 마음이 까맣게 엉겨 붙었다. 누군가 할퀸 듯 마음이 아파 왔고, 생각하고 싶지 않은 것들이 자꾸만 떠올랐다.

등을 안아 주며 더 자라 말을 했던 것. 팥빙수를 사 주며 웃었던 것. 별채 곳곳에서 몰래몰래 입을 맞추었던 것.

그런 순간들이 밤이면 불쑥불쑥 생각이 났다. 여기는 세종이고, 전부 끝난 일이라 생각해도 소용없었다. 이모와 이모부가 바깥에 있는 것을 알아도 그랬다.

'아무 데도 가지 말고, 나랑 있어.'

그런 말은 왜 했을까. 미친놈이라 생각하라고 그랬지. 다 알았으면서 왜 그런 말을 했을까. 버릴 거라서 그랬을까.

그런 생각을 하다 보면 결론은 하나로 모였다. 일부러 그랬구나. 더 힘들라고, 더 많이 아파하라고 내게 일부러 잘해 주었구나. 진짜 나쁜 사람이었다.

이제는 그 사실을 너무나 잘 알겠는데, 그래도 자꾸 생각이 났다. 눈을 감으면 희미한 담배 냄새가 섞인 청량한 냄새가 맡아지는 것만 같았다. 등을 안아 주던 체온과 장난스런 눈웃음이 생생했다.

마음이 잘려 나간 듯 아픈 것도 힘이 드는데, 온기가 거두어진 밤이 너무 추웠다. 그럴 때마다 삼켜지지 않는 기억들을 곳곳에 심어 놓은 남자가 미웠는데.

"우리가 만났으니까, 이제는 원망 안 할게."

마음가짐을 달리하려 한다. 아이를 선물해 주고 사라진 사람이라 생각하면 그리 밉지 않았다. 과거가 어떠했든 이제 더는 존재하지 않는 사람이면 된다.

힘들던 밤도 아이가 생기며 괜찮아졌다. 아이와 어디를 갈까. 무엇을 할까. 태명은 무엇으로 지을까. 그런 생각을 하다 보면 남자는 먼 그림자처럼 느껴졌으니까.

"다 왔다."

선우는 마트에 들어가 레몬 꾸러미와 딸기맛 사탕 몇 개를 샀다. 입덧에 좋다는 비스킷도 몇 통을 고르고 탄산수도 골랐다.

집으로 돌아가 앞으로 어떻게 지내야 할지 차근히 계획을 세워봐야겠다고 생각하며 선우는 발걸음을 돌렸다. 차가운 바람이 옷깃 사이로 스며드는 밤이었다.

서울에서 세종까지는 두 시간이 걸렸다.

아파트 지하 주차장에 차를 댄 문도는 바깥으로 나와 단지를 걸었다. 손목을 들어 시계를 보니 10시 반이었다. 명 실장에게 받은 주소를 생각하며 아파트 앞에 섰다. 위를 올려다보니 11층의 불이 켜져 있었다.

이 시간에 벨을 누르는 건 무례한 일인가.

잠깐 생각했다가 피식 웃었다. 앞으로 수많은 무례한 짓을 저지를 생각이면서 벨 하나에 고민을 하다니. 문도는 뚜벅뚜벅 걸어 아파트 입구에 섰다. 호수를 누르고 호출 벨을 누르려는데 안쪽에서 누군가 나오며 문이 열렸다. 종이 박스를 든 중년의 여자였는데, 생김새가 눈에 익었다. 명 실장이 보내온 사진에서 보았던 얼굴이다.

"안녕하세요. 날씨가 쌀쌀하네요."

주민인 줄 알았는지 이선우의 이모가 먼저 인사를 건네 왔다. 웃을 때 눈이 접히는 모양이 비슷했다. 그 사실만으로 쿡, 하고 어딘가를 찔린 기분이 들었다. 시선이 저절로 따라붙었다. 상냥히 인사를 건넨 정미숙이 분리수거장으로 향하다 말고 뒤를 돈다. 그리고 고개를 갸웃하며 그를 보았다.

"어디서 봤는데."

중얼거리는 목소리를 들으며 문도는 몸을 돌려 정미숙을 마주보았다. 성큼 계단을 내려가 분리수거장 앞으로 향하니 정미숙이 눈을 가늘게 뜨며 그를 보았다.

"안녕하세요."

"네. 안녕은 한데, 누구……."

생각이 날 듯 말 듯하여 미숙은 남자를 한참 올려다보았다. 훤칠하게 잘생긴 남자는 분명 어디선가 본 얼굴이었다. 어디서 봤더라, 기억을 헤매고 있는데 남자가 명함을 내밀며 말했다.

"서문도입니다. 이선우 씨 이모님 되시죠?"

미숙은 얼결에 명함을 받아 들면서 내려다보았다. 서도 케미컬 전략부문장 서문도. 서도 케미컬, 서문도…….

"아, 뉴스에 나왔던 그 나쁜……."

이제 생각났다는 기쁨과 아주 나쁜 새끼들이라고 욕을 했던 기억이 겹쳐지는 바람에 미숙은 주춤거렸다. 유가족들에게 유감이라 했던가. 사과를 한다고 했던가. 기억이 가물거렸지만 분명 그때 그 얼굴이었다.

"밤늦게 실례지만, 여쭤볼 게 있어서 찾아왔습니다."

서도 그룹에서 뭘 물어보러 왔나. 이상한 증언 같은 걸 바라나? 의심하며 노려보는데 남자가 차분히 말했다.

"이선우 씨를 찾아왔습니다."

남자의 입에서 선우의 이름이 나와 미숙은 눈을 가늘게 떴다. 한밤에 나타나 선우를 찾는 젊은 남자라니.

"우리 선우는 왜요? 민우 일 때문에 그러시는 거면 그냥 가세요. 사과 같은 거 필요 없습니다."

종이 박스를 버리고 손을 탁탁 턴 미숙은 그대로 몸을 돌렸다. 머리가 복잡해진다. 서문도, 저 이름에 대한 기억이 맞다면 서도 부회장의 아들이다. 그런 남자가 왜 우리 선우를 찾아.

"물어볼 것이 있는데, 전화를 안 받아서요."

아무 사이 아니겠지. 그렇게 생각해 보려 해도 남자의 목소리만으로 알겠다. 담담히 말하는 목소리에 감정이 깊이 실려 있었다.

선우가 이 남자랑 연애를 했구나. 깨닫는 순간 깊은 한숨이 나왔다. 어쩌려고 이런 남자랑 연애를 했어.

"선우 여기 없어요."

미숙은 눈에 힘을 주어 부릅뜨며 말했다. 남자가 옅게 웃는다. 아니……. 생긴 건 또 왜 저렇게 사람을 홀리게 생겼어.

"있는 거 알고 왔습니다."

거기까지 말한 남자가 잠시 미숙을 보았다. 직선의 눈빛이 단단하고 날카로웠다. 다소 피곤해 보이는 얼굴이었는데도 기가 센 것이 느껴졌다.

"불러 주시면 감사하겠습니다."

선우가 다시 보고 싶지 않다고 했었다. 거기다 민우의 일에도 얽혀 있었다. 그리고 이제껏 어디서 뭘 하고 있다가 선우를 찾아. 세종으로 내려왔을 때, 선우는 정말 쓰러지기 일보 직전의 상태였다. 미숙은 단단히 마음을 먹고 고개를 저었다.

"선우 여기 없습니다. 잘못 찾아왔어요. 돌아가세요."

"말씀드렸지만."

남자가 조금 서늘한 목소리로 말을 했다.

"알고 왔습니다."

"알기는 뭘 알아. 선우, 이사 갔어요. 멀리 갔어요. 어딘지는 나도 몰라요. 그러니까 가세요. 아무리 와도 선우 여기 없으니까."

미숙의 말에 남자가 눈을 가늘게 떴다. 잠시 미숙을 보더니 알겠다는 듯 고개를 끄덕였다. 돌아가려는 듯 몸도 돌린다. 진짜 없는 걸 알았나? 의외로 쉽게 물러나네, 라고 생각을 할 때였다.

"아."

몸을 돌리던 남자가 다시 미숙을 보았다.

"혹시 아이 가진 것도 알고 계셨나요?"

미숙은 자신도 모르게 눈을 둥글게 떴다. 잠시 당황하다가 큰 목소리로 말했다.

"무슨 소리를 하는 건지 모르겠네! 임신이라니, 아직 결혼도 안 한 애한테 할 소리예요?"

목소리 높여 말하는 미숙을 남자가 물끄러미 응시하더니 짧게 고개를 끄덕이며 인사를 했다.

"알겠습니다. 이만 가 보겠습니다."

주차장으로 내려온 문도는 시트에 몸을 기대며 머리를 젖혔다. 두 손으로 얼굴을 쓸어내린 뒤 깊게 숨을 마셨다.

이선우는 여기 없다. 그건 직감이었다.

어떻게 할까. 잠시 생각을 한다. 이대로 돌아가 명 실장에게 다시 주소를 알아내라 할 수도 있었다. 하지만 더는 기다리기 싫었다. 보겠다 마음을 먹었으니 봐야겠다.

핸드폰을 들고 이선우의 새 번호를 찾아서 다시 눌렀지만 역시 전화를 받지 않는다. 문도는 차 문을 열고 나가 아파트 출입구의 사진을 찍었다. 여기가 어딘지 이선우는 한눈에 알아볼 것이다.

전화받아요. 아니면 내가 올라가고.

사진과 함께 전송을 했다. 이제 이선우의 대답만이 남아 있었다.

41. 재회

전화벨이 다시 울린 건 막 일기를 쓰기 시작했을 때였다. 임신을 알게 되고 나서 구입한 육아 다이어리에 날짜를 적던 선우는 핸드폰을 들었다.

생각 없이 들었다가 화면을 보고 멈칫했다. 이름 없이 울리는 번호가 아까와 같았다. 선우는 화면을 바라보다가 입술을 깨물고 안방으로 들어갔다.

베개 아래에 핸드폰을 묻어 두고 뒤를 돌아 문을 닫았다. 생각해 보면 예전 번호도 아니고 새 번호로 전화를 잘못 걸 일은 없는데 너무 안이하게 생각했다.

번호를 새로 바꾸며 가까운 지인에게만 연락처를 알렸기에 방심한 것도 있었지만, 당연히 연락 같은 건 오지 않을 줄 알았다.

받지 말아야지.

선우는 다시 식탁에 앉으며 생각했다. 무슨 용건인지는 몰라도 받지 않을 생각이다. 아이를 가진 지금은 더더욱 남자를 피하고 싶었다.

다이어리를 펼친 선우는 전화가 끊어지기를 기다리며 딸기 사탕을 그려 넣었다. 동그란 딸기 사탕을 그리고 색칠까지 한 뒤, 숨을 들이마셨다. 이제는 그쳤겠지.

가만히 귀를 기울이니 더 이상 소리가 들리지 않았다. 안방으로 들어가 베개 밑에 넣어 두었던 핸드폰을 꺼내는데, 부재중 전화와 함께 같은 번호로 메시지가 와 있는 것이 보였다. 누르니 사진 한 장이 떴다. 이모네 아파트 출입구였다. 가슴이 철렁 내려앉는데 아래에 짧게 메시지가 쓰여 있었다.

전화받아요. 아니면 내가 올라가고.

그 말을 입증이라도 하듯 다시 벨이 울렸다. 선우는 눈을 질끈 감았다. 받고 싶지 않았다. 목소리를 듣고 싶지 않았다. 이대로 끊어졌으면 했다.

하지만……. 남자를 안다.

이 늦은 시간 이모의 집에 올라가고도 남을 사람이었다. 올라가서 입에 담지 못할 이야기를 할 수도 있었다. 꾹 감았던 눈을 뜬 선우는 핸드폰을 들었다. 크게 숨을 마신 뒤, 통화 버튼을 눌렀다. 귀에 가져다 대고 입술을 깨물었다.

작정하고 받았는데 아무런 소리가 들리지 않았다. 휘이, 바람이 부는 소리만이 귀를 스쳐 간다. 이상하게 가슴이 울렁거리려 해,

선우는 먼저 입을 열었다.

"네. 이선우입니다."

남자는 말이 없었다. 기이한 적막이 귀를 채워 숨을 쉬기가 힘들어졌다. 선우는 입술을 깨물었다가 다시 말했다.

"하실 말씀 없으시면 끊겠습니다."

— 잠깐 만났으면 하는데.

목소리가 들리는 순간 선우는 핸드폰을 힘주어 잡았다. 단지 목소리를 들은 것만으로 많은 것들이 한꺼번에 휘청였다. 선우는 허리를 세우며 대답했다.

"아니요. 전화로 하셨으면 해요."

건너편에서 한숨 같은 웃음소리가 들려왔다. 그 소리에도 마음이 우그러드는 기분이 들어 선우는 주먹을 꾹 쥐었다.

— 아니. 만나야겠는데.

어떻게 변한 게 하나도 없을까. 허탈한 웃음이 나왔다. 오만한 말투는 여전했다.

"전화로 전하기 싫으시면 메시지로 남겨 주세요."

— 주소 불러요. 도착하면 전화할 테니까 내려오고.

"아니요."

— 주소.

"전무님."

— 왜.

낮게 가라앉은 목소리에 심장이 아래로 뚝 떨어지는 기분이 들어 선우는 입술을 질끈 깨물었다.

"용건 없으시면 끊겠습니다."

이런 소모적인 통화는 하고 싶지 않았다. 미련 없이 끊으려던 찰나, 수화기 너머에서 목소리가 들려왔다.

— 만나는 게 내 용건인데, 뭘 더 말하라는 거지?

한숨을 쉬더니 이어 말했다.

— 내가 이 시간에 굳이 이모님을 깨워야겠어요?

앞에 있었으면 힘껏 노려보았을 것이다. 사람이 이렇게 비열할 수 있을까. 가족이 선우의 약점인 걸 알면서 쥐고 흔들어 댄다. 그 말을 따를 수밖에 없는 상황이 싫은데, 남자에 대해 이모가 알게 되는 것만은 막고 싶었다.

잠깐이면 돼. 다시 만날 일 없을 테니까. 무슨 말을 하려는지는 몰라도 다시는 이런 식으로 연락하지 말라고 해야지. 그렇게 생각하며 선우는 문도에게 말했다.

"……국세청 건물 맞은편에 패스트푸드점이 있어요. 거기서 뵙겠습니다."

— 그래요.

남자의 목소리를 잘라 버리듯이 전화를 끊고 선우는 잠시 몸을 웅크렸다. 핸드폰을 쥐고서 숨을 깊이 쉬었다. 조금 전 마트를 다녀올 때만 해도 원망하지 않겠다고 했는데, 그 다짐이 순식간에 무색해지고 말았다.

후우.

외투를 입은 선우는 잠시만 견디자고 주문을 걸었다. 이 밤이 지나면 볼 일 없을 거니까. 정말로 마지막이 될 테니까. 결심을 굳힌

선우는 현관문을 열고 밖으로 나섰다.

24시간 영업을 하는 햄버거 프랜차이즈의 불빛은 자비 없이 밝았다. 입구의 키오스크에는 고장이 났다는 안내문이 붙어 있고, 피곤한 얼굴의 알바생이 카운터에 앉아 있었다.

"커피 두 잔……."

카운터 앞에 서서 주문을 하려다가 문도는 말을 멈추었다. 음료의 종류가 적힌 메뉴판을 훑은 뒤 다시 주문을 했다.

"커피 한 잔 하고 오렌지 주스 한 잔 부탁합니다."

음료를 받아 2층으로 올라온 문도는 창가 자리에 앉았다. 매장에는 아무도 없고, 창문 밖으로는 불이 꺼진 상가와 가로등이 켜진 적막한 도로가 내려다보였다.

문도는 식어 가는 커피를 앞에 두고 묵묵히 시간을 죽였다. 아직은 아무런 생각이 들지 않았다. 조금 뒤면 이선우를 볼 수 있다는 것도 아직 실감이 나지 않는다.

텅 빈 매장에 1층 출입문이 열리는 소리가 희미하게 울렸다. 문도는 반사적으로 고개를 들어 계단 쪽을 보았다. 얼마 지나지 않아 계단 위로 이선우가 올라오는 것이 보였다. 눈이 시릴 정도로 창백한 조명 아래에서 이선우의 모습이 차근차근 드러났다.

문도를 본 선우의 얼굴이 굳었다. 멀리서 고개를 짧게 숙이며 인사를 하는 선우의 손에는 커피 두 잔이 들려 있었다. 문도는 자리에서 일어나 다가오는 선우에게 말했다.

"앉아요."

선우가 맞은편에 앉았다. 커피 세 잔과 오렌지 주스 한 잔이 테이블 위에 놓였다. 우스운 풍경이다.

다시 자리에 앉은 문도는 눈앞의 이선우를 보았다. 마주 앉아 있음에도 현실인 듯 현실 같지 않아 천천히 이선우를 뜯어보았다.

창백한 얼굴. 그늘진 눈매. 그럼에도 여전한 눈동자. 하나로 묶은 머리와 앞을 여민 얇은 코트.

문도가 그 전부를, 그리고 하나하나를 오래 바라보는데 선우가 먼저 입을 열었다.

"용건부터 말씀해 주세요."

목소리를 듣는데 웃음이 나왔다. 뜨거운 물을 삼켰을 때처럼 목이 막혀 왔기에. 창백한 불빛 아래에서 문도는 뼈저리게 실감을 했다.

이선우였다. 그림자 같은 환영이 아닌 진짜 이선우. 그 사실이 왜 이렇게 사무치는 건지. 문도는 천천히 마른 입술을 뗐다.

"잘 지냈어요?"

선우가 조금 어이없어하며 문도를 바라보았다. 기막혀하는 눈동자가 그를 향했다. 눈이 마주치는 순간, 뜨거운 것이 치밀어 오르며 목이 메어 왔다. 빌어먹게 좋았다.

이선우의 눈이 자신을 보고 있었다. 그것만으로 문도의 등줄기가 저릿거렸다. 일렁이는 감정으로 꽉 찬 선우의 눈동자가 심장을 뛰게 하였다. 비로소 살아 있는 기분이 들어, 실소가 나올 지경이었다.

"용건부터 말씀하세요."

이선우는 딱딱하게 말했다. 그를 달갑지 않아 하는 게 눈에 너무 보였다. 천하의 쌍놈이 되어 있겠지. 알고 있다. 실제로 그랬으니까.

얼른 이 만남을 끝내고 돌아가겠다는 의지를 담은 선우의 얼굴을 보며 문도는 천천히 말했다.

"용건은……. 이제부터 생각을 해 보려고."

선우가 눈을 찡그렸다. 찡그리는 표정도 예뻤다. 하기야, 네가 언제는 안 예뻤을까. 이제는 놀랍지도 않았다.

오물 속에 파묻혀 있어도 내 눈엔 너밖에 안 보이겠지. 답도 없는 새끼가 용케 버텨 왔다는 걸, 매 순간 깨닫게 된다.

"무슨 그런……."

기막힌 표정을 짓는 것도 좋았다. 그러고 보니 이런 이선우는 처음이다. 그의 앞에서 얼굴을 찡그리고 기막히다는 표정을 짓는 여자를 보니 이제 정말로 알겠다. 진짜 이선우가 지금 여기, 그의 눈앞에 있었다.

"얼굴 보러 왔는데 자꾸 용건을 물으니."

문도는 식어 버린 커피가 담긴 종이컵을 한 손으로 움켜쥐며 말했다.

"이제부터 생각해 볼게."

입술을 꾹 깨문 선우가 그를 노려보았다. 그러다 자리에서 일어나려는지 탁자를 쥐고 의자를 뒤로 밀었다.

"앉아."

문도가 선우에게 말했다. 선우가 뭐 이런 놈이 다 있냐는 표정으로 그를 보았다. 그래도 상관없었다. 아직은 헤어질 수 없었다. 조금 더 봐야겠다. 눈이 아릴 정도로 담아 놓을 생각이다.

"조금만 더 앉아 있어."

하. 선우가 기막히다는 표정으로 그를 보더니 가늘게 눈을 떴다. 그러다 단호히 말했다.

"싫어요."

그 한마디를 하는데 선우는 마음이 울컥 쏟아지는 기분이었다. 늘 남자의 말 한마디에 마음을 졸여야만 했던 시간이 생각나며 눈앞이 뜨거워진다.

"전무님과 한자리에 앉는 것, 싫습니다."

남자는 이제 선우에게 무엇인가를 요구할 권리가 없었다. 선우는 더 이상 그의 고용인도 아니고, 매달려 애원해야 하는 여자도 아니었다.

그 생각을 하며 선우는 서문도를 보았다. 건너편에 앉은 남자는 가늠할 수 없는 표정을 하고 있었다. 아니, 가늠하고 싶지 않았다. 이제 와 당신이 무슨 표정을 짓든 나와는 상관없는 일이니까.

"그래도 앉아."

뭐 이런 사람이 다 있어. 선우는 문도를 힘주어 노려보았다.

"하실 말씀 없으면 이만 일어나겠습니다."

팽팽하게 조여 오는 공기도 싫었다. 속을 울렁거리게 하는 패스트푸드점의 냄새도 싫었다. 마주 앉아 있는 남자의 얼굴이 눈에 아리는 것도 싫고, 익숙한 체취가 맡아지는 것도 싫었다.

여기에 더 있다가는 숨이 막힐 것만 같다. 벗어나고 싶었다. 도망가고 싶었다. 두 번 다시 마주하고 싶지 않다는 생각뿐이다. 선우가 의자를 밀고 자리에서 일어났을 때였다.

"용건이 생각났어."

남자가 그녀를 응시하며 말했다.

"아이 가진 것, 언제 말할 생각이었지?"

선우의 눈동자가 경악으로 물들었다.

서 있는 이선우의 얼굴이 창백해졌다. 어떻게 알았냐는 질문도 하지 못하고, 부정도 하지 못한 채로 뻣뻣하게 굳어 있었다.

"꿈을 꿨거든. 태몽 같았어."

문도는 선우를 올려다보며 친절히 말해 주었다. 선우의 눈동자가 파르르 떨리는 것을 바라보며 태연히 말을 이었다.

"생각을 해 봤지. 두 달 정도 되었을 거야. 마지막 두 번은 그냥 했으니까."

뜨거움에 몸이 녹았던 기억이 선명했다. 더 깊게 닿고 싶어서 사정을 하며 이선우를 바짝 안았었다. 마지막에는 절박하게 생각하기도 했다. 떨어지고 싶지 않다고. 이대로 하나로 이어졌으면 좋겠다고.

아이는 그의 절박한 바람으로 생겼다.

논리 따윈 없지만 확신에 가까웠다. 간혹 신은 간절한 이에게 굵은 동아줄을 내려 주기도 하지 않나. 문도는 이 기회를 기꺼이 움켜쥘 생각이었다.

"임신……. 아니에요."

눈을 질끈 감았다 뜬 선우가 힘겹게 말했다. 하얗게 질린 얼굴과 파르르 떨리는 손을 하고는 헛되게 거짓말을 하고 있다. 문도는 담담히 말했다.

"아니야?"

"네. 아니에요."

"정말 아니야?"

"아니라고, 했어요."

아이를 부정할 때마다 선우의 눈가가 빨갛게 변하는 것을 바라보며 문도는 천천히 자리에서 일어났다. 등을 펴고 서서 무심히 선우를 내려다보았다.

"병원에 같이 가서 확인을 할까?"

선우의 눈동자가 크게 흔들렸다. 막다른 골목에 몰린 선우가 입술을 질끈 깨물었다. 붉어진 눈시울을 하고서 무언가를 결심하더니 그를 똑바로 바라보며 말했다.

"그래요. 임신 맞아요. 8주 되었대요."

잠시 숨을 마신 선우가 주먹을 꾹 쥐며 말했다.

"지울 거예요."

문도는 눈을 가늘게 좁히며 선우를 보았다. 아이를 숨기려 필사적으로 거짓말을 하는 여자의 눈동자가 단단했다. 눈에는 두려움이 가득한데도 피하지 않고 그를 본다.

"지울 거라서 없다고 했어요."

"아니."

문도는 말했다.

"너는 아이 지울 생각이 없어."

선우는 단호히 말하는 남자를 보았다. 본능적으로 알 수 있었다. 남자는 아이를 빼앗아 갈 것이다. 그럴 만한 힘과 권력이 있는 사람이었다. 그러니 아이를 지키려면 물러서면 안 되었다.

"지울 거예요. 제가 왜 아이를 낳겠어요?"

다시 말하는데 가슴이 찢기듯 아팠다. 좋은 말만 들려주려고 했는데. 예쁜 것만 보고 예쁜 말만 들려주려고 매일 노력했는데. 아이에게 미안해서 가슴이 아팠지만 선우는 마음을 다잡았다. 세상에 없는 아이를 만들어서라도 지켜야만 했다.

"지울 수 있다고?"

남자가 가늘게 웃었다. 넌 못 할 거라 단정 지어 말하는 듯한 표정이었다.

"네."

"너는 못 해."

"아니, 할 수 있어요."

선우는 힘주어 말했다. 아이만큼은 빼앗길 수 없었다. 온전히 그녀의 아이여야 했다. 지우겠다는 말로 아이를 지킬 수 있다면 백 번이고 천 번이고 할 수 있었다.

"다른 사람도 아니고 전무님 아이, 절대 낳고 싶지 않아요. 아이에겐 미안하지만 저도 제 인생 살아야죠. 용건이 그거였다면 이만 가 보겠습니다. 낳을까 봐 걱정이라면 그런 걱정은 하지 않으셔도 돼요."

선우는 까딱 고개 숙여 인사를 한 뒤 그대로 몸을 돌렸다. 침착한 척 걸으며 떨려 오는 손을 움켜쥐었다.

빨리.

이곳에서 나가야 했다. 남자에게서 벗어나야 했다. 그 생각만으로 선우는 홀을 가로질렀다. 계단을 내려올 때부터는 걸음이 급해졌다. 도망치듯 문을 열고 거리로 나왔다.

빨리, 빨리 여기를 떠나야 해.

차가운 밤바람이 불어오는 거리를 빠르게 걸었다. 길 건너에 세워 둔 차를 향해 정신없이 걸었다. 길을 건너면서 차 키를 꺼내려 가방에 손을 넣었을 때였다. 발걸음이 겹쳐지는 소리가 들렸다.

뒷목이 쭈뼛 서며 등 뒤가 서늘히 식었다. 뒤를 돌아보니 입을 꽉 다문 남자가 성큼성큼 다가오고 있었다. 선우는 급하게 들고 있던 가방에서 키를 찾았다. 아래를 마구 헤집다 헛손질을 하는 바람에 가방이 바닥으로 떨어지며 물건들이 흩어졌다. 굴러가는 물건들을 주울 생각도 못 하고 키만 주워 삐릭, 문을 여는데 몸이 휙 돌려졌다.

"정말 지울 수 있다고?"

"네."

단호히 답하며 몸을 돌리는 선우를 문도가 다시 돌려세웠다.

"잘 생각해 보고 말해."

남자가 싸늘히 말했다. 뭘 더 생각할까. 아이는 지켜야 하고 남자는 멀리해야 했다. 선우는 소리를 높여 말했다.

“지울 거예요. 다른 남자의 아이는 다 낳아도 전무님 아이만큼은 지울 거니까 걱정하지 마세요. 이제 대답이 되었나요?”

순간 남자의 눈에서 까맣게 빛이 났다.

“그래?”

섬뜩할 정도로 낮게 가라앉은 눈을 하고 문도가 말했다.

“그럼 그 아이, 내 눈앞에서 지워.”

믿을 수 없는 말이었다. 선우는 커다랗게 눈을 떴다.

“병원 예약을 할까? 길게 끌 것 없이 내일은 어때?”

서늘한 말에 가슴이 철렁 내려앉았다. 남자의 입에서 직접 지우라는 말이 나오니 심장이 조여든다. 정말로 지우라는 걸까.

“너도, 나도 원치 않는 아이, 하루라도 빨리 없애야지 않겠어?”

남자가 핸드폰을 꺼내 들었다. 보란 듯이 그녀를 비웃으며 누군가의 번호를 찾았다. 화면에 명 실장의 이름이 떴고, 뚜르르 벨 소리가 울리기 시작했다.

— 네, 전무님.

명 실장의 목소리가 들리는 순간 선우는 문도의 팔을 붙잡았다.

“잠깐만요!”

선우는 다급히 말했다. 이 남자는 정말로 눈앞에서 아이를 지우게 할 수 있는 사람이라는 생각을 하자 심장이 쿵쿵 뛰었다.

“명 실장님. 서문돕니다.”

— 네.

선우는 명 실장과의 대화를 이어 가려는 남자의 팔을 붙잡았다.

“아니, 잠깐만. 잠깐만요.”

여전히 핸드폰을 들고 있는 남자를 보는데 등골이 서늘했다. 차갑게 가라앉은 눈동자에 식은땀이 났다.

잊고 있었다. 이 남자가 어떤 남자였는지.

전부 다 알고 있었으면서 속아 주는 척 달콤한 말을 속삭였던 사람이다. 그러다 승계 문제가 꼬여 버린 때에 단칼에 그녀를 제거한 사람이다.

그 이후의 행보들 역시 잔인할 정도로 냉정했다. 서유라의 치부를, 최지상의 흔적을, 민우의 마지막 목소리를, 심지어 마지막에는 자기 자신의 사진조차 판을 짜는 데 이용했다. 원치 않는 아이 하나쯤, 마음먹으면 가차 없이 제거할 수 있는 사람이라 생각하니 선우의 몸이 뻣뻣하게 굳어 갔다.

"왜, 못 하겠어?"

말하는 남자의 싸늘한 얼굴을 보는데 오래전 남자의 목소리가 환청처럼 들려왔다.

'아이라도 생기면 골치 아프지 않겠어요. 콘돔은 계속 쓸 겁니다.'

이제야 납득이 된다. 연락이 없었던 남자가 갑자기 연락을 한 이유. 받지 않는 전화를 몇 번이나 해 가며 찾아온 이유. 늦은 시간에 기어코 얼굴을 봐야겠다고 불러낸 이유.

서문도는 아이를 빼앗으려고 온 게 아니었다. 원치 않는 아이를 지우러 온 거였다. 그 생각이 들자 눈앞이 깜깜해지며 무언가가 툭 끊어지는 것 같았다. 공포로 몸이 조여들었다. 선우는 더듬거리며 문도에게 말했다.

"제가……. 알아서 지울게요. 병원에 혼자 갈 수 있어요."

남자가 피식 웃었다.

"병원 정도는 같이 가 줘야지. 그래도 애 아빤데."

아니야. 안 돼. 화면으로 만났던 작은 젤리 곰의 모습이 떠올라 선우는 다급히 문도의 옷자락을 붙들었다.

"잠깐만요. 잠깐만."

그녀가 아이를 지울 수 있을 리 없다. 작디작은 몸을 보았고, 심장 소리를 들었다. 남자에겐 지워야 하는 실수일지 몰라도 그녀에겐 하나뿐인 희망이었다.

"못…… 해요. 내가 어떻게……."

파르르 손을 떨며 선우는 아이를 지울 수 없음을 인정했다.

"지우겠다며."

"거짓말이에요. 내가 어떻게 그래요."

선우는 눈을 감았다 뜨며 아프게 침을 넘겼다. 눈시울이 시큰거리며 눈물이 고여 들었다.

"아이를 어떻게 지워요. 빼앗길 것 같아서 그랬어요. 내 아이로 낳아서 키우고 싶은데, 아이의 존재를 알게 되면 다시 복잡하게 엉켜들까 봐."

"복잡하게 엉켜들 걸 알면서, 낳겠다고?"

"네. 낳을 거예요. 낳아서 내 아이로만 키울게요. 전무님이랑 상관없이 키울게요. 아이는 아무것도 모르니까. 그러니까."

"어떻게 상관이 없어. 내가 애 아빤데."

비딱하게 웃은 문도가 가차 없이 말을 이었다.

"그러다 어느 날 갑자기 당신 아이라고 들이밀면 나는 어떡할까? 지웠다고 말한 아이가 멀쩡히 살아서 갑자기 튀어나오면. 아, 그래, 나 몰래 낳았구나, 하나?"

처음부터 거짓말을 하지 않는 게 좋았을까? 솔직히 말하고 키우고 싶다고 하면 되었을까? 그래도 설마 지우라고 강요하지는 않겠지? 선우는 더듬거리며 말을 이었다.

"그런 일 절대 없어요. 절대…… 없게 할 거니까."

아이만 있으면 된다. 낯선 곳이어도 상관없었다. 남자의 그림자도 밟지 않을 자신이 있었다.

"아이 내세워서 나타나는 일 절대 없다고 약속할게요. 정말로 그럴게요. 내 아이로만 키울게요. 그러니까."

애원을 해도 그녀를 내려다보는 남자의 표정이 너무나 무정했다. 까맣게 가라앉은 눈동자에는 조금의 동정도 자비도 없었다.

그래도 남자에게 무언가를 기대하는 마음이 남았었나 보다. 조금은 미안한 마음을 갖지 않을까, 배려를 해 주겠지, 자신도 모르게 그렇게 기대를 했었나 보다.

찾아온 남자를 보면서도 아이를 지우라고 할 거라곤 생각지 못했다. 존재를 들켰으니 숨겨야 한다는 생각만 했을 뿐이다. 아이가 본인의 미래를 망칠 테니 없애야겠다고 마음을 먹었을 줄은 꿈에도 몰랐다.

"사라져 줄게요. 당신 인생에서 없어져 줄게요. 아이 데리고 멀리 떠날게요."

선우는 문도에게 애절히 매달렸다. 나를 좀 불쌍하게 여겨 줘. 당신에겐 없어져야 하는 이 아이가 나에겐 생명이라는 걸 알아줘.

"내 유일한 가족이 될 아이예요."

눈물이 자꾸만 고여 들었다. 무정한 얼굴로 자신을 보는 남자에게 선우는 매달리며 말했다.

"알잖아요. 나는 세상에 혼자 남았어요."

혼자.

그 단어가 얼마나 사무치게 외로운지 당신은 알까. 텅 비어 버린 삶을 알까. 모든 것을 멈춘 채 절벽 아래로 뛰어내려 버리고 싶었던 마음을, 당신이 알기는 할까.

"나한테는 이 아이가 너무 절실해. 아이가 없으면 나도 없어요. 그러니까 제발……."

시리도록 차가운 눈빛을 한 남자를 붙들고 선우는 간절히 빌었다.

"낳게 해 줘요. 네? 맹세할게요. 각서도 쓰고, 공증도 할게요."

선우는 흐르는 눈물을 애써 닦았다. 감정적으로 아무렇게나 뱉는 말이 아님을 남자가 알았으면 했다. 그래서 눈물을 삼키고 아무에게도 말하지 못했던 밑바닥의 마음까지 꺼냈다.

"살고 싶어요."

선우의 목소리가 떨려서 나왔다.

그래. 살고 싶었다. 민우가 죽은 뒤로 따라 죽지 못한 이유를 사실은 알고 있었다. 살고 싶어서였다. 살아야 할 이유가 필요해서 서유라의 트레이너가 되었고, 미친 사람처럼 민우의 핸드폰을 찾았다.

하루하루 피가 말랐어도 살고 싶었다. 그래서 늘 발을 붙일 곳이, 마음을 쏟을 곳이 필요했다. 이제야 그 이유를 찾았는데, 이렇게 빼앗길 순 없었다.

"멀리 떠나서 죽은 듯이 살게요. 처음부터 그러려고 했어요. 아이 없다고 한 이유도 그거예요. 당신과 엮이기 싫어서, 혼자 키우고 싶어서 그랬어요."

처음부터 그럴 생각이었다는 걸 남자가 알았으면 했다. 자신은 박소영이 아님을, 아이는 서유라처럼 남자의 삶을 비틀지 않을 것임을 알았으면 했다.

그때 문도가 비틀린 웃음을 웃었다.

"그 말을 나보고 믿으라고?"

진심마저 비웃어 버리는 남자의 눈동자가 서럽도록 차가웠다.

"내가 너를 어떻게 믿지?"

서문도가 냉소하며 말했다.

"기억을 해 봐. 네가 내게 뭐라고 했었는지. 그 입으로 무슨 말을 뱉었는지."

비스듬히 웃고 있는 남자의 눈빛이 찌를 듯이 날카로웠다. 선우는 멍하니 남자를 바라보았다.

"나만 있으면 된다고 하지 않았나? 좋아한다고, 옆에 있고 싶다고, 바라는 건 아무것도 없다고 했었지. 안 그래?"

아득히 멀었던 날들의 기억이 선우의 머릿속에 떠올랐다. 간절히 매달려 방으로 들어갔던 날들. 벌거벗은 몸으로 남자에게 안겼던 날들.

"기억나? 올라오고, 또 오고, 기어이 다시 와서 안아 달라고 했었지. 내가 널 잘라 낼 때마다 그렇게 간절히 매달리면서 원하는 건 나 하나라고 했고."

짓씹듯 말을 뱉은 문도가 웃음을 웃는다.

"매일 밤 좋아한다고 속삭였던 너야. 안아 달라고 매달렸던 게 너야. 나를 속이고 침대까지 뛰어든 게 너라고. 그런 너를 나보고 믿으라고?"

웃음을 삼키는 남자의 눈동자가 시리도록 차가웠다. 한참 그녀를 내려다보던 남자가 냉정히 말했다.

"나는 너 안 믿어."

선우의 심장이 쿵 소리를 내며 내려앉았다.

"이번엔……."

정말 아니야. 선우는 얼어붙은 혀를 움직였다.

"이번엔 진짜예요. 속이는 거 아니에요. 당신 속이고 들어간 것도 맞고, 좋아한다고 거짓말한 것도 맞아요. 그런데 이번엔 아니에요. 진짜 아니야. 아니에요."

선우는 필사적으로 거듭해서 말했다. 이제 와 남자를 속일 이유가 무엇이 있나. 보여 줄 수 있다면 속을 뒤집어 보여 주고 싶었다.

"아이를 가지지 않았다고 했던 것도, 지우겠다고 한 것도 너야."

낮게 가라앉은 목소리가 선우의 심장을 옥죄었다. 선우는 고개를 저었다.

"그건……. 그거는, 그렇게라도 낳고 싶어서 그런 거였어요."

서문도가 그녀를 비웃었다. 몇 번의 거짓말을 거듭한 너를 어떻게 믿냐는 표정으로.

"그 아이는 내 아이이기도 해. 네 멋대로 결정할 권한이 없다는 뜻이야."

"당신은 원하지 않잖아요!"

절박해진 선우의 목소리가 커졌다. 당신은 다 가졌잖아. 부모도 있고 돈도 있고 부러울 것 없이 살잖아. 울컥 마음이 쏟아져 내렸다.

"당신에겐 필요 없잖아!"

그러다 정말 남자가 아이를 없애 버릴까 두려워서 선우는 문도를 다시 붙잡고 매달렸다.

"약속할게요. 절대로 그런 일 없어요. 내가 왜 그러겠어요."

문도는 눈물을 하염없이 흘리며 자신에게 매달리는 선우를 내려다보았다. 한 줌밖에 남지 않은 몸이 아득바득 매달려 온다. 앙상한 손으로 그의 옷깃을 움켜쥐고서 이선우는 반복해서 말했다.

없어져 주겠다고.

사라져 주겠노라고.

원하는 것은 오로지 아이뿐이라고.

까맣게 타 버린 웃음이 나온다. 이제 나는 너를 놓아줄 생각이 없는데 어쩌나. 문도는 묵묵히 선우를 내려다보다 표정 없이 말했다.

"지워."

이선우는 사형 선고라도 들은 것처럼 넋이 나간 얼굴이었다. 이런 말을 아무렇지 않게 하는 내가 네 눈에는 괴물 같아 보일까.

괴물이 된다 해도 상관없다.

공포가 이선우를 자신의 곁으로 데려다준다면, 떠날 수 없게 발을 묶어 주고 날개를 꺾어 준다면, 기꺼이 휘두를 수 있었다. 선택의 여지 따위 처음부터 주지 않을 생각이다.

"싫어……."

선우는 도리질을 치며 뒷걸음질을 쳤다.

"싫어. 못 지워. 내 아이예요. 내, 아이야. 내가 가진 내 아이야."

막다른 골목에 다다른 선우의 눈동자에 불꽃이 일렁였다.

"내 아이예요! 지금 여기, 내 배 속에 있는 내 아이야! 당신이 뭔데 지우라고 해? 내가 낳아 내가 키우겠다는데! 당신이 뭔데 이제 와서!"

누르고 눌러 왔던 감정들이 솟구쳤다. 가슴이 터질 것 같았다. 뜨거워진 눈에는 보이는 것도 없어졌다.

"그래, 내가 당신 속였어. 그런데 그게 뭐? 당신도 나 속였잖아! 다 알면서! 다 알고 있었으면서!"

수치를 무릅쓰고 매달렸던 순간들이 있었다. 속이면서도 혹시나 남자가 자신에게 진심이 되어 버릴까 봐 가슴이 철렁 내려앉던 순간들이 있었다. 그러다 결국엔 아프게 마음에 담았던 순간이 있었다.

그런 내게 당신은 좋아한다고 말하라 했었지. 숱하게 많은 밤, 나는 당신을 보고 웃어야 했어. 좋아한다고 매달려야 했어. 함부로 만져 대는 손길에도 나는.

나는…….

그 손길 아래에서 흐느꼈던 자신의 모습이 떠올라 선우는 어깨를 웅크렸다. 속는 줄도 모르고 밤마다 달려가 안아 달라고 애원을 했었다.

내가 당신에게 무엇을 그리 잘못했을까.

"다 끝났잖아! 당신 마음대로 다 했잖아! 나 내쫓고서 보란 듯이! 우리 민우까지!"

눈물이 울컥 흘러나왔다. 민우의 이름이 적힌 음성 파일을 보았을 때 온 세상이 빨갛게 보였다. 민우의 마지막 목소리를 세상 사람들이 나보다 먼저 들었어. 어떻게 그래.

"내가 얼마나 더 아파야 만족해요? 그렇게 하고도 모자라? 왜 이렇게! 내게, 왜!"

뭉친 핏덩어리 같은 감정이 토해져 나왔다. 선우는 붉게 터진 눈을 하고 문도를 노려보았다. 원망은 분노가, 분노는 증오가 되었다.

"내가 뭘 그렇게 잘못했어요? 말해 봐요. 억울하게 죽은 내 동생 핸드폰이라도 가져 보겠다는 게 그렇게 큰 잘못이야? 진실을 알아보려는 게 잘못이야? 내 아이 내가 낳아서 키우겠다는 게 하면 안 되는 짓이야? 당신이 뭔데! 대체 뭔데 내게 이래!"

밑바닥에서부터 터져 나온 절규가 새벽의 도로 위에 울려 퍼졌다. 선우는 눈물을 펑펑 쏟으며 문도의 옷깃을 틀어쥐었다.

"왜 내 아이를 빼앗으려 해! 당신과 상관없는 내 아이인데, 그거 하나만 갖게 해 달라는 게 그렇게 무리한 소원이야? 내게 왜 이래요. 정말……."

모르겠다. 전생에 아주 많은 죄를 지었나 보다. 그래서 이렇게 생이 내게 잔인하게 구는가 보다. 선우는 흐느끼며 다시 애원을 했다.

"각서 쓸게요. 필요한 건 다 할게요. 그래도 안 돼? 나는……. 살아가면 안 돼? 나 좀 살게 해 주면 안 돼요? 꼭 이렇게 내게 잔인해야 해요?"

눈물로 일그러진 시야에 남자의 얼굴이 어른거렸다. 눈물 속에 갇혀 있는 남자의 얼굴도 일그러져 보였다.

"부탁할게요. 뭐든지 할 테니까."

문도는 고개를 수그리고 애원하는 여자를 내려다보았다. 기어이 여기까지 왔다. 가는 손가락이 붙들고 있는 재킷은 눈물로 얼룩져 있었다. 가슴에 둔통이 일었다. 그래도 놓을 수는 없었다.

"아이를 낳으면."

한 줄기 희망을 주자 선우가 고개를 들었다. 눈물이 그렁그렁한 눈이 그를 올려다보았다.

"무슨 수를 써서라도 데려올 거야. 그리고 그 아이는 내 밑에서 크게 될 거야."

다시 절망으로 물들어 가는 선우의 눈을 보다가 문도는 말했다.

"자라는 모습이라도 보고 싶다면, 낳을 때까지 내 옆에 있어."

이렇게라도 너를.

"그게 내 조건이야."

붉게 터진 선우의 눈시울에 다시금 투명한 눈물이 차올랐다. 절망이 뒤섞인 희망 앞에서 선우는 넋 없이 눈물을 흘렸다. 한참을 그렇게 눈물을 흘리던 선우가 눈을 감았다. 힘겹게 무언가를 넘긴 뒤 천천히 고개를 끄덕였다.

"원하는 대로 할게요. 아이 지우라고만 하지 말아요."

눈물이 얼룩진 얼굴을 하고 이선우가 말했다. 듣기를 원했던 대답이었는데 목으로 쓴 물이 넘어갔다. 언젠가 나도 너에게 그토록 간절한 존재가 되는 날이 오기는 할까. 생각하니 웃음만 나왔다.

"그래. 안 할게."

그 말을 듣는 순간 무릎에 힘이 빠진 선우는 비틀거리며 주저앉았다. 뒤늦게 현기증이 밀려들었다. 질끈 눈을 감았다가 뜨는데 남자의 구둣발이 보였다. 깨끗하게 반짝이는 구두를 보며 선우는 숨을 골랐다. 문득 자신과 아이는 이 남자의 구두에 묻은 오물 같은 게 아닐까, 하는 생각이 든다.

닦아 내고 싶고, 지워 내고 싶은 그런 존재. 서문도의 인생에 오물을 튀길까 봐 통제해야 하는 존재.

선우는 깊이 심호흡을 했다. 아이를 지우지 않아도 된다는 대답을 들었으니, 이제는 아이를 지켜 낼 방법을 생각해 봐야 했다. 상대는 서문도였다. 감정적으로 굴어서 해결되는 일은 아무것도 없을 거였다.

선우는 남은 힘을 그러모아 비틀거리는 다리에 힘을 주었다. 무릎을 짚고서 다시 일어났다. 마주 선 남자의 얼굴을 올려다보는데 신기하게도 아무런 감정이 들지 않았다. 남아 있던 일말의 감정 같은 것도 눈물에 쓸려 내려간 듯했다. 그 어느 때보다도 남자가 멀고 낯설었다.

"감사합니다."

고개 숙인 선우의 인사에 문도가 미간을 찡그렸다. 그 표정에도 아무런 생각이 들지 않았다.

"시간이 많이 늦었어요. 이만 서울로 올라가세요."

집으로 돌아가고 싶었다. 쉬고 싶다는 생각뿐이다. 너무 많이 울었고, 그래서 지쳤고, 이제는 서 있는 것도 점점 힘들었다.

선우는 무릎을 굽혀 아까 떨어트렸던 가방을 주웠다. 핸드 크림이며 핸드폰, 아이들에게 받은 비타민과 챙겨 먹는 엽산까지 바닥에 흩어져 있었다. 먼저 차 키부터 집는데 문도가 낮은 한숨을 쉬며 몸을 굽혔다. 건네주는 물건을 멍한 상태로 받아 가방에 넣고 일어서는데 남자가 물었다.

"……먹고 싶은 건, 없어?"

이상했다. 선우를 보고 있는 남자의 눈빛이 무언가로 얼룩진 것 같았다. 대답을 하지 않는 선우를 끈질기게도 본다. 누가 보면 퍽이나 위해 주는 사람인 줄 알겠다. 선우는 고개를 저었다.

"없어요."

대답을 하니 문도가 뭐라 말을 할 듯 입술을 떼었다가 지그시 물고는 한숨을 쉬었다. 그러다 가라앉은 목소리로 선우에게 말했다.

"차 보낼 테니까 서울로 올라올 준비하고 있어."

선우는 고개를 저었다. 시간이 필요했다.

"며칠만 더 있다가 갈게요. 학원에서 아이들을 가르치고 있어요."

마뜩지 않아 하는 표정의 남자를 보며 차분히 말했다.

"그만둘 때 그만두더라도 정리는 하고 가고 싶어요. 학원 일 마무리되면 연락드릴 테니 그때까진 기다려 주셨으면 해요."

알겠다는 듯 고개를 끄덕인 문도가 말했다.

"데려다줄게."

"아니요. 혼자 가고 싶어요."

선우는 차 문을 열었다. 남자를 남겨 둔 채로 문을 닫고 시동을 걸었다. 돌아보지 않고 차를 출발시켰다.

시간을 벌었으니, 이제 도망갈 곳을 알아볼 차례였다.

42. 다시, 별채

“오늘 선생님이랑 마지막 수업이 될 거라고 말했었죠?”

수업을 마친 선우는 개나리반 아이들을 모아 놓고 말했다. 여섯 살 여자아이들이 올망졸망 앉아 네에, 하고 대답을 했다.

“그래서 선생님이 오늘은 개나리반 친구들에게 줄 선물을 준비했어요.”

선우는 교실 한쪽에 두었던 쇼핑백을 가져왔다. 사이즈별로 준비한 핑크색 튀튀 스커트와 토끼 모양 간식 꾸러미가 든 쇼핑백을 아이들 앞에 하나씩 나누어 주었다.

“이건 유주 꺼. 수아 꺼. 자, 마지막으로 지안이 꺼.”

아이들이 와아, 소리를 지르며 스커트를 꺼내 보았다. 방글방글 웃는 얼굴을 보며 선우도 미소를 지었다.

“선생님, 그럼 이제 선생님 못 보는 거예요?”

수아가 토끼 모양 간식 꾸러미를 들고서 선우에게 물었다. 유난히 선우를 잘 따르던 아이였다. 바라보는 눈에 눈물이 울멍울멍 고여 있었다.

"아니이."

선우는 고개를 가로저으며 미소를 지어 주었다.

"왜 못 봐. 선생님이 놀러 올 건데. 길을 가다가 볼 수도 있고, 선생님이 놀러 올 수도 있는데."

웃으면서 하얀 거짓말을 한다. 비죽비죽 울음을 참는 수아를 안아 주며 선우는 교실 한편의 사물함을 가리키며 말했다.

"선생님 보고 싶으면 사진 저기 우리 찍어 놓은 사진 봐도 되고. 그치?"

아이들은 누군가를 금방 따르기도 하고 금방 잊기도 했다. 전에 맡았던 선생님이 돌아오면 언제 그랬냐는 듯 선우를 잊고서 방실방실 웃으며 폴짝 뛰어다닐 것이다. 그 사실이 위안이 되었다.

"자 그럼 오늘 수업은 여기서 끄읕."

수업 종료를 외친 선우는 아이들 외투를 단단히 입히고 구두와 운동화를 꼼꼼히 신겼다. 노란 승합차에 차례로 태워 안전벨트도 두 번씩 확인하며 매어 주었다.

"지안이 안녕~"

"유주도 안녕~"

"수아도, 안녕~"

마지막으로 수아를 엄마에게 인계하고 난 뒤 선우는 손을 흔들었다. 총총 땋은 머리를 한 수아가 길 끝에서 뒤를 돌아보며 선우에게 손을 흔들었다.

"안녕."

선우는 작게 소리 내서 말했다.

오늘로 닷새가 지났다. 떠날 준비는 되어 있었다.

"이모."

퇴근하며 미숙의 집에 들른 선우는 손에 들려 있던 쇼핑백부터 내밀었다.

"이게 뭐야?"

"오는 길에 사 왔어요. 맛있어 보여서요."

이모가 좋아하는 빵집의 빵과 케이크를 넘겨주며 말했다. 그나마 견디기 쉬운 냄새 중에 하나가 빵 냄새와 커피 냄새였다.

"너 주려고 내가 끓여 봤는데, 맛이 어떨지 모르겠다. 전에 혜숙이가 너 가졌을 때 이것만 그렇게 먹었거든."

미숙이 뒷 베란다에서 냄비를 들고나왔다. 엄마도 좋아하고 선우도 좋아했었던 콩비지찌개였다.

"저 이거 좋아하는데."

"알지. 양념간장도 해 놨어. 비벼서 먹을래?"

육수에 불린 콩 간 것을 넣어 김치와 함께 끓인 비지찌개를 받은 선우는 밝게 웃었다. 흰 밥을 말아 양념간장을 넣어 비볐다. 한입을 가득 먹고서 미숙에게 말했다.

"맛있어요."

"다행이다. 도통 뭘 못 먹어서 걱정했는데."

선우는 애써서 입안의 음식을 삼켰다. 어쩌면 이모가 해 주는 마지막 음식일지도 모르겠다는 생각에 힘들어도 끝까지 비웠다.

"학원은 오늘로 그만둔 거지?"

"네."

"대학원 준비할 거라고?"

"네. 배불러 오면 어차피 수업은 못 할 거 같아서요."

평상시처럼 웃으며 차를 마셨다. 주말인 내일, 이모는 더 추워지기 전에 이모부와 함께 월정사에 다녀오기로 했다는 이야기를 들었다.

"저도 여행 다녀오려고요."

"너도?"

"인터넷 보니까 아이 낳으면 당분간 여행은 꿈도 못 꾼다고 하더라고요. 배 속에 있을 때 부지런히 다니래요."

"그건 맞지. 서윤이만 해도 데리고 어디 갈 때면 짐이 한 보따리야. 그래서 어디 다녀올 건데?"

"제주도요. 요즘 한달살이 하는 곳들이 많이 있대요."

선우는 목적지를 확실히 말했다. 인터넷에서 찾아 둔 숙소 사진도 미숙에게 보여 주었다.

"천천히 쉬면서 바닷가 산책도 하고, 맛있는 것도 먹고, 선배 언니도 거기서 만나기로 했어요."

혹시 혼자 다녀온다는 걸 걱정할까 봐 은정 선배도 팔았다. 일단은 아무도 찾지 못할 곳에 숨는 게 우선이었다. 반전세로 얻은 집은 나중에 매물로 내놓으면 될 거였다. 그땐 이모에게 아무에게도 말하지 말고 처리를 해 달라고 부탁을 할 생각이다.

"제주도 좋지. 얼마나 있다 올 건데?"

"일단은 보름 정도 생각하고요, 더 있고 싶으면 조금 더 있을 수도 있어요."

집은 깨끗이 정리를 해 두었다. 인터넷과 TV, 정수기 렌탈 서비스는 해지를 했다. 당분간 생활할 돈도 현금으로 찾아 놓았다.

"그래도 늘 몸조심하고."

"네. 조금이라도 안 좋으면 병원 바로 갈게요."

월정사에 잘 다녀오시라고 인사를 하고, 맛있는 것을 사 드시라 봉투도 억지로 쥐여 드렸다. 지하의 주차장까지 따라 내려온 이모에게 손을 흔들어 인사를 한 뒤, 시동을 걸었다.

서교동 329번지.

아무 곳에도 적어 두지 않은 주소를 속으로 되뇌며 선우는 오송역으로 출발했다.

쉬이익, 귀를 먹먹하게 하는 바람 소리를 들으며 선우는 창밖을 보았다. 어두운 밤, 보이는 것은 멀리서 빛나는 어딘가의 불빛뿐이다.

용산이 종착역인 열차는 이제 막 광명을 지났다. 들고 있는 핸드백 이외의 짐은 다리 맡에 놓아둔 16인치 작은 캐리어 하나가 전부였다. 낡아서 상처가 많이 난 캐리어를 보는데 힘없는 웃음이 나왔다.

공연이나 대회 스케줄을 다닐 때 기내용으로 들고 다니라고 아빠가 선물해 준 거였다. 저걸 들고 별채도 갔었고, 쫓겨 나와 다시 집으로도 왔었다.

네가 같이 있었구나. 아주 혼자는 아니었네.

짙은 녹색의 낡은 트렁크에게 말을 걸었다. 삶의 여정을 동반했던 낡은 가방만을 들고 이제는 다시 서울로 간다.

고민이 많았다. 외국도 생각했었고 강릉이나 제주도도 생각했었다. 들고 나는 사람이 많이 있는 관광지와 작은 소도시들을 인터넷으로 매일 밤 헤매고 다녔다.

부모님 장례식에서 처음 봤었던 큰아버지가 살고 계신 캐나다로 갈까, 그래도 이모 있는 세종에서 멀지 않은 대전이나 청주 같은 곳에 숨어 있을까.

그러다 마지막으로 고른 곳은 서울이었다. 어쨌든 지금 선우는 아이도 낳아야 했고, 병원도 다녀야 했다. 너무 멀거나 인적이 드문 곳은 병원에 가야 할 때 불편할 테니 대중교통이 잘 되어 있는 곳으로 가야 했다.

모래사장의 모래알처럼 서울의 수많은 사람들 사이에 숨어드는 게 차라리 나을 거 같다는 생각으로 독채 에어비앤비를 한 달간 예약하고, 선불로 모두 지급을 마쳤다.

열차가 서울로 진입했을 때 핸드폰이 울렸다. 이 연락을 끝으로 핸드폰은 역사의 쓰레기통에 버릴 예정이었다.

"네. 차는 오송역 주차장에 세워 뒀어요. 위치 보내 드릴게요. 키는 안에 넣어 놨구요. 네. 계좌로 입금해 주세요. 네. 감사합니다."

차는 중고차 딜러에게 팔았다. 헐값이지만 받아서 아이를 키우는 데 보탤 생각이다. 이제는 정말 아껴 살아야 하니까.

천천히 속력을 줄인 열차가 용산역에 도착을 했다. 우르르 내리는 사람들을 따라 선우도 내렸다. 커다란 역사는 불이 밝고 사람들이 많았다. 그 많은 사람들 사이로 섞이며 선우는 가만히 모자를 눌러썼다.

택시는 상가 주택이 많은 홍대 뒷골목에 멈춰 섰다.

찜닭 잘하는 집. 더블 크루아상. 라라 미용실. 불이 들어온 상가의 간판들을 읽으며 선우는 거리를 걸었다. 군데군데 게스트 하우스 안내 표지판이 많이 보였고, 분식집, 펍, 커피집 등의 다양한 작은 가게들이 골목마다 있었다.

329번지. 아트 미술 학원 옆, 하나 오피스텔 403호.

몇 번이나 외웠던 주소를 읊조리며 상가를 훑다가 '아트 미술 학원'을 발견했다. 선우는 걸음을 빨리했다. 드르륵드르륵 캐리어의 바퀴 소리가 선우의 걸음 소리를 뒤쫓았다.

길을 건너온 선우가 마침내 오피스텔 앞에 섰을 때였다. 달칵 소리가 나며 오피스텔 앞에 주차되어 있던 차의 문이 열렸다.

새까만 구두. 탄탄하고 길게 쭉 뻗은 다리. 눈처럼 새하얀 셔츠와 그녀를 향해 고정되어 있는 갈색의 눈동자.

뚜벅뚜벅 걸어오는 남자의 머리카락이 바람에 날렸다. 한 대 맞은 것처럼 머리가 멍해진다. 마주 서는 그 순간까지 믿을 수 없었다. 이해할 수도 없었다. 당신이 왜 여기에 있지.

"늦었네."

서문도가 말했다. 담담한 듯 고요한 눈동자가 선우를 훑었다.

"이러니 내가 너를 어떻게 믿겠어."

희미한 미소를 짓는 남자는 다시 보아도 서문도였다.

어떻게…….

멈춰 선 선우는 멍하니 생각했다. 어떻게 알았지. 아무에게도 말하지 않았는데. 부동산에도 가지 않았고 이모에게도 말하지 않았는데. 사람을 붙였나. 그 생각에 긍정이라도 하듯 남자가 피식 웃었다.

"전부터 생각했지만 너는 너무 몰라."

무엇을……? 이라고 선우가 생각할 때였다.

"내가 어디까지 할 수 있는지, 어디까지 할 생각인지. 너무 몰라."

문도가 말했다. 어떻게 여기를 알고 왔는지 아직도 이해되지 않았지만 한 가지 사실은 분명히 알겠다.

서문도가 지켜보는 한, 어디로도 도망칠 수 없음을.

뒷자리에 앉은 이선우는 가만히 차창 밖을 볼 뿐, 아무것도 묻지 않았다. 문도는 백미러를 통해 비추어지는 선우의 모습이 감정이 없는 인형 같다는 생각을 했다.

서울로 올라오던 그 밤에 당연히 사람을 붙였다. 그것도 여러 명을. 계좌를 추적하고 동선을 파악했다. 입금처와 거래 내역, 이선우가 탔던 택시의 번호와 던져 버린 핸드폰의 위치까지 알고 있다.

순순히 올라올 거라는 생각은 하지 않았다. 그래도 이렇게 흔적없이 사라져 버릴 각오까지 할 줄은 몰랐지.

기껏해야 집을 내놓고 다른 도시로 이사를 가겠지. 적어도 정미숙에게는 이야기를 하겠지. 도움을 요청하고 며칠 어디 다른 곳에 머물 생각을 하겠지. 절박해진 이선우가 어디까지 할 수 있는지 몸소 겪어 놓고서 그 정도로만 생각했었다.

이선우는 정말로 아무도 모르게 혈혈단신으로 아이를 낳아 기를 생각을 했다. 누구의 보살핌도 없이 남은 8개월을 버텨, 아이를 안고서 완전히 숨어 버릴 생각을.

"독하네. 이선우."

씁쓸한 마음은 소리가 되어서 흘러나왔다.

"정말 혼자서 아이 낳을 생각이었어?"

문도의 말에 선우가 룸 미러를 보았다. 시선이 짧게 마주치고, 선우가 대답을 하지 않은 채 다시 창밖을 본다.

차는 얼마 지나지 않아 이태원의 언덕을 올랐다. 별채의 차고에 차를 세운 문도는 뒷좌석 문을 열었다. 짐을 꺼내고 선우를 엘리베이터에 태워, 별채의 안으로 이선우를 데려왔다.

"2층 내 방에서 지내."

알겠다는 대답도, 싫다는 대답도 없었다. 모든 것을 체념하고 포기한 사람처럼 선우가 문도의 공간을 향해 걸었다. 유령처럼 걸어 중문을 열고 마스터 룸의 방문을 열었다. 그러고도 안으로 안으로 자꾸만 들어갔다.

반쯤 열려 있는 마스터 룸으로 따라 들어간 문도는 우욱, 선우의 토하는 소리를 들었다. 헛구역질을 하며 전부를 쏟아 낸 이선우가 소리 죽여 울었다.

다시 시작된 별채에서의 첫 번째 밤이었다.

새벽 동이 아직 트지 않은 시간, 문도는 본관의 문을 열고 안으로 들어섰다. 거실은 아직 어둠에 잠겨 있었고 긴 복도의 안쪽, 주방의 불빛만이 밖으로 번져 나오고 있었다.

똑똑.

문도는 벽을 두드려 인기척을 냈다. 쌀을 씻던 장 여사가 그 소리를 듣고 뒤를 돌아보았다. 문도는 주방 안으로 한 걸음 들어가며 인사를 건넸다.

"안녕히 주무셨어요?"

"벌써 건너오셨어요? 오늘 일찍 가 보셔야 하는 일 있으셨나?"

장 여사가 걸어 놓은 티타월에 손을 급히 닦았다. 주방 벽 한편에 붙어 있는 커다란 보드에는 출장이나 야근 같은 식구들의 스케줄과 식사 참석 여부가 적혀 있었다.

"그냥 일찍 깼어요."

벽에 비스듬히 기대서며 하는 말에 장 여사가 싱겁다는 듯이 웃었다.

어릴 때는 주방에 자주 들어왔었다. 밖에서 놀다가 뛰어 들어와서 냉장고를 열면, 장 여사는 문도를 끌어다 싱크대 앞에 세우고 손부터 닦아 주었다.

발뒤꿈치를 세워 싱크대 위로 팔을 쭉 뻗으면 장 여사가 꼼꼼히 거품을 내어 어린 문도의 손을 닦아 준 뒤 티타월로 물기를 싹싹 훔쳐 주었다.

365일 바쁜 부모님은 집을 비우기 일쑤였다. 텅 비어 있는 커다란 집에 불이 켜진 곳은 언제나 주방이었고, 그곳에는 늘 장 여사가 있었다.

"예전 생각나네요."

장 여사가 압력솥에 밥을 안치며 말했다. 문도는 고등학생이 되고 대학생이 되어서도 한 번씩 들어와 아무렇지 않게 싱크대에서 손을 씻고 장 여사에게 물을 튀기곤 했었다.

문도는 희미하게 웃으며 장 여사를 바라보았다. 이어지는 아침 식사 자리에서 어머니가 같이 있을 때 말할 수도 있지만 먼저 주방으로 들어왔다. 장 여사가 장 여사이기 때문이었다.

"여사님."

"네."

"이선우 데려왔어요."

장 여사가 뒤를 돌았다. 이게 무슨 소리냐는 듯 눈을 끔뻑거리며 문도를 본다. 문도는 이어 말했다.

"아이 가졌어요."

커다랗게 눈을 뜨는 장 여사를 보면서 문도는 말했다.

"맞아요. 내 애야. 혼자 낳겠다고 도망가는 거 붙잡아 왔어요."

"선우 씨가 별채에 있다고요."

장 여사가 눈썹에 힘을 모아 그를 보면서 말했다. 사태가 심각할 때 보이는 표정이었다.

"전무님 아이를 가졌고요."

고개를 끄덕이자 끙 소리를 내며 한숨을 쉬었다.

"대표님은 아세요?"

"이제 말씀드려야죠."

"그런 일이 있었으면 나한테 알릴 게 아니라 대표님께 먼저."

"그냥, 여사님한테 먼저 말하고 싶어서."

문도는 싱거운 미소를 지었다. 그 모습을 보던 장 여사가 다시 긴 한숨을 내쉬었다.

"잘 챙겨 줘요. 몸이 한 줌이야."

문도는 장 여사에게 말했다. 해야 할 일들이 많았다. 짐도 별로 없이 도망 나온 이선우였으니 필요한 것들도 사다가 채워야 하고, 방도 새로 꾸며 주어야 했다.

별채에 블라인드도 달아야 하고 병원도 새로 정해야 했다. 하루 종일 집에 있어야 하는 이선우에게 필요한 사람은 다른 누구도 아닌 장 여사가 될 거였다.

"혼은 나만 내고요."

문도의 말에 장 여사가 어이없다는 표정을 지었다. 피식 웃은 문도는 벽에 기댔던 어깨를 떼었다. 막막한 표정을 짓던 장 여사가 문도에게 물었다.

"몇 주나 됐어요?"

"두 달 하고 일주일, 그 정도 됐겠네요."

"병원부터 알아봐야겠네."

장 여사가 몸을 돌려 보드에 선우의 이름을 적었다. 병원, 침구, 식사 등의 글씨가 아래로 쓰이는 것을 보다가 문도는 천천히 몸을 돌렸다. 하늘이 밝아 오고 있었다.

눈을 뜨니 커다란 창이 보였다. 아침이 밝았는지 창으로 해가 들어오고 있었다. 선우는 느리게 눈을 깜빡였다.

기분이 이상했다.

지난 두 달의 시간을 누군가 접어 버린 것 같았다. 밤마다 이 침실로 올라와서 남자에게 안겼던 그때로 돌아간 것 같기도 했다. 그만큼 현실감이 없었다. 선우는 부스스 일어나 침대 헤드에 기대 앉았다.

커다란 창문과 그 아래의 윈도우 벤치. 시트의 냄새와 감촉. 대리석 벽과 낮고 긴 월넛 서랍장.

낯설지 않았다. 아니, 낯설지 않은 정도가 아니라 익숙했다. 익숙한 공간, 익숙한 가구, 익숙한 감각들 사이에서 낯선 것은 오로지 자신 하나였다.

이 자리를 당연한 듯 차지하고 있는 이선우가 낯설었다. 이 방에 더는 숨어서 들어오지 않아도 되는 신세라니. 그 남자의 아이를 가져, 이렇게 다시 돌아왔다니. 선우는 무릎을 끌어안고서 이마를 묻었다. 한참을 그렇게 있다가 허무해서 웃었다.

도망은 시도에서 막혔다. 포기와 체념이라는 단어가 머리를 맴돈다. 어찌 되었든 남자의 감시 아래 들어왔으니 아이는 낳게 해 주겠지. 약속한 대로 자라는 동안 지켜보게도 해 주겠지. 적어도 혼외자의 엄마로 살아가게는 해 주겠지.

피식 웃는데 눈가가 뜨거워졌다. 얼마 전 아이의 이름을 어떻게 지을까 고민했던 게 생각났기 때문이었다.

머리글자를 같게 지으면 어떨까 생각을 했었다. 자신의 성을 물려주고, 머리글자도 비슷하게 짓는 건 어떨지. 손수건 아래에 같은 이니셜로 수를 놓는 생각을 했었는데.

성을 나누어 주는 일은 없겠구나.

아이는 남자의 아이로 자라게 될 거였다. 선우의 배 속에 있고, 선우가 품어 선우가 낳을 건데도 그랬다. 그 사실이 기막힌데, 더 기가 막히는 건 현실 앞에 무릎을 꿇어야 하는 자신의 상황이었다. 돈과 권력 앞에서 부조리해지는 현실을 지겹도록 겪어 왔는데, 아이를 두고서 다시 겪어야 한다고 생각하니 눈앞이 깜깜했다.

이제는 지친 것도 같았다. 포기할까. 체념할까. 시키는 대로 고분고분 말을 잘 들을까. 그러면 조금은 내게도 주어지는 게 있을까. 그런 생각을 하게 된다.

어떻게 해야 할까. 아가야, 엄마는 이제 방법을 모르겠어.

똑똑.

상념을 깨트린 건 노크 소리였다. 반사적으로 고개를 돌리자 마스터 룸의 문이 열렸다. 서문도일 거라 생각해 고개를 돌리려는데 귀에 익은 목소리가 들려왔다.

"잘 지내랬더니, 어찌 애를 가졌어."

선우의 고개가 스르륵 다시 돌아갔다. 장 여사였다. 안쓰러움 가득한 얼굴을 마주하자마자 가슴이 꽉 메어 오더니 막을 틈도 없이 눈물이 흘러내렸다.

"여사……. 여사님."

장 여사는 눈물을 쏟는 선우의 옆에 앉았다. 서러움이 가득한 울음을 울며 선우가 장 여사의 옷깃을 붙들었다.

"왜 그때보다도 상태가 더 안 좋아져서 온 거야. 내가 잘 지내라고 그렇게 말을 했는데."

어엉— 울음을 터트리는 선우를 안고 장 여사는 등을 토닥였다. 한 줌밖에 안 남았다는 말은 거짓이었다. 장 여사의 품에 안겨 울고 있는 선우는 종잇장 같았다.

"왜 이렇게 말랐어. 밥은 먹어요? 입덧이 심한 거야?"

선우는 대답도 하지 못하고 눈물만 뚝뚝 흘렸다. 잔뜩 얼어붙었던 마음이 장 여사의 손길에 투둑투둑 금이 가며 녹아내리는 듯했다.

"엄마가 돼 가지고 이렇게 울면 안 돼."

장 여사는 선우의 어깨를 잡았다. 눈물을 흘리고 있는 눈에 자신의 눈을 맞추며 말했다.

"내가 숙소 동 사람들한테는 말을 잘해 놓았으니까, 선우 씨는 아이만 생각해요. 울 때가 아니야. 응?"

주방 일로 억세어진 손이 선우의 뺨에 흐른 눈물을 닦아 주었다. 선우는 자신에게 눈을 맞추어 오는 장 여사를 보며 고개를 끄덕였다.

"입덧은 어때요? 밥은 먹어?"

무뚝뚝한 말투 속에 따뜻한 마음이 담겨 있었다. 선우는 눈물을 닦으며 고개를 저었다.

"잘…… 못 먹겠어요."

"그때는 다들 그래. 괜찮아, 괜찮아. 너무 힘들면 수액 맞으면 되고, 먹을 수 있는 거 찾아서 먹으면 돼. 엄마가 되는 게 쉽나."

불안했던 마음을 다독여 주는 말에 자꾸 눈물이 나왔다. 장 여사가 다시 선우의 눈물을 쓱 닦아 주며 말했다.

"그만 울고 세수하고 내려와요. 혹시 뭐 좀 먹을 수 있을까 싶어서 챙겨와 봤어."

"네."

대답하는 선우의 어깨를 다독인 뒤 장 여사가 문을 열고 나갔다. 선우는 침대에서 내려와 바닥에 두 발을 디뎠다.

그래. 별채였다. 가슴 졸였던 일이 많았지만, 그리 나쁘지만은 않았던 곳.

숨을 가다듬은 선우는 눈물을 닦았다. 아이만 생각해요. 장 여사의 말을 떠올리며 화장실로 향했다. 세수를 하고 밥을 먹을 생각이었다.

1층 다이닝 룸으로 내려가니 구수한 된장국 냄새가 코끝을 스쳤다. 밥 냄새에는 그렇게 미식거렸던 속이 뒤집히지 않아 신기하다고 생각하는데 커피 한 잔을 들고 앉아 있는 서문도가 보였다.

"아."

선우는 걸음을 멈추었다. 서문도가 여기 있을 거라는 생각을 못했다.

"선우 씨, 얼른 앉아요."

선우를 본 장 여사가 국을 뜨며 말했다. 선우는 주춤거리다 문도가 앉은 자리에서 가장 먼 자리에 앉았다.

"대표님이 전무님 가졌을 때 이걸 잘 드셨다고 하셔서 끓여 봤는데 아기 입에 맞았으면 좋겠네. 간혹 애가 아빠 입맛을 닮을 때가 있거든."

아빠, 라는 말에 문도와 선우의 시선이 허공에서 마주쳤다. 선우는 이내 고개를 돌렸다.

"맹물처럼 연하게 끓였는데, 어때요?"

선우는 연한 갈색의 된장 국물을 한 모금 마셨다. 신기하게도 속이 가라앉으며 내려가는 느낌이었다.

"어, 괜찮은 것 같아요."

"그래? 잘됐네. 괜찮으면 좀 더 먹어 봐."

선우는 숟가락을 들었다. 한 번 두 번을 떠먹다가 그릇째로 들어 한 모금을 길게 마셨다. 따뜻한 국물이 사르르 속을 타고 아래로 내려갔다.

"괜찮아?"

"네. 맛이…… 없는데, 맛있어요."

선우가 장 여사를 보며 웃었다. 문도는 그 모습에서 눈을 떼지 못했다. 순하게 웃는 희미한 미소를 얼마 만에 보는 건지. 장 여사를 부르길 잘했다는 생각을 하는데, 국을 마시던 이선우와 시선이 부딪혔다.

움찔 놀란 이선우가 그대로 국그릇을 내려놓더니 곤란한 듯 숨을 쉬었다. 그러다 급하게 자리에서 일어났다. 입을 틀어막고 게스트 룸 옆에 있는 화장실로 달려가더니 그대로 국을 게웠다.

"우욱."

손끝이 하얗게 되도록 변기를 붙잡고 선우가 구역질을 했다. 뒤따라온 문도가 등을 두드리려는 찰나, 선우가 그 손을 쳐내더니 비틀거리며 일어섰다. 세면대 앞으로 가서 입을 헹구고 얼굴을 닦은 선우는 문도와는 눈도 마주치지 않고 욕실을 나갔다.

"죄송해요, 여사님."

"죄송할 게 뭐 있어요. 배 속에 애가 있어 그런 걸."

장 여사가 등을 토닥이자 선우가 미안한 미소를 지으며 그래도 맛있었다고 말을 했다. 선우의 눈은 오로지 장 여사만을 향해 있었다. 문도는 쓴웃음을 삼켰다. 철저한 외면의 시작이었다.

서문도가 말없이 자리를 떴다. 거실을 지나 2층으로 올라가는 모습이 시야의 끝에 걸렸지만 선우는 고개를 돌리지 않았다.

"먹고 싶은 거 있으면 언제든 말해요. 이건 못 먹겠네."

장 여사가 국을 치우며 말했다. 선우는 장 여사의 팔을 잡았다.

"먹을 수 있을 거 같아요."

속이 편해지는 음식은 오랜만이었다. 순하고 따뜻하게 채워지는 느낌이 좋았다. 자꾸 먹는 연습도 해야 할 것 같아 선우는 장 여사에게 한 그릇을 더 달라고 부탁했다.

"괜찮은가 보네."

"네. 그런 것 같아요."

선우는 맑고 연하게 끓인 된장국 한 그릇을 천천히 다 먹었다. 끝에 살짝 칼칼한 맛이 도는 것도 좋았다.

"다행이네."

장 여사가 흐뭇하게 웃으며 말했다. 냄비째로 냉장고에 넣어 둘 테니 먹고 싶어지면 데워 먹으라는 말도 했다. 선우는 빈 그릇을 치워 주는 장 여사를 불렀다.

"여사님."

"네."

"숙소 동 아주머니들께 인사를 드리고 싶은데요……."

어떻게 말을 해야 할지를 생각하면 난감하기만 했다. 전에는 친척 어른이 위중하셔서 급히 나가게 되었다고 장 여사가 둘러대 주었다지만, 돌아온 이유는 어찌 말을 해야 할지.

지내다 보면 배가 불러 오는 것도 볼 테고, 아이 아버지가 서문도라는 것도 알게 될 텐데 처음부터 거짓말을 할 수는 없었다. 그렇다고 잠시 아이를 낳으러 왔다는 말을 하기도 난감했다.

"옥수댁은 딸이 쌍둥이를 낳아서 거기 가 본다고 그만뒀고, 양 여사랑 미옥 씨는 아직 있긴 한데."

"아주머니들도 제가 민우 누나라는 걸 알고 계실까요?"

"몰라요. 굳이 알릴 필요 없고. 일단은 내가 부회장님과 상의를……."

해 보겠다고 장 여사가 말을 이으려던 찰나에 다른 목소리가 들려왔다.

"나랑 무슨 상의를 해요?"

우현희가 주방의 뒷문을 열면서 들어오고 있었다. 선우는 자리에서 급히 일어났다. 장 여사가 우현희에게 말했다.

"안 그래도 선우 씨 데리고 건너가려 했는데, 뭐 하러 건너오셨어요."

"아무나 움직이면 어때서요. 경황없을 사람한테 오라 가라 하고 싶지도 않고. 잠깐 선우 씨랑 이야기 좀 할게요."

장 여사가 물기 묻은 손을 타월로 닦고는 뒷문으로 나갔다. 커다란 다이닝 룸에 우현희와 둘이 남게 된 선우는 애꿎은 티셔츠 자락만 움켜쥐었다가 풀었다.

안녕하셨냐고 해야 할지, 잘 지내셨냐고 해야 할지 인사말을 마땅히 찾을 수 없어 어쩔 줄 몰라 하는 선우에게 우현희가 먼저 인사를 건네 왔다.

"그동안 잘 지냈냐는 인사를 할 수가 없네요. 커피는 좀 그렇고, 마실 수 있는 차 있어요?"

"아……. 네. 다 괜찮아요."

가볍게 고개를 끄덕인 우현희가 직접 물을 올렸다. 머그잔을 꺼내 티백을 넣고 물을 부어 선우의 앞에 내려놓으며 맞은편에 앉았다.

"둥굴레차예요."

"감사합니다."

차를 받은 선우는 예의상 한 모금을 마셨다. 구수한 냄새가 나는 차는 선우의 속을 뒤집지 않고 아래로 따뜻하게 내려갔다. 우현희가 차를 마시는 선우를 가만히 응시하고 있다가 담담히 말했다.

"아이 가졌다고 들었어요."

"……네."

대답을 하는데 선우의 얼굴이 뜨거워졌다. 선우는 우현희에게 자신이 어떻게 보일지 잘 알았다. 이민우의 누나. 서유라의 트레이너. 서문도와 잠자리를 했다가 쫓겨난 직원. 아이를 가져 붙잡혀 온 여자.

"당분간 별채에서 지내기로 했다고요."

남자가 어떤 식으로 우 대표에게 말을 했는지 선우는 알지 못했다. 아이를 가진 것은 죄가 아니다. 그럼에도 부끄럽고 염치가 없었다. 여기 머무는 것만으로도 무언가를 요구하는 여자가 된 기분이라서. 그래도 선우는 고개를 들어 우현희를 똑바로 바라보았다. 여기까지 왔으니 무엇이라도 잡아 봐야 했다.

"네. 그래서 염치없지만, 드리고 싶은 말씀이 있어요."

"해 봐요."

슈트를 입은 깔끔한 모습의 우현희는 차분한 표정이었지만, 곧은 눈빛만으로도 주변을 압도하는 카리스마가 있었다. 선우는 주먹을 꾹 쥐고 숨을 깊이 마신 뒤 입을 열었다.

"전무님이 어떻게 말씀을 하셨을지 모르겠지만, 저는 아이를 빌미로 뭔가 요구할 생각, 전혀 없습니다. 전무님과 다시 마주하고 싶은 생각도 없고요."

우현희가 계속하라는 듯 선우를 보고는 차를 한 모금 마셨다.

"저는…… 아이를 지우고 싶지 않습니다."

어쩌면 이 사람이라면. 선우는 어쩌면 우현희가 자신의 이야기를 들어줄지도 모르겠다는 희망을 걸어 보았다.

"낳아서 키우기를 원했지만, 전무님과는 다시 엮이고 싶지 않았습니다. 그래서 알리지 않았어요. 전무님은 원치 않으니 지우라는……."

차마 이어지지 않는 단어에 선우는 잠시 입술을 깨물었다. 그러다 다시 고개를 들고 말을 이었다.

"지우라 했지만, 저는 지울 수 없어요. 그렇다고 아이를 뺏기고 싶지도 않아요."

자라는 모습이라도 보고 싶다면 여기 있으라고 했었지. 그런 식으로 살고 싶지 않았다. 죄를 지은 죄인마냥 이 집을 드나들고 싶지 않았다.

자신이 낳은 생때같은 아이를, 아이의 존재를 달가워하지도 않는 남자에게 맡겨 두고서 드문드문 얼굴이나 보며 살아야 하는 그런 삶을 살 수는 없었다.

"아시겠지만 저는 부모님도 돌아가셨고, 동생도 유라 씨 일로 죽었어요. 아이는 제게 유일한 희망이에요. 전무님 입장에선 곤란하신 것도 알고, 절 믿지 못하실 수 있다는 것도 잘 알아요. 아이의 존재를 원치 않으신 것도 이해하고요."

선우는 자신의 마음을 솔직히 말하기로 했다. 서문도는 그녀의 말들이 전부 거짓이라 치부하겠지만, 그래도 그의 어머니는 다를 수 있으니.

"약속드릴게요. 아무것도 요구하지 않겠습니다. 제 아이로만 키울게요. 아빠에 대해 절대로 모르게 할게요. 각서를 써도 좋고, 공증을 받아도 되고요. 필요한 일은 전부 하겠습니다. 제가 아이를 낳아 기를 수 있게……."

선우는 간절한 마음으로 우현희에게 말했다.

"도와주세요, 대표님."

침묵이 흘렀다. 선우는 마음을 졸이며 우현희의 대답을 기다렸다. 흐음, 가볍게 한숨을 내쉰 우현희가 천천히 입을 열었다.

"우선, 오해를 풀죠. 아이를 지우게 할 생각 없어요. 선우 씨에게서 빼앗을 생각도 없고요."

선우는 고개를 들었다. 처음으로 희망을 발견한 것 같아 가슴이 두근두근 뛰었다.

"문도 생각까진 모르겠지만, 나는 그래요. 하지만 그렇다고 해서 선우 씨 혼자 아이를 키우게 할 수는 없어요."

흔들리는 선우의 눈동자를 보며 우현희는 말을 이었다.

"아이를 낳고 말고는 선우 씨의 온전한 선택이 될 거고, 낳겠다고 결정했다면 우리도 그 아이를 함께 양육할 의무와 권리가 있어요. 서로를 배려해 가면서 충분히 이성적으로 같이 키울 수 있다고 생각하는데."

너무 상식적인 이야기라 오히려 믿기지 않았다. 눈만 크게 뜨고 있는 선우에게 우현희가 말했다.

"아이가 버젓이 존재하는 아빠를 모르고 자라는 게 좋은 일일까요? 선우 씨만 아이를 사랑할 거라 생각하지 말았으면 해요."

"그건……."

"아이는 양가의 사랑을 골고루 받을 권리가 있어요. 그런 아이에게 아빠를 빼앗고 할머니를 빼앗는 건 선우 씨 욕심으로 보여요.

그게 아이에게도 최선일까요?"

선우는 대답할 수 없었다. 아픈 곳을 찔린 것처럼 마음이 쿡쿡 찔려 왔다.

"문도는 시간이 좀 필요할 거예요. 선우 씨도 그래 보이고. 사실 제일 중요한 건 아이를 잘 키우는 건데, 내 눈엔 두 사람 모두 너무 감정적으로 보여요. 아이를 키울 준비도 안 되어 있는 것 같고."

정말로 최선이었을까. 정말 전부 내 욕심인가. 우현희의 말을 듣는 선우의 머리가 복잡해졌다.

"우선은 여기 머물렀으면 해요. 혼자 몸으로 힘들게 버티지 말고, 받을 수 있는 도움은 받아요. 지내면서 아이는 어떻게 키울지 서로 이야기도 해 보고. 마음을 바꾸고 보면 여기처럼 선우 씨에게 힘이 되는 곳도 없어요. 차분히 생각해 봐요."

선우는 쉽게 대답하지 못했다. 늘 이모 옆에 살면서 세종에서 혼자 아이를 키우는 상상만 해 왔었다. 아이의 아빠나 할머니, 이 집에 대해선 생각해 본 일조차 없었다. 당연히 혼자서 다 해내려 했는데, 그러면 안 된다고 한다.

"일단 직원들에게는 약혼한 사이라고 해 둘 겁니다. 그게 제일 깔끔할 테니 그건 선우 씨가 이해해 줘요. 크게 말 나오지 않을 거니까 걱정은 말고요."

그 말을 마지막으로 우현희는 자리에서 일어났다. 배웅을 하려고 자리에서 일어나는데 우현희가 뒤를 돌아 선우를 보며 말했다.

"이런 말, 어떻게 들릴지 모르겠지만 그동안 고생 많았어요."

무슨 말인지 모르겠어서 선우는 우현희를 바라보기만 했다.
“내가 선우 씨 부모님이라면 마음 아프겠지만 그래도 참 자랑스러울 것 같아. 동생이 참 좋은 누나를 뒀어요.”
울컥 마음이 솟아 선우는 입술을 깨물었다. 눈시울에 눈물이 고이려 했다.
“아니에요. 제가 한 건…….”
아무것도 없었다. 이력을 속여 이 집에 들어온 것. 남자를 유혹해 거짓된 사랑을 속삭인 것. 속는 줄도 모르고 밤을 같이 보냈던 것이 전부였다.
어쩌면 가만히 있는 게 나았을 거였다. 별채로 들어오는 일 같은 건 하지 않아도 때가 되면 남자는 서유라와 최지상의 사진을 풀고, 민우의 목소리를 세상에 뿌렸을 텐데.
오랜 시간 발버둥을 치고 얻은 건, 서문도가 버리듯이 던져 준 민우의 핸드폰뿐이었다. 그것도 내어 주었기 때문에 가져갈 수 있었던 거였다. 서랍을 뒤지고 진열장을 뒤졌던 건 전부 헛된 노력이었다.
“아니. 전부 다 선우 씨가 한 일이에요. 내 말은 믿어도 좋아요.”
우현희가 선우의 등에 손을 가볍게 대었다가 떼며 말했다. 그 단순한 동작이 선우의 마음에 닿는다. 눈시울이 붉어진 선우는 간신히 대답을 했다.
“감사합니다.”
우현희가 나간 뒤 선우는 다시 식탁에 앉았다. 눈가에 고인 눈물을 닦고 아직까지 따뜻한 둥굴레차가 담긴 잔을 두 손으로 잡았다.

'아이를 지우게 할 생각 없어요. 선우 씨에게서 빼앗을 생각도 없고요.'

우현희라는 사람을 믿고 싶었다. 그 어떤 위협도, 협박도 없이 같이 아이를 키우게 될 거라는 그 말을 믿고 싶었다. 정말로 그럴 수 있을까.

아이에게 최선이 될 일. 선우는 자리에 앉아 오랫동안 생각을 했다.

43. 만둣국

점심을 먹던 이선우가 화장실로 향했다. 그가 다이닝 룸에 내려온 직후였다. 따라가려는 문도를 장 여사가 잡았다. 그리고 대신 선우에게 다가가 등을 두드리며 쓸어 주었다.

"여사님, 죄송해요. 으읍."

연신 헛구역질을 하는 소리가 명치를 움푹 패게 했다. 괴로운 듯 웅크리는 소리와 콜록이는 소리가 이어지며 문도의 귀를 아프게 했다.

"괜찮아요. 그래도 제법 먹었으니까. 입 헹구고 나와요."

물이 흐르는 소리가 들리더니 장 여사가 먼저 화장실에서 나왔다. 우두커니 서 있는 그를 보더니 한숨을 쉬며 주방으로 향했다.

물소리가 멎고 눈이 빨갛게 충혈된 선우가 화장실을 나왔다. 물기가 남아 있는 얼굴이 말개서 붉어진 눈시울이 더 눈에 띄었다.

"여사님, 이제 괜찮아요."

이선우는 원망의 눈빛도, 미움의 눈빛도 없이 유령처럼 그를 스쳐 지났다. 다시 다이닝 룸으로 들어가 조용히 그릇을 개수대로 옮기고 장 여사에게 미안한 표정을 지을 뿐이다.

"잘 먹었습니다."

"먹고 싶은 건 없어요? 먹고 싶은 건 잘 들어간다는데. 말만 해요."

"없어요. 주시는 음식, 다 맛있어요."

"아깐 잘 먹더니."

"조금만 쉴게요. 쉬면 괜찮아질 거 같아요."

투명인간이라도 된 건가.

아무도 그에게 말을 걸지 않았다. 왜 내려왔냐는 말도, 자리를 피해 달라는 말도 하지 않는다. 이선우는 먹던 음식을 고스란히 토해 내고 장 여사는 그걸 안쓰러운 눈으로 바라볼 뿐이다.

"내가 원인인가."

문도는 그를 스쳐 지나가려는 선우에게 말했다.

"사라져 주면 되나."

그제야 고개를 돌려 그를 보는 선우의 눈빛에 아무것도 없었다. 길을 가다 낯선 사람을 본다고 해도 이보다는 덜 건조할 것 같았다.

안다. 자신이 그렇게 만들었다는 것. 그런 이선우라도 가져야겠다고 데려왔으니 감내해야 하는 일이라는 것도.

"여사님, 이선우 며칠 본관에서 지낼 수 있게 준비해 주세요. 월요일부터 2층 수리 들어가면 시끄러울 테니까."

선우가 생활하기 편하도록 중문 안쪽의 공간을 아이와 선우의 전용으로 만들 생각이다. 아무래도 남의 눈 신경 쓰지 않고 지내려면 독립된 공간이 좋을 테니까.

아래층 서유라가 쓰던 게스트 룸을 문도의 서재로 바꾸고, 2층의 미디어 룸과 그 옆의 서재를 그가 쓸 드레스 룸과 침실로 바꾸는 공사를 하기로 했다.

자신만 보면 구토를 해 대니, 며칠간 거리를 두는 것도 나쁘지 않을 거다. 그야 어차피 새벽에 나갔다가 밤에 들어오니 공사의 소음과는 관계없을 터.

이선우를 며칠간 본관에 보내고 싹 새로 단장을 하면. 블라인드도 달고, 침실 인테리어도 이선우가 좋아할 만한 것으로 새로 하고, 아기방도 새로 꾸미면. 그러다 보면 입덧도 조금은 진정이 되지 않을까.

"병원 예약은 언제죠?"

"강 원장님 스케줄 되시는 날로 잡았어요. 수요일 오후 4시예요."

수요일 오후에는 팀장급 미팅이 있다. 점심에 시작해 3시 부근이면 끝나곤 했지만, 집에 들러 이선우를 태워 가기엔 빠듯할 수 있었다.

"가능하면 4시 반으로 조정해 주세요. 아니면 아예 오전으로 하거나."

문도의 말에 장 여사가 고개를 끄덕일 때였다. 선우가 가볍게 한숨을 쉬었다. 그러다 할 말이 많은 눈동자로 그를 보며 말했다.

"전무님. 잠시 이야기를 했으면 해요."

장 여사가 자리를 피해 주었다. 선우는 거실의 커다란 소파에 앉은 남자를 바라보았다. 길게 들어온 햇살이 남자의 무릎에 닿아 있었다.

그 모습을 보고 있으니 처음 명 실장의 안내를 받아 이 집에 들어왔을 때가 생각난다. 같은 자리에 앉아 서문도는 고용 계약 서류를 들춰 보았고, 그녀는 긴장한 채로 앉아 무사히 통과하기를 기다렸었다. 햇빛을 가르며 거침없이 내려오던 모습이 인상적이었던 남자는 펜대를 세우고 물었었다. 내일부터 괜찮죠, 라고.

1년이 채 지나지 않았는데, 아주 먼 옛날처럼 느껴지는 어느 날을 떠올리다가 선우는 입을 열었다.

"2층 수리는 하지 마세요."

왜? 라고 묻듯이 문도가 눈을 들었다.

"아무것도 바꾸지 않으셨으면 해요. 전무님은 그대로 2층 쓰시고, 저는 전처럼 숙소 동에서 지낼게요."

우현희가 했던 이야기가 맞다는 결론을 내렸다. 아이를 위해 도움을 받을 수 있다면 받을 거다. 그녀가 아이에게 사랑을 줄 수 있다면, 이 집은 아이에게 단단한 울타리가 되어 줄 수 있었다. 그건 이선우라는 여자와 상관없는 아이의 권리였다. 그리고 선우는 아이가 누구보다 안전하고 건강하게 자라기를 바랐다.

그러기 위해서 여기에 머물러야 한다면 기꺼이 그럴 생각이었다. 넓고 넓은 집, 서문도와 마주치지 않고도 지낼 수 있는 공간은 많으니.

"숙소 동으로 가겠다고."

고작 그 얘기를 하려 했냐는 듯, 문도가 입매를 비틀어 웃으면서 말했다.

"왜 숙소 동으로 가려는데."

그야 당연히.

"거기가 편하니까요."

서문도와 마주치고 싶지 않았다. 눈에 보이지 않으면 그래도 견딜 만했으니까. 보기 싫은 사람이 피하는 게 맞지, 집주인에게 나가라고 할 수는 없지 않은가.

"너만 편한 거겠지. 직원들이 퍽이나 편하게 생각하겠네. 고용주 아이를 가진 여자가 입덧하고 있으면, 밥이나 제대로 먹겠어."

건조한 목소리가 그녀를 비웃었다. 듣고 나니 일리 있는 말이었다. 생각이 짧았네. 선우는 담담히 말했다.

"그러네요. 그 생각은 못 했어요. 그럼 유라 씨 쓰던 게스트 룸을 쓸게요."

그 말에도 남자는 못마땅한 듯 미간을 찌푸렸다.

"2층에서 지내."

"싫어요."

"왜."

"전무님 공간이니까요."

은은히 배어 있는 청량한 향과 매끄러운 시트의 감촉. 창으로 보이는 풍경까지 모두 남자를 떠올리게 했다. 낯익은 공간이 주는 편안함도 싫었다. 그 공간의 주인은 자신이 아닌데 편안함에 익숙해질까 무서웠다.

그리고 한 가지 더.

"거기 있으면 바보 같은 내 모습이 자꾸 보여요."

선우는 담담히 말했다. 그 방에 있으면 숨죽여 서랍 하나하나를 열었던 자신의 모습이 보였다. 그것뿐이면 그래도 견딜 만할 텐데 남자의 품에 안겨 반짝이는 눈으로 웃고 있는 모습도 보였다.

참 이상하지.

창녀 취급을 당했던 것도, 비참할 정도로 수그렸던 것도, 씻을 겨를도 없이 서랍을 뒤졌던 일도 꿈처럼 먼데 웃었던 순간들은 너무 선명했다. 장난 어린 눈길을 받으며 입맞춤을 했던 순간이, 참지 못하고 웃음을 터트렸던 순간들이 부메랑처럼 되돌아와서 마음을 할퀴고 지나갔다.

남자의 목울대가 크게 일렁였다. 눈빛이 서늘하게 가라앉는 모습도 보였다. 선우는 남은 말을 이었다.

"아이 낳을 때까지만 머물 건데 폐 끼치고 싶지 않아요. 그럴 만한 자격도 없고요."

"내 아이야. 자격 같은 거 따질 필요 없고."

남자의 반박에 선우는 깊이 숨을 쉬었다. 왜 자꾸 고집을 피우는지 알 수 없었다.

"염치없는 사람 만들지 말아요. 게스트 룸에서 지낼 거예요. 그리고."

또 뭐가 있냐는 듯한 눈길로 바라보는 문도에게 선우가 말했다.

"제게 반말하지 않으셨으면 해요."

그 말을 들은 남자가 피식 웃었다.

"저는 이제 전무님 아랫사람이 아니에요. 예의를 갖추어 주셨으면 좋겠어요."

다시 만난 이후 남자는 계속 반말이었다. 잠자리를 하던 사이였을 때조차 반말과 존댓말을 섞어 쓰던 사람이었다. 친밀한 순간에만 반말을 썼던 남자의 습관을 안다. 깍듯한 존댓말이 나왔을 땐 거리를 둘 때였다는 것도.

무례하다 싶을 정도로 거침없이 반말을 하는 남자가 싫었다. 이제는 아무런 사이도 아닌데 거리 같은 거 집어치워 버린 듯 성큼 다가온 것 같은 느낌이 싫었다.

"할 말 다 했어?"

"아니요."

"또 뭔데."

"병원은 장 여사님과 다녀올 테니까 신경 쓰지 않으셨으면 해요."

아이를 원치 않는다 했지. 지우라 했었지. 그 말들이 뼈에 새긴 듯 욱신거렸다. 그런 남자와 아이와 관련된 것들을 함께하고 싶지 않았다. 아이와의 소중한 시간에 날 선 눈빛을 얹기는 싫었다.

"그러니까……. 내가 해 주는 것들이 싫고, 쓰던 공간도 쓰기 싫고, 병원도 같이 가기 싫다."

"……."

"다 싫다고."

혼잣말처럼 말한 문도가 소파에 등을 기댔다. 목을 젖혀 천장을 보며 한숨처럼 웃더니 두 손으로 얼굴을 문질렀다. 잠시 후 단단히 응축된 눈동자가 선우를 향했다.

"첫째, 2층 수리는 널 위해서가 아니라 아이를 위해서야. 둘째, 2층을 쓰라고 한 것도 아이를 낳았을 때 돌보기 좋은 공간이라 그런 거고. 셋째, 병원은 네가 오라 마라 할 권리가 없지. 가고 말고는 온전한 내 권리야. 예약일 잡히면 알려."

누가 들으면 아이를 꽤나 위하는 사람인 줄 알겠다. 독단적으로 결정을 내린 뒤 따르라 말하는 오만함이 불편했다. 선우는 한숨을 쉬며 말했다.

"제 마음이 불편한데 아기가 편할 리 없잖아요. 억지로 여기까지 왔어요. 아이 낳을 때까지 여기서 지내기로 한 약속은 지킬 거니까, 다른 건 간섭하지 마세요."

문도가 선우를 뚫어져라 바라보았다. 선우 역시 아무 말을 하지 않아 잠시 침묵이 흘렀다. 서늘한 공기가 거실을 맴돌았다.

"병원은 타협 못 해."

문도가 말했다. 선우는 그쯤에서 타협을 하기로 했다. 아빠가 갖는 권리라는 말을 반박할 수 없기 때문이기도 했지만, 바쁜 사람이니 어차피 한두 번 시늉이나 하다 말 거라는 생각이 들어서였다. 그런데 왜 말이 계속 짧은 건지.

"반말은."

"싫어."

선우가 말을 꺼내기도 전에 문도가 말했다. 그러더니 소파에 등을 기대며 뻔뻔한 표정으로 선우를 본다.

"억울하면 너도 반말해."

이 무슨 말도 안 되는 소리인지. 선우는 어이가 없었다.

"싫습니다."

"그럼 나도 싫어."

선우는 뭐라 말을 하려다 입을 꾹 다물었다. 건조한 듯한 남자의 눈동자는 일말의 흔들림이 없다. 당신은 항상 뭐가 그렇게 당당할까.

이런 게 싫었다. 평온하려고 애써도 남자와 마주하다 보면 결국 속이 뒤틀리는 게. 마음이 긁히는 게. 그래서 똑같이 긁어 주고 싶어지는 게 싫었다.

물리적인 거리를 멀리할 수 없다면 마음이라도 멀리 두고 싶은 마음뿐이다. 안전한 거리를 지키며 물과 기름처럼 섞이지 않은 채로 지내다가 제자리로 돌아가고 싶었다.

더 이상 남자에게 화를 내고 싶지도, 마음을 다치고 싶지도 않다. 바라는 건 그저 조용히 지내다가 아이를 건강히 낳는 것. 그 아이를 절반이라도 키울 수 있게 되는 것.

"편한 대로 하세요. 어차피 이야기 나눌 일은 거의 없을 테니까."

선우는 자리에서 일어났다. 피식 웃는 남자의 모습이 어쩐지 공허해 보였지만 신경 쓰지 않기로 했다.

며칠이 흘렀다. 그사이 별채의 모든 창문에는 전자동 블라인드

가 달렸다. 2층의 수리는 하지 않았지만, 선우가 쓰기로 한 게스트 룸에는 많은 변화가 있었다.

"이제 다 됐네."

장 여사가 뿌듯한 얼굴로 게스트 룸을 둘러보았다.

"선우 씨랑 잘 어울리는 거 같은데. 어때요?"

"솔직히 말씀드려도 돼요?"

"네."

"부담스러워요."

첫날은 침대와 옷장이, 둘째 날엔 화장대와 스툴이 딸린 1인용 소파가 들어왔다. 폭닥한 구스 이불이 침대에 덮였고, 차가운 대리석 바닥 위에는 도톰한 카펫도 깔렸다.

커다란 창에는 블라인드 대신 따뜻한 느낌을 주는 커튼이 달렸고, 오늘 아침엔 아이의 침대가 들어왔다. 우아한 모양의 스탠드 조명과 따스한 느낌의 그림까지. 인테리어 잡지에 실려도 될 것 같은 내추럴한 분위기의 엄마와 아기방은 그렇게 3일 만에 완성이 되었다.

"부담 가질 거 없어요. 전무님이 하고 싶어서 한 건데."

드르륵드르륵 블라인드를 다는 소음에, 수시로 가구를 들고 들어오는 직원들까지. 정말 딱 2층 수리만 안 했지 하고 싶은 건 다 해 버린 사람이 서문도였다.

화병에 꽂을 꽃까지 배달이 왔을 땐 정말 왜 이러나 싶었다. 말뜻을 모르는 사람도 아니고. 2층 수리를 하지 말라고 이야기를 한 건, 아무것도 해 줄 필요 없으니 신경 쓰지 말아 달라는 말을 한 건데.

"원래는 2층에 올리려고 고른 거라 사이즈들이 크긴 한데 그래도 쓰기엔 나쁘지 않겠어요. 전무님이 까다롭게 굴었다는데, 실장님이 잘 맞췄나 봐요."

선우는 무슨 소린지 몰라 멀뚱히 장 여사를 바라보았다.

"인테리어 봐주시는 실장님이 있거든. 원래 그런 쪽으론 까다롭게 구는 일이 없는데 시안 올린 걸 두 번이나 퇴짜를 놨다고 하더라구."

부담에 부담이 더해지는 말이었다. 무언가를 받는 게 불편하고 염치없다고 했더니 더 불편하게 하려고 작정을 했나 보다.

"정말 이럴 필요 없는데요."

선우는 한숨을 쉬며 말했다.

"하고 싶은 대로 하게 둬요."

장 여사가 침대 위에 놓인 베개를 정돈하며 말했다.

"성격이 원래 청개구리야. 하지 말라면 더 하는데, 내버려 두면 알아서 수그러들어요."

선우가 입술을 깨물자 장 여사가 방을 쭉 둘러보고는 피식 웃었다.

"이렇게 해 주고 싶었나 보네. 방만 봐도 딱 선우 씨 방처럼 보여요."

아니다. 자신은 살면서 한 번도 이런 방을 가져 본 일 없었다. 한눈에 보아도 공들여 만든 것 같은 원목의 가구도, 곳곳에 놓인 여성스러운 소품도 선우가 가져 봤던 것과는 거리가 멀었다. 이 방은 그저 부담스럽게 만들려고 억지로 떠안긴, 남자 멋대로 생각한 이선우의 방일 뿐이다.

"만둣국 먹고 싶댔죠?"

"네."

"금방 차려 줄게요."

그제부터 계속 따끈한 국물에 끓인 칼칼한 김치만두가 생각나 망설이다가 아침에 장 여사에게 말을 했었다. 모처럼 먹고 싶은 게 있다고 하니, 준비되는 대로 만들어 주겠다고 했었는데 건너가서 바로 만들었나 보다.

"감사합니다."

고마움을 전하는 선우를 보며 장 여사가 빙그레 웃더니 방을 나서며 말했다.

"아기가 아빠 입맛을 닮았나 봐."

마주 웃어 주기엔 속상한 말이라 선우는 애매한 미소를 지었다. 입맛이 바뀐 것 같긴 했다. 만둣국만 해도 그랬다. 외할머니가 해 줄 때 맛있게 먹긴 했지만, 먹고 싶어서 눈에 어른거릴 정도로 간절했던 음식이 아닌데 자꾸만 생각이 났다.

그뿐일까. 엄마가 좋아했던 음식도, 선우가 잘 먹었던 음식도 속이 뒤집혔는데 장 여사가 해 주는 음식들은 그나마 넘길 수 있었다. 그중에서도 편하게 잘 먹을 수 있는 건 우현희 대표가 입덧할 때 먹었다는 음식들이었다.

"선우 씨는 아이가 아들이었으면 좋겠어요, 딸이었으면 좋겠어요?"

따라 나오는 선우에게 장 여사가 물었다.

"둘 다 좋아요. 그냥 건강하게만 태어났으면 좋겠어요."

"누가 됐든 선우 씨 닮았으면 좋겠네."

마음이 따뜻해지는 말이었다. 외로운 선우의 마음을 헤아려 주려는 마음 씀씀이를 느낄 때마다 아이도 이런 사랑을 받으며 자랐으면 좋겠다는 생각이 든다.

"오후에 병원 가야죠?"

맑게 끓인 만둣국을 선우의 앞에 내려 주며 장 여사가 물었다.

"네."

선우는 대답을 하고 국물을 한술 떴다. 따뜻한 국물로 입을 적신 뒤, 통통하게 빚은 만두를 반으로 갈라 입에 넣었다. 장 여사가 눈을 반짝이며 선우의 대답을 기다렸다.

"어때, 괜찮아?"

"네. 맛있어요."

선우는 웃으며 대답을 했다. 생각했던 맛은 아니지만 먹기 힘들지는 않았다. 따뜻한 국물로 속을 채워 가면서 만두 두어 개를 더 먹은 뒤에 숟가락을 내려놓았다.

"그만 먹게?"

"많이 먹었어요. 맛있게 잘 먹었습니다."

"부회장님이 입덧을 3개월 정도 하고 그쳤다는데, 선우 씨도 그랬으면 좋겠네."

"그러셨대요? 저도 얼른 끝났으면 좋겠어요."

웃으며 대답하면서 선우는 아쉬움을 삼켰다. 머릿속에는 먹고 싶었던 만둣국의 맛이 선명했다. 맑은 국물. 양지를 찢어 무친 고명. 투박한 만두피에 슴슴하고 깔끔한 맛. 딱 한 번 먹었던 그 맛이 자꾸만 생각이 난다.

다음에 외출을 하게 되면 나가서 사 먹어야겠다고 생각을 하며 선우는 장 여사를 향해 빙그레 미소를 지었다.

첫 진료를 예약해 둔 시간은 4시 반이었다, 문도는 3시 반을 조금 넘겨 별채에 도착을 했다.

별채는 아무도 없는 듯 고요하기만 했다. 주방에도, 다이닝 룸에도, 거실에도 선우가 없어서 게스트 룸의 문을 두드렸다. 불러도 나오지 않아 문을 열었더니 아무도 없었다. 설마 하는 마음에 2층까지 훑었다. 텅 빈 집을 샅샅이 돌아보고서야 이선우가 없다는 걸 알고 본관에 인터폰을 했다.

"이선우는요?"

— 먼저 나갔어요.

장 여사가 대답을 했다.

"진료 시간 아직 멀었는데, 어디를."

— 서점도 가고 쇼핑도 한다더라고요. 핸드폰도 다시 사야 한다고 하고.

"기사님은 어느 분이 따라갔어요?"

당연히 차를 태워 보냈겠거니 하는 마음에 물었다. 기차역에 핸드폰을 버려 버린 이선우에게 연락할 방법이 없으니 기사의 핸드폰으로 연락을 해야 했다.

— 택시 타고 갔어요.

순간 머리가 띵했다. 문도는 수화기를 힘주어 잡으며 말했다.

"임신한 여자를, 핸드폰도 없는 사람을 기사도 없이 혼자 내보냈다고요."

생각이 있는가. 거기다 불과 며칠 전에 전부 다 버려 가며 도망을 쳤던 여자였다. 있어 줄 것처럼 굴어 놓고 숨어 버리면 그땐 어쩌려고.

문도의 마음을 아는지 모르는지 장 여사가 태평하게 대답을 했다.

— 나야 김 기사님이랑 같이 가라 했지. 본인이 그럴 필요 없다고 극구 사양하는데 어쩌겠어요. 여기저기 들르려면 택시가 편할 것 같기도 하고.

"여사님."

일부러 이러는 거지. 짜증이 목 끝까지 차올랐다.

"내가 병원 같이 가겠다고 했던 것 들으셔 놓고."

— 아니 나는 병원으로 바로 가실 줄 알았지. 집에 들를 줄 알았나요. 그나저나 진료 시간 늦지 않으려면 출발하셔야 할 거 같은데.

문도는 한숨을 삼키며 인터폰을 내려놓았다. 혹시나 늦을까 싶어 칼같이 회의를 끝내고, 바로 주차장으로 내려와서 집으로 왔는데 먼저 나갔다고.

— 선우 씨가 애도 아니고, 알아서 병원으로 잘 갈 거니까 걱정 말고 출발하세요.

"누가 걱정을."

해요, 라는 말을 잇기도 전에 인터폰이 뚝 끊겼다. 문도는 끓어오르는 마음을 후, 숨을 쉬어 삭힌 뒤 다시 주차장으로 향했다.

지하 3층에서 올라온 문도는 별관 1층의 소아 청소년과와 약국을 지나 중앙에 있는 뜰로 향했다.

3층, 산부인과.

본관 로비의 안내 팻말을 따라 문도는 걸음을 옮겼다. 엘리베이터에서 내리자 넓은 홀이 보였다. 대기석이 촘촘히 있고, 자리마다 산모들이 앉아 있었다.

넓은 홀 가운데에 선 문도는 빙 둘러보며 이선우를 찾았다. 남편과 함께, 아이와 함께 앉아 있는 산모들을 눈으로 훑는데 어디에도 선우는 없었다. 한숨을 삼킨 문도는 핸드폰을 들었다. 이선우가 핸드폰을 새로 사겠다며 나갔다고 했으니 전에 썼던 번호를 그대로 살렸을지도 모른다는 생각이 들어서였다. 통화 버튼을 누르니 뚜르르르, 뚜르르르 신호음이 갔다.

— 네.

선우의 목소리가 들리는 순간 맥이 탁 풀렸다. 도망간 건 아니었네.

“어디야.”

— 진료실 앞에 있어요.

“어디 진료실.”

— 강순희 원장님 진료실 앞이요.

문도는 뒤를 돌아 눈을 가늘게 떴다. 스테이션 옆으로 이어지는 긴 복도가 있고, 그 뒤로 진료실 팻말이 보였다. 전화를 끊지 않은 채로 뚜벅뚜벅 걸었다. 서너 개의 진료실을 지나자 복도 끝에 선우의 모습이 보였다.

무릎에 쇼핑백을 올려놓은 선우는 대기석의 끝에 홀로 앉아 있었다. 다시 한숨이 나왔다. 다들 남편과 사이좋게 앉아 있는 와중에 혼자 외따로 앉은 모습을 보니 속이 부글부글 끓었다. 뚜벅뚜벅 걸어 앞으로 가니 선우가 고개를 들었다.

"오셨어요?"

선우의 말간 얼굴을 보는데 문도는 뭐라 형용할 수 없는 감정이 들었다. 화는 나는데 그보다 걱정이 앞섰고, 그 걱정보다는 힘껏 안고 싶은 마음이 앞섰다.

말도 없이 왜 먼저 나왔냐고 따져 묻고 싶은 마음은 어디론가 사라지고, 불안하고 초조하니 나 없이는 아무 데도 가지 말라는 말을 하고 싶어진다.

하지만 아무 말도 할 수 없어 빈 주먹만 움켜쥔 문도는 말없이 선우의 옆자리에 앉았다. 선우가 닿을 듯 말 듯한 몸을 떼며 살짝 옆으로 이동을 했다. 스치는 것도 못 참을 정도로 내가 싫은 거냐는 말이 차오르는 걸 꾹 눌러 삼키며 선우에게 말했다.

"다음부턴 먼저 연락을 해."

그 말에 선우가 고개를 돌려 문도를 보았다. 부채처럼 펼쳐진 긴 속눈썹과 말간 눈동자가 선명히 보였다. 너무 가깝다는 생각을 한다. 너무 가까워서 눈을 뗄 수가 없다고.

"바쁘시잖아요."

대답을 하는 이선우의 옆모습이 가슴 저미게 예뻤다. 이마에서 코로 이어지는 곡선과 그 아래 도톰한 입술이. 부드럽게 번지는 살냄새와 말간 뺨이.

좆같네.

물색없이 치솟는 열망이 좆같다는 생각을 한다. 이선우를 숨도 못 쉴 정도로 바짝 안고서 목덜미에 얼굴을 묻고 싶었고, 눈을 감고서 체취를 깊이 마시고 싶었다. 문도가 마른침과 함께 욕 나오는 열망을 삼킬 때였다.

"이선우 님. 진료실로 들어오세요."

간호사의 부름에 선우가 자리에서 일어났다. 뒤 한 번 돌아보지 않고 진료실을 향해 걷는다. 한숨을 쉬며 자리에서 일어난 문도는 선우의 손에 들린 쇼핑백을 낚아채 성큼 걸음을 옮겼다.

"우선 아기가 잘 있는지부터 볼까요?"

선우에게 간단한 질문을 한 뒤, 지난 병원에서 받았던 산모 수첩을 훑어본 의사가 말을 했다. 간호사가 선우를 안쪽으로 안내했고, 얼마 지나지 않아 준비가 다 되었다고 의사에게 알렸다.

"아빠도 이쪽으로 오세요."

문도는 어두컴컴한 진료실 안쪽으로 들어갔다. 초음파 진료를 위해 자리에 비스듬히 누운 선우는 긴장한 표정이었다. 희고 가는 손가락이 옷자락을 움켜쥐고 있는 모습이 보였다.

"조금 차가워요."

의사가 선우의 배에 젤을 바르며 말했다. 이어 탐촉기를 문지르자 화면에 희고 검은 무언가가 나타났다.

“아기는 잘 있네요. 10주 2일 되었고. 여기가 머리. 팔하고 손도 보이고요. 이쪽에 움직이는 게 다리. 아빠 잘 보이시죠?”

자그마한 태아의 모습이 보였다. 손과 팔, 발과 발가락처럼 보이는 것까지 선명히 보이는 순간 뜨거운 덩어리가 목을 치고 올랐다. 문도는 힘주어 침을 넘긴 뒤 대답을 했다.

“네, 잘 보입니다.”

이선우와 그의 아이. 여전히 실감이 나지 않는 존재가 눈앞에서 움직이고 있다.

“심장 소리도 들어 볼까요.”

곧이어 쿠궁, 쿠궁, 쿠궁, 세찬 심장 소리가 들려오는 가운데 아이가 꼬물거리며 몸을 뒤집었다. 가는 팔과 다리를 뻗으며 기지개를 켜듯 쭉 몸을 폈다.

“꼭 안녕, 하고 인사하는 것 같네요.”

그 말에 선우의 눈시울이 붉어졌다. 안녕, 작게 말하며 손가락을 펴 아이에게 인사를 한다. 화면 속 아이를 애틋한 눈으로 보면서 가늘게 손을 떨고 있는 이선우의 입가에 고운 미소가 걸렸다. 저런 여자에게 아이를 지우라고 했다. 빼앗겠다는 말도 서슴없이 했다. 그러니 당는 것도 끔찍하겠지.

“사진은 나가는 길에 받으면 되고, 다시 자리로 갈까요?”

의사와 문도가 먼저 진료실로 돌아오고, 옷매무새를 정리한 선우가 조금 늦게 의자에 앉았다. 의사는 컴퓨터에 몇 가지를 기록하며 선우에게 말했다.

"불편하거나 힘든 점, 아니면 궁금한 거 있으세요?"

그 말에 선우가 잠깐 문도를 보았다. 그의 앞에서 이야기하는 게 꺼려지는 듯 보였지만 자리를 비켜 줄 생각은 없었다. 아이에 대한 것도, 선우에 대한 것도 전부 알아 둬야 하니까.

"저……."

망설이던 선우가 조심스럽게 운을 떼며 의사에게 물었다.

"배가 계속 아픈데요. 빠근한 통증이 심했다가 괜찮아졌다가 그러거든요. 인터넷에 보니까 자궁이 늘어나서 그런 거라고는 하는데 그래도 혹시 몰라서요."

"맞아요. 자궁 근육이랑 인대가 늘어나느라 그런 거예요. 너무 걱정은 말아요. 혹시 쥐어짜듯이 아프면 병원으로 바로 오고요."

"네."

잠깐 쉬었다가 선우가 다시 말을 이었다.

"그리고 꿈을 많이 꾸는데, 안 좋은 꿈이 너무 생생해요."

"호르몬 때문에 그래요. 악몽 꾸시는 분들 많은데 정상이에요. 또 궁금한 거 있어요?"

"제가……."

선우가 입술을 맞다물며 망설이다가 의사에게 물었다.

"아이 가진 줄 모르고 수면 유도제를 먹었거든요. 전에 병원에 갔을 땐 경황이 없어서 여쭤보질 못했어요."

"얼마나요."

"아론정인데, 두 달 조금 안 되게 먹었어요."

작게 줄어드는 목소리를 들으며 문도는 발끝에 힘을 주었다. 지난 두 달의 이선우는 정신을 잃을 정도로 아팠었고, 잠을 자기 위해 수면 유도제를 먹었다. 안 좋은 꿈을 꾸었으며, 배가 계속 아팠었다. 그의 짓이었다.

"괜찮아요. 임산부에게 처방해도 되는 등급이니까 걱정 말아요."

"아, 정말요?"

"지금도 먹고 있나요?"

"아니요. 지금은 그냥도 잘 자요."

한결 밝아진 얼굴로 선우가 대답을 했다. 2주 뒤 기형아 검사로 예약일을 잡고 나서 진료가 끝났고, 선우와 문도는 진료실을 나왔다.

"수납은 저쪽에 있는 스테이션에서 하시면 돼요. 예약일도 그때 말씀해 주시면 되고요."

간호사의 안내를 받아 수납과 접수를 하는 스테이션 앞으로 갔다. 선우의 이름이 불려 문도가 앞으로 나서는데 선우가 먼저 앞으로 나서며 말을 했다.

"바우처 카드 있어요."

문도는 선우가 수납을 하고 다음 진료일을 예약하는 모습을 바라보았다. 가진 건 돈뿐인데 그마저도 바우처가 대신하고 있으니 그가 해 줄 수 있는 건 아무것도 없었다. 평생을 통틀어 오늘처럼 쓸모없었던 적이 있었나 싶다.

1층으로 내려와 주차장으로 연결된 별관으로 가려는데, 선우가 걸음을 멈추며 인사를 건네 왔다.

"그럼 들어가세요. 쇼핑백은 저 주시고요."

이건 또 무슨 소린가. 가늘게 눈을 떴더니 선우가 당연한 거 아니냐는 표정으로 말했다.

"회사 들어가 보셔야 하잖아요."

"내가 그렇게까지 개새끼는 아니야."

자기 아이를 가진 여자를 길바닥에 버려두고 회사로 돌아갈 거라 생각을 했나. 어이가 없는데 선우가 그를 보며 말했다.

"신세 지고 싶지 않아서 그래요."

"이깟 게 무슨 신세."

"제 입장에선 그래요."

맑은 눈동자가 문도를 향했다. 명확하게 금을 긋는 것같이 곧은 시선이었다. 이럴 때 문도가 할 수 있는 말은 하나뿐이다.

"네가 아니라 아이 때문에 하는 일이야."

"아이 때문에 별채에서 지내고, 아이 때문에 아주머니가 해 주시는 음식들도 먹고 있어요. 좋은 병원에 좋은 의사 선생님께도 왔고요. 그거면 충분해요."

그 이상 더는 받지 않겠다고 선우가 말하고 있었다. 몸도 꼴랑 한 줌밖에 안 되면서 혼자 어디를 가겠다고. 돌아다니다가 감기라도 들면. 가다가 갑자기 배라도 아프면. 걷다가 넘어지기라도 하면. 사방이 위험인데 어디를 가겠다는 건지.

"됐어. 타고 가."

"싫어요."

싫어요. 그 말이 대체 몇 번째인지. 어차피 끌려 왔으면 해 주는 대로 받아먹고 편히 지내다가 아이를 낳으면 될 일 아닌가. 반항

이랍시고 하는 게 게스트 룸을 쓰고 택시를 타고 병원에 혼자 오는 거, 고작 그 정도면서 되지도 않는 고집이었다.

"그럼 위험 감수하고 걸어 다니게 둬? 어떤 놈들이 거쳐 갔는지도 모를 숙소에 처박아 둘까? 먹고 죄다 토하게 내버려 둬?"

"네. 그냥 그렇게 두세요."

씨발, 진짜 고집하곤.

"그러다 아이 잘못되면."

"그럼 전무님께는 잘된 거겠죠."

아이가 죽기를 바라는 아비.

스스로가 자처했음에도 가슴이 움푹 패는 느낌이다. 이선우의 목소리가 담담해서 더 그랬다. 말없이 응시하는데 선우가 그가 쥐고 있는 쇼핑백을 가져가려는 듯 팔을 뻗었다. 문도는 쇼핑백을 다른 손으로 옮기며 선우의 손목을 움켜쥐었다.

"두 번 말 안 해. 타. 데려다줄 테니까."

"싫어……."

뿌리치려는 이선우에게 문도가 서늘한 얼굴로 말했다.

"애 얼굴도 못 보고 살게 해 줄까?"

끌려오는 선우의 얼굴이 참담히 구겨졌다. 할 말 못 할 말 구분 못 한 지는 오래였다. 이제 와 새삼 착한 아빠 노릇을 한다고 해서 달라질 것도 없다.

"놔요. 내가 갈 거니까."

선우는 손목을 뿌리쳤지만 소용없었다. 세게 잡힌 것도 아닌데 벗어날 수가 없었다. 비틀면 쥐고 다시 비틀면 또다시 움켜쥐며 문도가 걸었다.

문도는 차 문을 열고 선우를 우겨 넣은 뒤, 벨트를 쭉 당겨 달칵 소리가 나도록 버클에 끼웠다. 낮게 가라앉은 눈으로 선우를 보며 말했다.

"싫어도 하고, 역겨워도 참아. 같잖은 자존심 세우지 말고. 낳겠다고 우긴 건 너니까."

이미 개새끼라면, 더한 개새끼가 되는 건 어렵지 않은 일이다. 문도는 시동을 걸었다. 엉망으로 끝난 첫 번째 진료였다.

별채로 돌아온 선우는 쇼핑백을 바닥에 내려놓았다. 임신, 출산에 관한 책을 꺼내고 초보 손뜨개 책도 꺼냈다. 실 꾸러미와 바늘까지 꺼내다가 입술을 깨물며 침대에 주저앉았다.

아이를 가졌다는 이유만으로 이 집에서 해 주는 편의들을 당연히 누려서는 안 되는 거라고 생각을 했다. 스스로 할 수 있는 일들은 스스로 해야 한다고, 그건 무너뜨리면 안 되는 원칙 같은 거라고 생각했다.

같잖은 자존심.

사실 남자의 말이 맞았다. 그깟 차 얻어 타도 되었고, 임신 기간 동안 기사님 딸린 차를 타도 되었다. 고작 그 정도를 편하게 누린다고 해서 뭐가 달라지는 것도 아니었고, 이전의 삶이 낯설 정도로 불편해지는 것도 아니었다.

장 여사나 우 대표 같은 사람이 건넨 호의였다면 감사하다 말하고 받아들였을 것이다. 남자에게도 마음 없이 그렇게 굴고 싶은데, 그게 잘 안 되었다. 한 공간에 있으면 숨이 막혔다. 해 주는 거 다 필요 없으니 가져가라고 던져 버리고 싶고, 굳어지는 얼굴에 심한 말을 하고 싶었다. 화가 나게 만들고도 싶었다.

소파에 기대앉은 선우는 두 손에 얼굴을 묻었다. 아무리 눌러도 서문도를 마주하면 삐거덕거리는 마음이 튀어나왔다. 여러 번 숨을 쉬어 마음을 가라앉히려 노력한 뒤, 선우는 핸드폰을 들었다.

뚜르르르, 뚜르르르 신호음이 가는 동안 창 너머 정원을 보았다. 반 정도 열려 있는 커튼으로 잎을 모두 떨군 나무들이 보였다. 바람이 세게 불자 마른 가지가 춤을 추듯이 흔들렸다.

— 어, 그래. 선우야.

"이모. 잘 지내셨죠?"

일부러 밝은 목소리를 내어 인사를 했다. 제주도에 간다고 한 뒤로 연락을 하지 못했었다. 내일은 해야지, 해야지 하다가 오늘이 되었다.

— 응 우린 잘 지내지. 너는 어때?

"저도 잘 지내요. 이모, 저 여기서 두 달 정도 있으려고요."

언젠가는 이모에게 서울에서 지내게 되었다고 말을 해야겠지만, 아직은 조금 더 시간이 필요했다. 서문도와 서도 그룹까지 얽혀 있는 이야기를 하기엔 선우도 마음이 지쳐 있었기에.

— 어디에 있든 건강이 최고야. 밥 잘 먹고, 잠 잘 자고. 알았지?

"네."

— 목소리가 좋아서 다행이다.

미숙의 목소리도 밝았다. 그게 다행이라고 생각하며 선우는 핸드폰을 다잡았다.

"오늘 병원에 다녀왔어요."

— 아, 그래?

"아기는 건강하대요."

— 그래. 그럼 됐어. 너 건강하고 아이 건강하면 됐어.

"초음파 사진도 받았는데, 이따 보내 드릴게요."

이모 옆에 있었으면 병원도 같이 가고, 초음파 사진도 같이 봤을 텐데. 마치 인사를 하듯 손을 뻗었던 아이 이야기를 도란도란 했을 텐데. 이렇게 예쁜 아이를 본 적 있냐고, 나도 다른 엄마들처럼 웃으며 자랑했을 텐데.

밝게 웃으며 전화를 하려 했는데 괜히 목이 메어 왔다. 선우는 후, 다시 숨을 내쉬고 힘을 내서 말했다.

"이모, 이제 밥 먹으러 가려고요."

— 응. 그래, 잘 지내고 또 연락해.

"네. 들어가세요."

선우는 전화를 끊고 창밖을 오래 보았다. 회색빛으로 낮게 가라앉은 하늘이 꼭 자신의 마음인 것 같았다.

며칠은 이선우와 마주치지 않고 지냈다. 이른 아침에 출근을 하며, 식사는 본관에서 했다. 퇴근은 늦게 하고 주차장에서 2층으로 직행했다.

“날씨가 많이 추워졌어요. 유자차 담근 거 있는데, 한잔 드릴까?”

새벽을 가르고 본관으로 건너온 문도에게 장 여사가 물었다. 아닌 게 아니라 날씨는 가파르게 추워져 본관으로 건너오는 동안에도 하얗게 입김이 솟았다.

“됐어요.”

장 여사가 따뜻하게 끓인 수프와 토스트 한 쪽을 차려 주었다. 문도는 습관처럼 물었다.

“이선우는요?”

“잘 지냈어요. 그런데 어째 잘 못 먹네.”

아침 식사를 하는 동안 선우가 숙소 동의 조리사에게 손뜨개를 배우는 이야기, 엷게 끓인 된장국과 아무것도 넣지 않은 토마토주스로 연명하고 있는 이야기, 중간중간 낮잠을 잔다는 이야기를 들었다.

“지난번에는 만둣국이 먹고 싶다길래 얼른 끓여 줬는데, 두 개 먹고 숟가락을 놓더라고요. 맘이 여려서 그런지 해 주면 꼭 몇 숟갈씩은 먹긴 하는데, 시원찮아요. 먹고 싶은 게 있어도 말을 잘 안 하는 것 같아.”

어느 날은 빵이 먹고 싶었던 모양인지 산책을 다녀온다더니 각종 빵을 한 아름 사서 들어왔다는 이야기도 들었다. 숙소 동 직원들에게, 장 여사와 양 집사에게까지 골고루 안긴 뒤 작은 머핀 반 쪽을 먹었다고. 그나마도 먹고 나서 토를 하고 말았다고.

“세종에 갔다 왔던 거, 선우 씨는 모르죠?”

장 여사가 문도에게 물었다.

"알아서 뭐 하게요."

병원에 다녀오기 전날, 세종에 내려가 정미숙을 만났다. 아이를 낳을 때까지 선우를 데리고 있겠다는 요지의 말을 전하고 싸늘한 눈초리를 받았다.

"엄마가 해 주는 음식이 먹고 싶을 텐데."

장 여사가 커피를 내어 주면서 말했다. 아무리 남이 맛있는 음식을 해 줘도 허기가 가시지 않을 거라고. 마음이 데워지는 건 자라면서 먹었던 음식일 텐데, 도통 무언가를 해 달라는 말이 없다고.

"오늘은 뭐 한대요?"

"낮에 친구 만나서 점심 먹고 오겠대요."

"기사 붙여 보내요."

"전무님도 못 하는 걸 내가 무슨 수로."

퉁명스럽게 말하는 장 여사의 목소리에 문도는 씁쓸하게 웃었다. 이선우는 고집스럽게 본가의 차를 이용하지 않는다. 멀리 가고 싶을 땐 택시를 탔고, 가까운 거리는 지하철을 이용했다. 마치 내 삶은 원래 이러니 함부로 끼어들지 말라는 듯이.

"배 아픈 건 어떻대요?"

질문을 하니 장 여사가 한심하게 보았다. 그런 건 네가 직접 물어보지 그러냐는 표정을 숨기지 않으며 대답을 한다.

"임신은 원래 힘든 거라 뚝딱 나아지고 그런 게 아니고. 그냥 내내 힘든 거예요. 그러니까 잘 좀."

잘해 주라는 말을 하다 말고 삼켜 버리는 장 여사였다. 어머니도, 장 여사도 미래의 일을 묻지 않았다. 어떻게 할 거냐, 결혼을 해야 하지 않냐, 아이는 누구 호적에 올릴 거냐. 무엇도 묻지 않고 간섭하지 않았다.

"방법을 모르겠는걸."

문도는 식어 가는 커피를 마시며 답했다.

정말 그랬다. 잘해 줬던 날이 분명 있었는데, 아무렇지 않게 머리를 쓰다듬고 이마에 입을 맞추었던 날이 있었는데 까마득했다. 건널 수 없는 강이 두 사람 사이를 메우고 있는 기분이다. 건너가려 발을 내디디면 바닥이 없는 깊은 물이라 볼썽사납게 허우적거릴 뿐이다.

상처 주는 말이나 안 하면 다행이지.

"그래도 지난번에 전무님이 사 왔던 두부 과자는 싹 먹었더라고요. 그런 거 보면 참 신기해."

몇 번, 장 여사로부터 선우가 자신이 잘 먹는 음식을 거북해하지 않고 넘기더라는 이야기를 들었다. 씁쓸한 맛이 도는 씀바귀 김치를 먹으며 쓴데 속이 가라앉는다고 했다던지, 달지 않게 국간장으로만 조린 장조림을 몇 번씩 집어 먹었다던지. 그 이야기가 생각나 점심을 먹으러 들렀던 메밀국수집에서 사 온 과자였다.

"몇 봉 더 사다 주지 그랬어요."

"그랬죠. 그런데 한 봉 먹더니 손을 안 대더라고요. 딱 그때만 땡겼나 봐."

두부 과자.

억지로 붙잡아 와서 해 준 게 그거 하나라는 거에 문도는 쓴웃음을 삼키며 자리에서 일어났다.

"출근할게요."

차차 적응하겠지. 문도는 그렇게 생각하며 자리에서 일어났다.

아현과 헤어진 선우는 손을 흔들어 택시를 잡았다.

"부암동 '다온 손만두' 앞에 세워 주세요."

며칠 동안 계속 먹고 싶었던 만둣국을 이제 먹으러 간다. 몇 번이나 나와서 먹고 들어갈까 생각했지만, 아현과 약속을 잡은 날이 있어 그날 한 번에 나갔다가 오려고 꾹 참았었다.

임용 막바지 준비를 하는 아현이기에 오랜 시간을 뺏을 순 없어 시험공부를 하고 있는 학원 근처의 카페에서 차만 간단히 마셨다. 만둣국을 먹으러 가자고 말을 건네 볼까 했지만, 동네가 멀어도 너무 멀어서 맛있는 식사는 시험이 끝나면 같이 하자고 약속을 하고 헤어졌다.

그때쯤엔 배가 불러 오려나. 그럼 말을 해야겠지. 뭐라고 해야 할까.

주변 사람들에게 알릴 생각을 하면 아직은 막막했다. 선우는 차창 너머로 어둠이 내리고 있는 한강을 바라보았다. 12월이 되어 그런지 이젠 정말 겨울 날씨였다. 6시도 되지 않았는데 하늘은 어두웠고 도로를 달리는 차들도 헤드라이트를 켜고 있었다.

"부암동으로 만둣국 드시러 가시나 봐요."

차가 많아져 속도가 나지 않자 기사가 말을 걸어왔다.

"네."

"거기 만둣국 맛있죠. 내려오다 보면 북촌에 칼국수도 괜찮아요."

"아, 정말요?"

"고 아래 안국동에 곰탕도 괜찮고."

맛집 정보를 전해 준 기사는 차가 밀린다며 라디오를 틀더니 노래를 흥얼거렸다. 선우는 뭉근히 아파 오는 배를 한 손으로 감싸며 차창 밖의 풍경을 보았다. 가다 서다를 반복하는 바람에 속이 많이 울렁거렸지만 조금만 버티자고 생각하며 멀미를 견뎠다.

노량진에서 부암동까지 생각보다 오래 걸려 도착을 했다. 택시에서 내린 선우는 크게 숨을 쉬었다. 시린 공기를 가득 마신 뒤 가방을 움켜쥐고 불빛이 켜진 이층집을 향해 걸었다. 정원을 지나고 주차장을 지나 안으로 들어가는데 육수 냄새가 코끝을 스쳤다.

드디어 먹으러 왔네.

선우는 속으로 배 속의 아이에게 말해 보았다. 아무리 생각을 해 봐도 이건 자신이 당기는 게 아니라 아이가 당기는 것 같았다. 한 번 먹었던 음식이 이렇게 사무치게 먹고 싶을 리가 없을 테니.

식당 안으로 들어가니 직원이 2층의 넓은 방으로 안내를 해 주었다. 저녁 식사 시간이 되어서 그런지 다른 테이블에도 손님들이 제법 있었다. 2인용으로 마련해 둔 창가의 좁은 자리에 앉은 선우는 우선 주문을 했다.

"만둣국 한 그릇만 주세요."

만둣국만 먹으면 울렁거리는 속이 싹 가라앉을 것만 같았다. 그때 맛있긴 했어도 특별히 맛있다는 생각은 하지 않았는데 생각만 해도 입에 침이 고였다.

혼자서 멍하니 기다리고 있기가 뭐해서 핸드폰을 꺼냈다. 인터넷을 켜고 가입해 둔 맘카페에 접속을 했다. 가뜩이나 냄새에 예민한데, 남편이 베란다에서 라면을 끓여 먹는 바람에 속이 뒤집혀 구토를 했다는 이야기를 읽는다.

기껏 끓인 라면을 한 입도 못 먹고 버린 남편도 불쌍하고, 문이 닫힌 베란다에서 나는 라면 냄새를 맡고 토하는 자기도 불쌍해서 엉엉 울어 버리고 말았다는 글을 읽으며 가볍게 미소를 지었다.

나만 그런 건 아니었구나. 위안도 받고 안도도 하며 다음 글을 클릭하는데 입구에 여러 명의 사람들이 들어오는 모습이 보였다. 무심히 고개를 들었다가 마주친 얼굴에 멈칫 몸이 굳었다.

"갑자기 만둣국을 사 주시겠다고 하시고, 잘 먹겠습니다. 전무님."

"식사하러 부암동까지 온 건 처음이죠?"

눈에 띄는 훤칠한 남자들 무리 속에 서문도가 있었다. 선우와 눈이 마주친 남자는 자리에 앉으면서도 이쪽을 보고 있었다.

테이블은 거리가 있는데, 자리가 마주 앉은 형국이었다. 선우는 핸드폰으로 시선을 내렸다. 게시글을 눌러 스크롤을 아래로 내렸지만 무슨 내용인지 하나도 읽히지 않는다.

왜 하필.

꼬박 일주일을 기다렸다가 먹으러 왔는데. 하필 오늘 여기로 밥을 먹으러 왔을까. 날을 잘못 잡았다는 생각과 동시에 굳이 여기까지 밥을 먹으러 온 남자가 원망스러웠다.

"만둣국 나왔습니다."

핸드폰만 바라보고 있는데 직원이 따끈한 김이 오르는 만둣국을 앞에 내려 주었다. 물끄러미 만둣국을 바라보던 선우는 숨을 마신 뒤 숟가락을 들었다.

앞접시에 만두를 하나 꺼내는데 가늘게 손이 떨려 왔다. 건너편에 앉은 남자 때문인지, 먹는 모습을 보여야 하는 자신의 처지 때문인지는 알 수 없었다.

그래도.

너무 먹고 싶었던 거라 선우는 만두에 숟가락을 가져다 댔다. 간장을 조금 적신 뒤 반을 갈라 입에 넣는데 건너편 남자와 눈이 마주쳤다.

속이 비틀린 듯 아파 오며 울렁거렸다. 고개를 숙인 선우는 만두를 입에 넣고 씹었다. 국물도 떠서 입에 넣고, 고명으로 올라간 잘게 찢은 양지도 입에 넣었다. 그렇게 만두 한 개의 절반을 먹고, 남은 반쪽의 만두에 수저를 가져다 댈 때였다. 욱, 하고 구역질이 올라오려 했다.

선우는 손등으로 입을 막고 질끈 눈을 감았다. 울렁거렸던 속이 가라앉기를 기다렸다가 천천히 다시 눈을 떴다. 고개를 드는데 뚫어져라 선우를 보고 있는 서문도와 눈이 마주친다.

나가야겠다는 생각을 한다. 이 자리를 떠야겠다고. 더는 먹을 수 없겠다고.

하지만 내내 먹고 싶었던 한 그릇이었다. 조금이라도 더 먹어 보고 싶은 미련에 다시 숟가락을 들었다. 고개를 숙인 채 국물을 뜨는데 손이 달달 떨려 왔다. 입술까지 가져온 국물을 입에 흘려 넣는 순간, 눈물이 핑 돌았다.

"읍."

결국 속이 뒤집혔다. 식당에서 토할 수 없는 노릇이라 입을 틀어막고 자리에서 일어나는데, 아직 만두가 그득히 남아 있는 그릇이 보였다. 울컥 서러움이 솟았다. 그럴 일이 아닌 걸 아는데도 그랬다.

다음에 먹자. 다음에.

마음을 다지며 눈가를 훔친 선우는 계산서를 들었다. 남자가 있는 쪽은 시선도 두지 않고 룸을 나와 계단을 내려오는데 뒤를 따르는 발걸음 소리가 들렸다.

걸음 소리만 들어도 서문도인 것 같았다. 선우는 걸음을 빨리하며 계단을 내려갔다. 그러다 턱에 걸려 비틀거리는 순간, 강한 힘이 선우의 팔을 잡았다. 반사적으로 뒤를 돌았더니 낮게 가라앉은 남자의 얼굴이 보였다.

"내가 있어서 못 먹는 거지?"

대답하고 싶지 않았다. 고개를 돌리며 팔을 뿌리치려는데, 서문도가 다시 그녀를 잡았다.

"먹고 와. 내가 갈 테니까."
"아니요."
"먹고 싶었던 거잖아."
"이젠 아니에요."
차갑게 말하는 선우를 남자가 돌려세웠다. 밝게 타고 있는 눈동자로 선우를 응시하더니 깊이 가라앉은 목소리로 물었다.
"내가, 그렇게 싫어?"
울컥 마음이 솟지만 선우는 대답하지 않았다.
왜 하필 오늘이었는지, 내내 기다렸던 만둣국인데 그거 한 그릇 맘 편히 먹으면 안 되는 건지. 왜 많고 많은 자리 중에 시선이 닿는 곳에 있었는지.
"놔주세요. 일행분들 있으시잖아요."
"상관없어. 데려다줄 테니까 만두는 포장해서."
남자가 계산서를 빼앗아 드는 순간 눈물이 속수무책으로 고여 들었다. 그냥 가게 내버려 두지. 왜 쫓아와서 끝까지 나를 초라하게 해. 선우는 원망을 감추지 못하고 말했다.
"왜……. 나한테 왜 이래요?"
고였던 눈물이 뺨으로 흘러내린다. 선우는 손등으로 거칠게 눈물을 닦으며 말했다.
"나 좀, 편하게……. 그냥 좀 내버려 두면. 그래 주면 안 되는 거예요?"
서문도가 뻣뻣이 굳는다. 선우는 남자의 팔을 뿌리치고 계단을 내려왔다.

그냥 다, 모든 게 다 엉망이었다.

걸을 때마다 비닐봉지가 허벅지에 부딪혔다. 바스락, 소리를 내며 부딪히는 하얀 비닐봉지 안에서 출렁거리는 물소리가 들렸다.

별채로 올라가는 엘리베이터의 버튼을 누른 뒤, 문도는 긴 숨을 내쉬며 벽에 이마를 기댔다. 소주와 양주가 섞인 술 냄새가 공기 중에 섞여 든다.

느리게 감겼다 떠지는 눈꺼풀 사이로 반질반질한 구두코가 보였다. 주차장 바닥의 콘크리트와 그 사이에 그어진 실금들까지 선명히 보인다.

씨발, 뭐가 이렇게 잘 보여. 눈깔을 파내 버릴까.

쓸데없이 시력만 좋아선 이선우의 처량 맞은 표정들을 전부 보아 버렸다. 달달 떨리던 숟가락을 들었던 모습이, 고개를 들지 않고 죄지은 사람처럼 만두를 입에 넣던 모습이, 눈물로 젖어 든 원망의 눈동자가.

왜 그렇게 잘 보여서, 지워지지도 않는 건지.

이어지는 회식을 핑계로 제법 마셨는데 취하지도 않았나 보다. 전부 다 기억이 나는 걸 보면.

띵, 하고 도착한 엘리베이터의 알림음에 문도는 고개를 들었다. 휘청 걸어 들어가 습관처럼 2층을 누르려다 픽 웃었다.

가져다줘야지. 그렇게 먹고 싶었던 거라는데. 나 때문에 못 먹은 건데.

2층 버튼에서 손가락을 미끄러뜨려 1층 버튼을 눌렀다. 피식 웃으며 숨을 한 번 쉬고 나니 1층이다. 엘리베이터에서 내린 문도는 비닐봉지의 손잡이를 단단히 쥐고, 고개를 돌렸다.

며칠간 근처에도 가지 않았던 곳이 보였다. 은은한 불빛이 새어 나오던 곳. 도란도란 장 여사와 이야기를 나누는 목소리가 들려오던 곳. 한 번씩 새벽에도 불이 켜져 있던 곳. 길고 좁은 복도의 끝에 있는 이선우의 방.

후, 숨을 가다듬은 문도는 흔들리지 않고 걸었다. 문 앞에 서서 지그시 눈을 감았다가 뜬 뒤 똑똑 노크를 했다.

"네, 여사님."

당연히 장 여사인 줄 알고 대답을 하는 이선우의 목소리가 밝았다. 잠시 후면 차갑게 가라앉을 것을 아는데, 그래도 좋았다.

"아……."

문을 연 이선우가 그대로 멈췄다. 금방 샤워를 마친 건지 얼굴이 말갰다. 말간 얼굴 뒤로 새로 꾸며 준 방의 모습이 보였다. 시안과 사진으로만 접했던 방을 제대로 보는 건 처음이다. 문도는 방 안의 풍경을 천천히 눈으로 훑은 뒤, 물었다.

"방은, 마음에 들어?"

선우는 술 냄새를 풍기는 남자를 바라보았다. 이 방에 머문 지 열흘이 지났다. 3일에 한 번씩 꽃병 사이즈에 맞춘 꽃다발을 배달시키고, 자기 마음대로 공기 청정기에 가습기까지 넣어 주고선 이제 와 물어보는 건 뭘까.

물끄러미 바라보았더니 문도가 비스듬히 웃는다. 눈을 꾹 감아

버리고 싶어지는 미소였다. 밤의 남자는 나른하고, 위험하고, 낮게 가라앉아 있어서.

"마음에 안 들어도 그냥 살아."

목소리에도 잠겨 드는 기분이 든다.

"네. 그럴게요."

선우의 대답에 문도가 그래, 라고 말하며 고개를 끄덕였다. 술 냄새는 짙게 풍겨 오는데 선우를 보고 있는 눈빛은 또렷했다. 다시 한번 천천히 방을 둘러본 남자는 방바닥에 무거워 보이는 흰 비닐봉지를 내려놓았다.

"포장해 왔으니까, 먹고 싶을 때 먹어."

선우는 바닥에 놓인 비닐봉지 사이로 보이는 플라스틱 용기를 바라보았다. 고명과 만두, 육수까지 따로 담겨 있는 모습에 목이 막혀 왔다.

"아뇨, 괜찮아요."

"그냥, 좀."

말을 하다 말고 문도가 선우를 내려다보았다. 남자의 숱이 많은 머리카락이 이마로 흘러내려 눈에 그늘을 드리우고 있었다. 음영이 번진 눈동자로 선우를 보던 문도가 마른침을 넘기고 말했다.

"먹어. 아이 생각해서라도."

선우의 눈동자가 문도를 향했다. 곧게 뻗은 선우의 시선이 깨끗했다. 문도는 문득 처음부터 그랬다는 생각을 했다. 면접을 보았던 첫날부터 이선우의 눈빛은 깨끗하고 곧았다. 서투른 유혹을 해

왔을 때도, 거짓말로 좋아한다고 말했을 때도 마찬가지였다.

가던 길을 멈추고 돌아보게 하는 눈. 문득 생각이 나면 가슴이 지끈거리는 눈. 외롭고, 곧고, 슬프고, 아름다운.

그리하여 나의 바닥을 흔들어 버리는 너의 눈.

"내가 어떻게 할까."

입이 열리고 말이 흘러나왔다. 머리가 아닌 마음 어딘가에서 기어올라 온 말이었다.

"어떻게 하면 날 좀 덜 미워할래."

이선우의 눈동자가 흔들렸다. 떨리는 빛을 머금은 눈동자는 할 말이 아주 많아 보이기도 하고, 전부 삼켜 버려 아무것도 남아 있지 않은 것 같기도 했다.

열린 목구멍으로 다음 말이 기어올라 왔다. 절벽을 오르는 것처럼 갈퀴를 걸어 한 발씩 한 발씩 올라온 말이 입 밖으로 뱉어졌다.

"선우야."

말해 놓고 보니 별거 아니었다. 그저 조금 뜨끈하고 쓰라린 말이다. 건널 수 없는 깊은 강물 사이로 선우의 이름이 풍덩 가라앉는다.

"할 말 다 하셨으면, 이제 그만……. 나가 주셨으면 좋겠어요."

가늘게 떨리는 목소리로 선우가 말했다. 문도는 천천히 고개를 끄덕였다.

"병원만 같이 가. 네 바람대로 내버려 둬 줄 테니까."

놓아줄 수도 없는데 아프게는 하고 싶지 않았다. 자신의 존재 때문에 힘들다면, 그래서 밥도 못 먹을 정도라면.

"알겠어요."

뒤늦게 취기가 올라오는지, 대답을 하는 이선우를 한 번만 안아 보고 싶었다. 더도 말고 덜도 말고 딱 한 번만. 눈을 질끈 감고서 숨을 깊이 쉴 동안만.

문도는 그 대신 빈 주먹을 꽉 움켜쥐었다. 바닥에 떨구어 놓은 만둣국이 세상 다시없이 초라해 보였다.

"주무세요."

돌아가야 하는 걸 아는데 발이 떨어지지 않는다. 가슴에 걸려 있던 마지막 미련 한 조각이 남는다.

"아이 사진."

문을 닫으려던 선우가 고개를 들어 그를 보았다. 초음파 사진 두 장이 모두 선우에게 있었다. 그는 당연히 원치 않을 거라 생각을 했는지 산모 수첩 안에 끼워 넣어 가져가 버렸다.

"한 장만 줘."

선우가 살짝 미간을 찌푸렸다. 마음에 들지 않는 건가. 못 할 말을 했나. 나도 아이에게 절반은 권리가 있는데. 물론 아무것도 해 준 건 없지만, 그래도.

"잠시만요."

화장대로 향한 선우가 산모 수첩을 꺼냈다. 사진 한 번, 그를 한 번 보더니 망설이다가 들고 온다. 마지막으로 건넬 때까지도 마음 내켜 하지 않는 얼굴이었다.

"글씨 쓴 건, 그냥……. 신경 쓰지 마세요."

건네주는 사진을 보니, 하얀 테두리 여백에 선우의 글씨가 쓰여 있었다.

사랑하는 우리 튼튼이. 10주 2일

문도는 사진 아래의 글씨를 엄지로 쓸었다. 구겨질까 봐 모서리를 집고 피식 웃었다. 동그란 글씨가 귀엽다는 생각을 한다.

"아이는 너를 닮았으면 좋겠어."

그 말을 끝으로 문도는 뒤를 돌았다. 아이는 이선우를 닮기를 바란다. 이선우의 사랑을 듬뿍 받는 모습에 질투가 나도 미워할 수 없도록. 그의 사랑까지 전부 다 가져갈 수 있도록.

아이는 선우를 닮았으면 좋겠다.

잠이 오지 않았다.

뒤척이다가 결국 일어나 앉은 선우는 협탁의 스탠드 불을 켰다. 무언가가 꾹 누르는 것처럼 가슴이 답답했다.

"낮잠을 너무 많이 잤나 봐."

적막한 방 안에 선우의 목소리가 울렸다. 11주가 다 되어 가니 눈으로도 보일 만큼 배가 살짝 나왔다. 전에 입었던 바지를 입으면 허리가 답답하고 불편할 정도였다.

선우는 습관처럼 아랫배에 손을 올렸다. 다독다독 도닥이며 휘잉— 바람 소리가 나는 바깥을 보았다. 한 뼘 정도 열려 있는 커튼 틈새로 어둠이 보인다. 남자의 가라앉은 눈동자를 떠올리게 하는 어둠이었다.

마음이 바짝 말라 건조해졌으면 좋겠다는 생각을 했다. 서문도를 보아도 아무렇지 않았으면 좋겠다고. 맛집을 알려 주었던 택시 기사 아저씨나 동네를 산책하다가 만나는 복슬복슬한 털 강아지의 주인. 그 정도로 멀어서 마음 없이 웃어 줄 수 있는 사람이었으면 좋겠다고.

"튼튼이를 빨리 만났으면 좋겠다. 그럼 좀 편해질 거 같은데."

아이가 있으면 온 신경이 아이에게 쏠릴 테니, 조금은 나아지지 않을까. 그런 생각을 하며 아이에게 말해 보았다.

'튼튼이'라고 정식 태명은 아니고 별칭처럼 부르고 있었는데, 그걸 남자에게 들킨 걸 생각하니 얼굴이 조금 뜨거워진다. 그나마 나은 사진으로 골라서 준 거였다. 다른 사진에는 빼곡하게 아이를 향한 구구절절한 심경이 쓰여 있었으니까.

피식 웃었던 마지막 표정이 생각난다. 아이는 너를 닮았으면 좋겠다는 알 수 없는 말도 자꾸 떠오르고,

선우야.

담담히 불렀던 그 이름이.

후우. 선우는 숨을 내쉬며 자리에서 일어났다. 괜히 한 번 화장대를 살폈다가 커튼도 다시 여몄다. 왜 이렇게 속이 답답한 건지.

꼬르륵.

그 와중에 배는 고파 왔다. 임신이라는 게 그다지 숭고한 일이 아니라는 걸 이런 때에 깨닫는다. 짐승처럼 배가 고프고, 통제할 수 없는 생리 현상에 시달린다. 매시간이 불편하고 거북한 게 임신이었다.

불을 켠 선우는 주방으로 향했다. 속이 비는 걸 염려한 장 여사가 냉장고에 이런저런 음식들을 넣어 두었다. 냉장고 문을 여는데 제일 가운데에 아까 넣어 둔 만둣국이 보였다. 물끄러미 바라보다가 냉장고 문을 닫았다. 다른 걸 꺼내 먹어야겠다는 생각은 들지 않았다. 그냥, 마음이 턱 막혀 온다.

선우는 냉장고 문에 등을 기댄 채 한참을 서 있었다. 먹고 싶은데 먹기 싫었다. 먹기 싫은데 먹고 싶었다.

이게 어떤 마음인지, 왜 만둣국 한 그릇에 이다지도 복잡한 마음이 드는 건지. 두 손으로 얼굴을 덮고서 길게 숨을 뱉었다.

그러다 어느 순간 선우는 뒤를 돌아 다시 냉장고 문을 열었다. 배가 많이 고팠다. 따뜻한 국물이 먹고 싶었다. 잡내 없이 칼칼했던 만두가 먹고 싶었다.

인덕션 위에 작은 냄비를 올리고, 포장을 풀어 육수부터 넣고 팔팔 끓였다. 따로 포장되어 있는 만두를 넣고 조금 더 끓인 뒤 그릇에 부었다. 양념이 된 고명을 얹은 다음 수저와 함께 식탁으로 들고 왔다.

"후우."

뜨겁게 김이 나는 만두를 후후 불어서 입에 넣었다. 하나를 먹고, 또 하나를 먹었다. 국물을 마셨다가 다시 하나를 더 먹었다. 따뜻한 국물에 속이 풀어지며 온기가 돌았다.

맛있어.

한 그릇을 깨끗하게 비운 뒤, 선우는 긴 숨을 쉬었다. 아이를 가지고 나서 먹은 음식 중에 제일 맛있는 한 그릇이었다.

44. 세상이 끝날 것처럼 내리는(1)

시간은 느린 듯 빠르게 지났다.

선우의 하루는 비슷비슷했다. 아침에 일어나 가벼운 스트레칭을 하고, 장 여사가 차려 주는 아침을 먹었다. 입덧은 여전해서 어떤 날은 반 그릇을 넘게 비울 때도 있었고, 컨디션이 좋지 않은 날에는 미지근한 둥굴레차만 간신히 넘길 때도 있었다.

점심까지는 아이를 위한 배냇저고리를 만들거나 손뜨개를 했다. 대학원 준비도 할 겸, 지루한 일상도 보낼 겸 어학원을 다녀 보려고 알아보기는 했는데, 아무래도 임신 초기에는 조심하는 게 좋다는 의견이 많아서 등록은 미뤄 두었다.

점심을 먹고 나서는 산책을 겸한 걷기를 했다. 동네를 도는 것으로 시작했던 산책은 점점 그 반경이 넓어져 남산타워까지 걸었던 적도 있었다.

눈이 내리는 날도 잦았다. 으스스한 추위와 함께 하늘이 낮아지면 어김없이 눈발이 날렸다. 그런 날에는 일찍 산책을 접고 따뜻한 별채로 돌아왔다.

참을 수 없는 졸음이 밀려오면 틈새 틈새 낮잠을 잤고, 한 번은 태몽을 꾸기도 했다. 나무에 반짝반짝 매달려 있는 황금색 보석을 땄는데, 얼마 지나지 않아 우현희도 선우가 치마폭에 찬란한 보석을 가득 담고 있는 꿈을 꾸었다고 했다.

한 달이 다 되어 가도록 별채에서 서문도를 마주치는 일은 없었다. 이른 아침이나 늦은 밤에 딩, 하고 울리는 엘리베이터 소리를 듣는 게 전부였다. 우연히라도 마주치는 일은 없었다.

전에는 식사 중에 지나가는 모습을 보거나, 퇴근 후 잠깐 주방에 있는 모습을 보기도 했는데 이제는 그마저도 없었다.

별채에서 그림자도 볼 수 없는 서문도를 만나는 곳은 병원이었다. 1차 기형아 검사를 겸한 검진 날, 병원 문을 열었더니 접수 대기를 하는 자리에 남자가 앉아 있었다.

서문도는 검사 내내 자리를 지켰다가, 헤어질 때 택시를 불러주었다. 다음 검진일을 물었고, 선우가 내미는 초음파 사진을 지갑 안에 끼워 넣었다. 그 안에 얼핏 지난번에 건넸던 초음파 사진이 보였다.

겨울은 그렇게 고요히, 아무 일 없는 듯 흘러가고 있었다.

"부회장님 미국 출장 스케줄이 당겨져서 오늘 출발하셨어요.

가시는 길에 이걸 보내셨네."

내일모레가 크리스마스였다. 본관에서 몇 번 선우와 식사를 했던 우현희가 크리스마스이브에는 모두 모여 외식을 하는 게 어떻겠냐는 제안을 했었다. 강요는 아니니 불편하면 말을 하라 했지만, 이렇게 신세를 지고 있는 입장에서 거절을 할 수는 없었다.

"크네요."

커다란 크리스마스트리 모형이었다. 따로 배달된 박스에는 색색의 조명과 아기자기한 장식 오너먼트들이 있었다. 기사들이 와서 거실의 한쪽에 트리를 설치하고 조명을 감아 주었다. 선우와 장 여사는 반짝이는 트리에 별과 달을 다는 중이었다.

"식사는 못 하게 되었으니까, 다음에 하자고 하셨어요."

"저는 괜찮은데요. 식사는 아무 때나 해도 되고요."

선우는 발뒤꿈치를 들어 양말 모양의 오너먼트를 달면서 대답했다. 바빠서 식사는 같이 못 하게 되었어도 생각하는 마음은 있다는 걸 표현한 것을 알기에 고맙기만 했다.

"25일이 우리 아버지 기일이라, 내가 24일부터 집에 가 있거든. 연말이라 겸사겸사 직원들 쉬게 해 주려고 선우 씨 입덧 있는 거 아셨어도 외식하자고 한 거고."

그런 이야기는 몰랐었다.

"혹시 저 때문에 직원분들이 남으셔야 하는 거면."

"이틀간 직원들 휴가는 확정되었고, 선우 씨 식사는 내가 미리 챙겨 놓고 갈라구 하는데. 괜찮죠?"

"그럼요."

"숙소 동에 남는 이들도 있을 거니까."

"네. 걱정 마세요."

선우는 웃으며 대답을 했다. 혼자서도 얼마든지 잘 지내 왔던 날들이었다. 장 여사도 마음 놓인다는 듯 웃으며 오너먼트를 달았다.

"이럴 때 보면 모자가 똑 닮았어."

장 여사가 지나가듯 말했다. 선우는 대답하지 않았다. 입을 꾹 다물고 오너먼트를 뒤적였다.

가끔, 서문도 생각을 했다. 하지 않으려 애를 써도 생각이 날 때가 있었다. 생각이라기보다 의문이라고 하는 게 더 맞을까.

왜.

그 질문을 하면, 앞뒤가 맞지 않는 것들이 많았다. 설명되지 않는 일련의 행동들과 역시 설명되지 않는 남자의 말들이 너무 많았다.

방은 왜 꾸며 주었나. 일주일에 두 번씩 꽃은 왜 보낼까. 만둣국은 왜 사 왔고, 아이 사진은 왜 달라고 했을까. 지우라고 했으면서. 아이를 빌미로 한몫 떼어 가는 여자 취급을 했으면서. 뒤탈 없으려고 데려오는 거라 했으면서.

"표현을 잘 안 해서 그렇지, 마음까지 없는 건 아닐 거예요."

장 여사가 선우의 속을 들여다보는 듯 말했다. 선우는 애꿎은 입술만 씹었다. 서문도라는 남자를 이제는 잘 모르겠다. 알 것 같은 날들이 있었는데, 민우의 핸드폰을 던져 준 그날 이후로 남자는 낯선 사람이 되었다.

"이따 약속이 몇 시라고 했었죠?"

"5시요. 그런데 4시쯤 나가려고요. 들를 곳이 있어서요."

은정 선배를 만나서 저녁을 먹기로 했다. 서유라가 그렇게 되고 나서 통화를 몇 번 했었다. 세종에 내려갔다는 말도 전했고, 다시 서울로 왔다는 이야기까지 며칠 전에 했었다.

아주 온 거냐는 질문에 만나서 이야기를 하자고 했고, 그날이 오늘이었다. 조금 일찍 나가 학원에 들러서 가르쳤던 아이들도 보고, 함께 지냈던 선생님들도 볼 생각이다.

"선우 씨도 약속 있고 하니, 나도 시장에 다녀와야겠네."

장 여사는 장도 볼 겸 청량리 재래시장에 있는 고모님을 뵈러 가야겠다는 말을 했다. 선우는 알겠다고 대답을 했다.

별채에 머무르는 시간이 많아지며 장 여사에 대해 조금씩 알게 되었다. 결혼을 하며 우 대표의 친정 살림 도와주던 일을 그만두었던 것. 아이를 사산했던 것. 그 뒤로 임신이 안 되었던 것. 결국 남편의 폭력으로 이혼을 하고 식당에서 일하고 있는 걸 우현희 대표가 다시 불러들인 것.

"눈이 많이 온다는데, 아직은 잠잠하네."

마지막 커다란 별 모양의 오너먼트를 제일 위에 달고 난 뒤, 장 여사가 창밖을 보며 말했다. 낮게 내려온 회색 하늘이 금방이라도 눈을 뿌릴 것 같은 날이다.

"우산 가져가고, 길 조심해요."

"네."

선우는 허리를 펴며 대답했다. 단조로웠던 거실에 커다란 트리가 반짝이고 있었다.

선우는 두 손 가득 도넛과 커피를 들고 학원 문을 열었다. 교무실로 쓰는 사무실로 들어가는 동안 발레복을 입은 꼬마 아이들이 총총 지나가는데 미소가 절로 나왔다.

"그동안 잘 지내셨어요?"

"왔어? 드디어 얼굴 보네."

사무실 문을 열고 들어가자 은정이 반가운 미소를 지으며 선우를 반겼다. 옆에 있던 다른 강사들도 모여들어 인사를 했다.

"심 쌤은 결혼한다고 그만두셨어요. 남편분 따라서 부산으로 간다고. 오 쌤은 유치부 차량 운행 나가셨고요."

커피와 도넛을 먹으며 가볍게 이야기를 나눈 뒤, 선우와 은정은 학원 앞의 이탈리안 레스토랑으로 향했다.

"아이고, 배고프다."

은정이 테이블 앞의 의자에 풀썩 앉았다. 직원이 가져다준 메뉴판을 펼치면서 선우에게 물었다.

"서울엔 언제 왔어. 어떻게 지냈던 거야. 나 몰래 다른 학원 취직하고 그런 거 아니야?"

"얼마 전에 왔어요. 사정이 있어서."

"그러니까아, 그 사정이 뭔데."

어떻게 말을 해야 하나, 여러 번 고민을 했다. 부모님이 돌아가신 뒤, 발레단을 그만두며 친구나 지인이라 부를 수 있는 사람들이 많이 줄어들었다.

그나마 남은 친구들도 민우의 죽음으로 자연스럽게 끊어졌다. 사건의 진실을 알아내기 위해 경찰서로, 클럽으로 뛰어다니는 일에만 몰두해 있었기 때문이었다.

은정과 아현은 마지막까지 선우의 곁에 있었던 사람이었다. 속여서 거리를 두려면 얼마든 그럴 수 있겠지만, 더는 그러고 싶지 않았다.

"음……. 어떻게 말을 해야 할지 모르겠는데, 임신을 했어요."

쿨럭. 사레가 들린 은정이 기침을 했다. 한참 쿨럭대다 눈을 동그랗게 뜨고 선우에게 물었다.

"너, 남친 있었어?"

"그게……. 아뇨. 잠깐 만났던 사람인데 헤어졌고, 아이 가진 건 늦게 알았어요. 그런데 낳으려고요."

쿨럭. 쿨럭. 은정이 다시 기침을 했다.

"그러니까 싱글맘이 되겠다 그거지?"

"네."

"음……. 그래. 용기 있는 결정했네. 넌 잘할 거야. 축하한다."

간단한 축하의 말에 선우의 눈시울이 붉어졌다. 은정이 뭘 이런 걸로 우는 거냐며 티슈를 건네주었다.

"내가 니 사정 모르는 것도 아니고, 이미 결심한 거잖아. 오늘 내가 축하 턱으로 쏠게. 제일 비싼 거 먹어."

"입덧이 심해서 많이 못 먹어요."

"아주 골고루 한다. 그럴 거면 저녁 먹자고는 왜 했어."

"선배는 먹을 게 있어야 마음이 넉넉해지니까."

은정이 너털웃음을 터트렸다. 선우도 웃었다. 피자와 샐러드를 시켜, 대부분은 은정이 먹고 선우는 샐러드를 주로 먹으며 이야기를 나누었다.

중간중간 배가 싸르르 아프기는 했지만 익숙한 느낌의 아픔이라 크게 신경 쓰지 않고 식사를 한 뒤, 식당을 나왔다. 어두워진 하늘에 눈발이 제법 날리고 있었다.

"이제 집으로 가니?"

"네. 잠깐 건너편 서점에 들렀다가 가려고요."

초음파 사진이 많아지며 수첩에 붙이는 것도 한계가 생겼다. 학원 건너편의 문구를 겸한 서점에서 작은 앨범을 사서 사진만 따로 모을 생각이다.

"눈 많이 온다더라. 그 전에 얼른 들어가."

"네. 선배, 그럼 들어가요."

"응. 너도 잘 들어가. 또 연락하고."

"네."

신호등이 켜져, 손을 흔들며 길을 건넜을 때였다. 아래에 무언가 묻어나는 기분에 선우는 숨을 멈추었다. 많지 않은 양이지만 분명 무언가가 흘러나왔다. 서점으로 들어간 선우는 화장실부터 찾았다. 갈색 피가 손가락 하나 길이만큼 속옷에 묻어 있었다.

침착해.

선우는 떨리는 손으로 가방을 뒤져 핸드폰을 찾았다. 별일 아닐 거야. 그럴 거야. 그렇게 생각하며 산부인과로 전화를 걸었다.

"네, 병원이죠? 상담드릴 게 있는데요. 네. 이선우예요."

일단은 병원으로 오라는 안내를 받고, 전화를 끊었다. 장 여사님이 시장에 다녀왔을까. 선우는 장 여사의 핸드폰으로 전화를 걸었다.

— 네, 선우 씨.

"여사님, 지금 어디세요?"

— 나 아직 청량린데, 왜요. 무슨 일 있어요?

"아, 별일은 아니고요."

불안한 마음을 미리 가질 필요는 없었다. 선우는 숨을 깊이 마신 뒤 말을 이었다.

"갈색 피가 조금 나왔는데, 병원에선 초기에 그럴 수 있대요. 그래도 병원 다녀오는 게 마음 편할 것 같아서 들렀다가 가려고요."

— 피가 많이 났어요?

"아니에요. 조금 묻은 수준이에요. 간호사 선생님도 괜찮을 거라 말했고요. 얼른 갔다가 들어갈게요."

수화기 너머에서 장 여사가 잠시 망설였다.

— 그래요. 조심해서 다녀와요. 무슨 일 있으면 전화하고요.

"네."

전화를 끊은 선우는 바로 길로 내려와 택시를 잡았다. 임신 초기에 있을 수 있는 증상이라고 했다. 그러니 괜찮을 것이다. 그래야만 했다.

택시가 병원 앞에 도착을 했을 땐 눈이 펑펑 내리고 있었다. 선우는 미끄러지지 않게 조심을 하며 병원 문을 열었다.

저녁 7시가 다 되어 가는 시간, 주간 진료가 끝난 병원은 평소와 달리 휑했다. 1층 커피숍에 복닥거리던 사람들도 없고, 산부인과로 올라가는 계단에는 조명만 환히 빛나고 있었다.

괜찮아. 괜찮을 거야.

선우는 그렇게 생각하며 엘리베이터를 탔다. 자동으로 열리는 출입문 안으로 들어가는데, 바로 앞 대기석에 앉아 있는 남자의 모습이 보인다. 선우는 발걸음을 멈추었다. 빈 대기석에 혼자 앉아 있던 남자가 자리에서 일어나 선우에게로 다가왔다.

"접수는 해 뒀어."

생각지 않은 서문도의 등장에 멍하니 서 있는데 뒤늦게 생각이 든다. 장 여사님이 전화를 했나 보다.

"피가 났다며."

선우는 얕게 고개를 끄덕였다. 그리고 덧붙이듯 말했다.

"괜찮을 거예요."

실은 남자에게 하는 말이 아니라 자기 자신에게 하는 말이었다. 불길한 상상은 시작도 하고 싶지 않아서, 괜찮은 것이 예정된 미래라는 듯 그렇게 말을 하게 된다.

"진료부터 받아."

"네."

선우는 접수처로 가서 키와 몸무게를 적었다. 혈압도 재서 수치를 기록한 종이를 제출했다.

"이선우 산모님. 2번 진료실로 바로 가시면 돼요."

이름은 바로 불렸다. 선우는 긴장한 얼굴로 자리에서 일어났다. 2번 진료실로 향하는 선우의 뒤를 문도가 따랐다.

"이선우 산모님, 출혈이 있었다고요?"

"네."

"우선 초음파를 보죠."

두근거리는 마음으로 선우는 초음파실로 향했다. 어두운 방의 의자에 길게 누워 옷깃을 비틀어 쥐었다. 차가운 젤이 발리고 탐촉기가 선우의 배를 문질렀다.

"아이는……."

당직 의사가 여러 번 배를 둥글게 문지르며 화면 속 아이를 살폈다. 아이는 둥글게 몸을 말고 가만히 있었다. 그 모습은 잠이 든 것 같기도 했고, 쉬고 싶어 하는 것처럼 보이기도 했다. 덜컥 내려앉는 마음에 선우는 입술을 힘주어 깨물었다. 아니야. 나쁜 생각은 하지 마.

"괜찮은데, 아래쪽에 피고임이 보이네요. 추후에도 하혈이 있을 수 있습니다."

"아이 건강과는 상관없습니까?"

불쑥 남자의 목소리가 뒤에서 들려왔다. 의사가 안경을 치켜올리며 대답을 했다.

"괜찮을 거라 생각하지만, 솔직히 이런 일은 장담드릴 수가 없습니다. 초기에는 여러 변수가 있으니까요. 일단 유산방지주사를 놓아 드릴게요. 붉은 피가 많이 나온다거나, 배가 아프면 병원에 다시 오세요."

"그게 전부인가요."

"네. 현재로선 그게 전부입니다. 무리하지 마시고 안정을 취하시고요."

"입원을 하는 것도 고려 중인데요."

남자의 입에서 입원이라는 말이 나왔다. 의사가 고개를 젓는다.

"이 정도 출혈로 입원을 권하지는 않습니다. 이번 주 분만한 산모님들이 많아서 입원실이 차 있기도 하고요."

"괜찮을 거예요."

선우는 문도에게 말했다. 인터넷에 찾아보니 흔한 증상이었다. 이보다 더 많은 양의 출혈을 한 산모들도 별일 없이 지나가는 경우가 훨씬 많았다. 유난을 떨며 입원까지 할 일은 아니었다.

진료실을 나온 선우는 주사실에서 유산방지주사를 맞았다. 무리하지 말고 안정을 취하라는 말을 간호사에게 다시 듣고, 혹시 돌아가는 길에 피가 더 묻어날까 싶어 스테이션에서 생리대를 빌렸다.

"불안하면 입원을 해."

수납을 마치고 돌아서는데 문도가 말했다. 선우는 고개를 저었다. 불안을 현실로 만들고 싶지 않았다. 없는 자리를 꿰어 차고 싶지도 않았다. 그리고 무엇보다…….

"집에 가고 싶어요."

별채라는 말 대신에 집이라는 말이 자연스럽게 나왔다. 문도가 가만히 선우를 응시했다. 그러다 창문 너머를 바라본 뒤 말했다.

"오늘은 내 차 타."

창문 너머로 흩날리는 눈송이가 보였다. 택시에서 내렸을 때 펑펑 내렸던 눈이 그치지 않고 아직까지 이어지고 있었다.

"네. 그럴게요."

대답을 들은 문도가 선우의 가방을 가져가 걷기 시작했다. 별관과 본관 사이의 통로를 지나 지하 주차장으로 함께 내려갔다. 조수석 문을 연 문도는 의자의 등을 뒤로 젖혀 각도를 조절한 뒤 선우를 불렀다.

"불편하면 다시 조절하고."

"네."

벨트를 맨 선우는 비스듬히 누웠다. 시동을 켜고 히터를 튼 문도가 다시 차 밖으로 나갔다. 트렁크 문이 열리는 소리가 들리고, 이어 다시 닫히는 소리가 들려왔다.

"덮고 있어."

자리에 앉은 문도가 건네는 건 큼직한 체크무늬가 있는 담요였다. 가방처럼 접혀 있는 것을 펴니 선우의 몸을 덮을 정도의 크기였다. 누운 채 담요를 덮는 선우를 보더니 문도가 몸을 기울여 어깨에서 무릎까지 담요를 반듯하게 펴 주었다. 선우는 입술만 깨물었다. 고맙다는 말이 입안을 맴돌았지만 뱉어지지가 않았다.

"괜찮을 거니까 걱정하지 말고."

남자의 목소리로 듣는 괜찮다는 말은 헛된 바람 같은 선우의 말과 다르게 들렸다. 정말 괜찮을 것만 같은 안도감을 준다.

"네. 괜찮을 거예요."

선우는 고개를 끄덕이며 대답했다. 차가 천천히 출발을 한다. 집으로 돌아갈 시간이었다.

눈이 끊임없이 내렸다. 차창 밖이 온통 하얬다. 떨어지는 눈발의 기세가 무서울 정도였다. 도로의 차선이 보이지 않은 지는 오래 되었다. 온통 하얀 눈밭을 비상등을 켠 차들이 엉금엉금 기어가고 있었다.

"아직 신사역 앞인 거죠?"

"응."

10분이면 지날 곳을 한 시간이 걸려 지나고 있다. 기어가는 수준이긴 해도 늘어선 차들이 조금씩 움직이는 중이라 기다리며 나아가는 것밖에 할 수 있는 것이 없었다.

"도착하면 깨워 줄 테니까, 한숨 자."

문도는 선우에게 말했다. 선우는 네, 하고 대답을 했지만 눈을 감지는 않았다. 떨어지는 눈송이들 너머의 어딘가를 보며 입술을 말아 물 뿐이다.

차는 30분이 넘도록 제자리였다.

와이퍼가 눈을 밀어내는 소리가 차 안을 메웠다. 문도는 달칵, 차 문을 열었다. 그 소리에 선우가 휙 고개를 돌려 문도를 보았다. 불안한 눈빛으로 문도를 본다.

"상황 좀 보고 올게."

"네."

알겠다고 대답을 하는 선우가 문도에게 시선을 떼지 않는다. 창백하게 질린 얼굴이 눈보다 하얬다. 문도는 차분히 선우에게 말했다.

"금방 올게."

얕게 고개를 끄덕이는 선우를 두고 문도는 밖으로 나왔다. 차 안에서 보았던 것보다 상황이 심각해 보인다. 흩날리는 눈발에 한 치 앞이 보이지 않는데, 차는 끝없이 늘어서 있었다.

문도는 길을 따라 걸었다. 눈에 발이 푹푹 파묻혔다. 코트 깃 사이로 눈보라가 휘몰아친다. 비상등을 켜고 있는 차들 사이를 지나 50미터쯤 걸어가니 한남대교로 진입을 하는 구간에 차들이 엉켜 있는 모습이 보였다.

문도처럼 하나둘 밖으로 나와 보는 운전자들이 늘어났다. 퇴근길 교통 상황과 맞물린 폭설은 도심 한가운데에서 사람들을 고립시키고 있었다.

“미치겠네. 제설 차량은 언제 오는 거야.”

“못 온다는데요. 저쪽 논현동 고갯길에서 후륜 구동 차들이 미끄러져서 꽉 막혔대요.”

“대교만 건너면 그래도 어떻게 될 것 같은데. 앞에 아무래도 사고 난 것 같죠?”

도심 곳곳이 난리 났다는 소식이 운전자들 사이에 알음알음 전해졌다. 대강의 상황을 파악한 문도는 다시 뒤를 돌았다. 길은 다시 눈이 하얗게 덮여 있었다. 사라진 발자국 위에 다시 새로운 발자국을 만들며 걸었다.

“앞에 접촉 사고가 난 것 같아. 정리가 되려면 시간이 걸릴 것 같고.”

되돌아오는 모습이 보일 때까지 걱정이 반, 긴장이 반이었던 선우는 얕게 한숨을 쉬었다. 눈보라를 헤치고 되돌아온 문도의 어깨와 머리에 하얀 눈송이가 달려 있었다. 차 안으로 들어오기 전 털어 내는 모습을 보았는데도, 그사이 다시 앉은 모양이다.

"천천히 풀리겠죠?"

"아마도."

온풍으로 따뜻한 차 안에 남자의 주위에만 냉기가 있었다. 곧 풀리겠지. 그럴 거야. 선우는 불안한 마음을 눌렀다. 유산방지주사도 맞았고, 출혈량도 많지 않았다.

다시 적막이 내려앉았다. 문도가 라디오를 틀고 주파수를 맞추었다. 잔잔한 음악이 흘러나오는 채널을 틀어 놓고 묵묵히 앞을 본다.

차는 조금씩 앞으로 움직였다. 완만한 경사가 있는 진입 구간이 교차하는 곳에 다다랐을 때였다. 반대편 차선에서 움직이던 버스가 어느 순간 주르르 미끄러지더니 쿵 소리를 내며 앞차 두 대를 한꺼번에 박아 버렸다.

삐용삐용 요란한 경적 소리가 울리며 쿵, 쿵, 쿵 차들이 연속으로 부딪혔다. 여기저기서 경보음이 울리고 미끄러지며 돌아가는 차들까지, 반대편 도로가 삽시간에 아수라장으로 변하는 모습이 보였다.

쿵.

건너편 차선의 차가 옆으로 돌며 안전봉을 밀고 문도의 차에 부딪혔다. 운전석 뒷부분의 문에 쿵, 하는 충격이 오며 차체가 흔들렸다.

"괜찮아?"

순간적으로 선우에게 팔을 뻗은 문도가 물었다. 느린 부딪힘인

데다 안전봉이 한 번 막아 줘서 충격은 크지 않았는데 선우의 얼굴이 새하얗게 질리는 것이 보였다.

"아……."

얼어붙은 선우의 눈동자에 공포가 어렸다. 아랫배를 감싼 손이 덜덜 떨리는 것이 보였다.

"어떡……하죠……."

선우의 눈시울에 삽시간이 눈물이 차올랐다.

"왜."

"피가……. 피……가."

울컥하고 흘러나온 커다란 덩어리가 느껴졌다. 선우는 덜덜 떨리는 손으로 담요를 잡았다. 차마 들춰 보지 못하고 눈물만 뚝뚝 흘리는데 문도가 선우의 손을 치운 뒤 담요를 들추었다.

베이지색의 모직 바지에 붉은색 얼룩이 번지고 있었다. 아니. 아니야. 선우는 번져 가는 피를 바라보다 두 손으로 얼굴을 덮었다. 괜찮을 거야. 주문처럼 외웠던 말이 더는 생각나지 않았다.

"안 돼……. 우리 튼튼이……. 어어어."

선우는 울음을 터트리며 배를 감싸 쥐었다. 높아지는 울음소리 위로 새하얀 눈이 무정하게 내리고 있었다.

4권에서 계속